정신과 의사의 소설 읽기

베르테르에서 해리 포터까지

정신의학적 관점으로 본 문학 속 주인공들

HELDEN AUF DER COUCH: VON WERTHER BIS HARRY
POTTER—EIN PSYCHIATRISCHER STREIFZUG DURCH DIE
LITERATURGESCHICHTE
by Claudia Hochbrunn, Andrea Bottlinger
ⓒ 2019 Rowohlt Verlag GmbH, Hamburg
Korean Translation ⓒ 2021 by Munhaksasang
All Rights reserved.
The Korean language edition is published by arrangement with Rowohlt
Verlag GmbH through MOMO Agency, Seoul.

정신과 의사의 소설 읽기

베르테르에서 해리 포터까지

정신의학적 관점으로 본 문학 속 주인공들

문학사상

머리말

인간 사회는 각기 중시하는 가치관에 따라 정의된다. 석기시대부터 이미 인간은 사회 고유의 풍습과 문화를 토대로 개인을 인식하기 시작했고 그때부터 인간은 기분과 감정뿐 아니라 가치, 꿈, 계획 그리고 표상 등을 누군가에게 전달하고자 하는 욕구를 지녀왔다. 석기시대 동굴 벽화를 시작으로 오늘날 디지털 시대에 만연한 소셜 네트워크Social network에 이르기까지, 우리는 계속해서 무언가를 표현하고 전하고 남기려 애써왔다. 소셜 네트워크 덕분에 우리는 그 어느 때보다 활발하게 수많은 것들을 자유로이 표출하고 있다. 인류 역사에서 지금처럼 표현의 기회가 많이 주어진 시기도 없었을 것이다.

시대별 문학작품은 우리 스스로를 더욱 잘 알게 해주는 소중한 보물 상자와 같다. 문학은 각 시대마다 인간이 중시했던 가치들을 비추는 거울이기 때문이다. 동시에 작품에는 작가가 의도했든 의도하지 않았든, 당대 문화가 가진 가치관과 선입견이 스며들어 있다. 또한 문학작품은 각 시대의 결점을 비교적 또렷하게 보여준다. 특히 훌륭한 문학은 사건을 이끌어가는 인물(예전에는 '주인공'이라 칭했지만 요즘에는 주로 '핵심 인물'이라 불리는 이들)을 매우 섬세하게 그려내, 흡사 실제 존재하는 인간처럼 보이게 하여 시대적 결함과 개인의 정신적 흠결을 부각한다. 덕분에 우리는 실존하는 인간처럼 생생하게 그려진 인물들을 마치 상담하듯이, 의자에 앉혀놓고 집중 분석하며 결점을 보다 자세히 다룰 수 있다. 동시에 각 인물이 지닌 보편적이고 인간적인 결점은 무엇인지, 그리고 해당 시대가 인물에게 가한 문제는 무엇인지를 구분하여 접근할 수 있다. 인류 역사는 진보하기도 후퇴하기도 하는데, 흥미롭게도 각 시대별 서사 문화를 살펴보면 이를 명확히 파악할 수 있다. 과거 비극으로 최후를 맞이한 주인공이 만약 제때 정신과 전문의를 찾아갔더라면 어땠을까? 오이디푸스의 부모가 진작 양육 상담을 받았더라면 최악의 상황은 면했을까? 로미오와 줄리엣의 운명이 그토록 험난했던 이유는 두 사람이 십 대였기 때문은 아닐까? 그리고 괴테의 베르테르가 성적으로 자유분방했더라면 자살하는 일은 없지 않았을까?

이 책은 문학 전문가와 정신과 의사가 공동으로 문학작품 속 인물들을 선정하여, 상담 의자에 앉혔다는 설정 아래 인물 심리와 사회 전반을 흥미진진하게 분석한다. 물론 유머와 지식을 그 바탕으로 했다. 일종의 역할놀이처럼, '만약 그들이 제때 정신과를 방문했더라면 어땠을까?'라는 질문에서 출발하여 가상의 상담과 분석을 진행하는 식이다. 소설 속 인물들이 상담을 받았더라면 정말 무엇인가가 달라졌을까? 인물에게서 드러난 결함은 개인 문제일까, 아니면 주변 환경 탓일까?

문학을 사랑하는 사람이라면, 동시에 심리학에도 흥미가 있는 독자라면, 우리와 함께 세계 문학사를 두루 살펴보며 재미난 여행을 떠나보면 어떨까. 이 여행을 통해 당신은 소설 속 유명 인물들이 적나라하게 정신 감정을 받는 일종의 '모독' 행위를 경험하게 될 것이다.

차례

인간은 정말 달라질 수 있을까?

우리는 종종 다른 시대 사람들을 낯선 존재로 여기며, 그 행위와 동기를 쉽게 이해할 수 없으리라 생각한다. 우리의 인식에서 그들은, 전쟁을 이끌고 기념비적인 업적을 세우며 생소한 신을 숭배하거나, 또는 전쟁으로 죽고 누군가의 기념비적인 업적을 위해 죽도록 일하며 종교적인 이유로 살해당하는 사람들로 비쳐진다. 하지만 그들도 우리와 같은 일상을 살고 우리처럼 농담을 하며 웃었을 것이다. 다른 이유 없이, 그저 농담이 재미있어서 웃음을 터트리곤 했을 것이다. 또한 아주 시시한 문제들도 안고 있었을 것이다. 세계사에 아무런 영향도 미치지 않을 만큼 사소하지만, 우리로서는 상상조차 어려운 나름의 심각한 문제들말이다.

오랫동안 역사는 오로지 통치자나 종교 지도자에 한정

하여 서술되었다. 보통의 소시민들이 어떻게 살았는지에 대해서는 좀처럼 묻지 않았다. 그런 이유로 우리는 다른 시대 사람들 역시 같은 인간이었다는 사실을 잊곤 한다. 정치가나 지도층 인물들만 접하다 보면, 사람이 조금 이상하게 보일 수밖에 없다. 그런데 오늘날도 크게 다르지 않다. 안타깝게도 우리는 다른 민족이나 국민 전체를 해당 정치 지도자와 동일시하는 경우가 무척 잦다.

실제로 과거 사람들 또한 그저 평범한 인간이었다. 물론 어느 정도 문화적 차이가 있을 테고, 그들에게 최신 스마트폰 조작은 엄청나게 부담스러운 일일 것이다. (사실 솔직하게 말해서 요즘에도 스마트폰을 다루기 어려워하는 사람은 무척이나 많다.) 그럼에도 예전 사람들 역시 보통의 인간으로서, 우리에게 아주 익숙한 인간적인 문제와 욕구들을 늘 지니고 있었다. 한 예로 그리스·로마시대에 지어진 고대 이집트 무덤 안을 보면 낙서가 가득한데, 상당 부분은 '루시우스Lucius가 여기 있었다'처럼 나름대로 지극히 중요한 소식을 전달하려는 목적이 있었다. 공중화장실 벽이 항상 낙서로 채워지고 폼페이Pompeii의 폐허에도 이런 낙서가 가득한 걸 보면, 과거나 지금이나 우리 인간은 거기서 거기다.

새로운 발명에 반응하는 방식 역시 언제나 동일하다. 활판 인쇄술 발명은 근대 초기에 살았던 청년들을 망치는 데 크게 기여했다. 시작은 마르틴 루터Martin Luther였다. 그는 자신의 주장에 반대하는 자들과 달리, 성경을 비롯하여 성서에 속한 수많은 저술들을 철저하게 외우려 하지 않았다. 대신 논쟁을 위한 반박문을 집필하여 작은 책자로 만들어, 늘 가지고 다니면서 필요할 때마다 찾아보곤 했다. 그리고 이 반박문은 대량 인쇄되어 널리 퍼졌다. 정말 말도 안 되는 일이다! 오늘날에는 이런 청년을 더는 실제로 볼 수가 없다. 누군가를 어딘가로 이끌려는 패기 넘치는 젊은이는 보기 드물지만, 종교개혁 당시 거리에 날리던 전단과 비슷한 형식은 찾아볼 수 있다. 페이스북Facebook에서 열리는 토론장에서, 야비하고 더러운 모욕과 함께 굉장히 창의적인 방법을 동원하여 상대방을 완전히 바보로 만들어버리는 경우다. 내용은 전혀 다르나 원하는 바를 새로운 발명(인쇄술, 소셜 네트워크)에 힘입어 이룬다는 점에서 어느 정도 들어맞는다.

그러므로 수 세기 전 문학작품에 등장하는 주인공들이 우리처럼 보통의, 인간적인 문제들에 둘러싸여 고군분투했다는 사실은 그리 놀랍지 않다. 따라서 수천 년 묵은 문학 텍스트는 오늘날에도 여전히 중요하며 의미가 있다. 현대식 심리학적 접근을 오래된 작품에 적용할 수 있는 까닭이 바로 여기에 있다.

이 책에서 우리는 각 시대별 인간들이 지닌 특유의 결함을 들여다볼 뿐 아니라, 모든 시대에 걸쳐 꾸준히 드러나는 인류 공통의 문제들을 집중적으로 파헤칠 예정이다. 그러면서 인류 공통의 문제를 예전보다 지금 더 잘 풀어가고 있는지 또는 그 반대인지를 비교·분석하며 점검할 것이다.

제1장

세계 문학사의 첫 번째 무대

고 대

보통 고대에 대해 이야기하면 가장 먼저 고대 그리스·로마 문화를 떠올리곤 한다. 두 문화는 (환영을 받았든 그렇지 않든) 도처에 널리 퍼져 굉장히 익숙해져버렸다. 무엇보다 고대 그리스는 오늘날까지도 우리가 견지하는 여러 세계관의 초석이 되는, 수많은 개념들이 발생한 곳이기도 하다. 2천여 년 전 고대 그리스의 어느 목욕탕에서, 아르키메데스Archimedes라는 이름의 남성이 처음으로 파악한 '물체의 밀도' 개념은 그중 일부다. 이 외에도 다른 여러 학문의 주요 개념이 고대 그리스에 뿌리를 둔다. 이후 우리가 무언가를 새로 만들어냈다 하더라도, 깊이 파고들다 보면 결국 어딘가에서 고대 그리스에 토대를 둔 기본 개념을 발견하게 될 것이다. 아리스토텔레스Aristoteles의 《시학Poetik》이 현재까지도 통용되며, 그리스 희곡과 영웅 전설이 계속해서 새로운 작품에 영감을 주는 것처럼 말이다. 청소년 문학 분야에서 큰 성공을 거둔 《퍼시 잭슨Percy Jackson》 시리즈는 그 대표 사례 중 하나다. 여기에 더해 호메로스Homeros의 《일리아스Ilias》는 2004년에 영화로도 만들어졌다. 그러므로 우리는 고대의 문학작품 속에서, 오늘날에도 여전히 유효하며 현재와 다를 바 없는 '무언가'를 분명 발견할 수 있을 것이다.

오이디푸스 왕

König Ödipus

|

의존적 유형의 인간은 어떻게 가족을 몰락시키는가

원래 그리스 희곡은 민중의 기분을 고양하기 위해 만들어진 것이 아니라, 아테네Athens에서 행해지던 디오니소스Dionysus 제식의 일환이었다. 신을 찬양하고 풍요를 기원하며 며칠에 걸쳐 진행되던 디오니소스 축제 과정에서 그리스 비극이 처음 상연되었다. 기원전 534년 최초로 상연된 비극은 그리스 시인 테스피스Thespis가 집필했는데, 그는 배우에게 독백과 대화를 부여한 첫 극작가이기도 하다. 이후 그의 작품에 기꺼이 참여하려는 배우들이 늘어났고, 이들은 이른바 테스피스의 제자로 불리며 활발히 공연 활동을 이어갔다.

그리스 비극은 그리스 영웅 전설을 주제로 삼았으며, 관중에게 감동과 공포를 동시에 경험하게 함으로써 감정이 정화되도록 만들고자 했다. 요즘으로 비유하자면 이런 식이다.

오늘날 어떤 이들은 끔찍한 이별을 겪고 나면, 아이스크림 한 통을 들고 애달픈 사랑 영화를 보며 눈물을 펑펑 쏟는다. 그러면서 고통이 조금이나마 덜어지기를, 기분이 나아지기를 소망한다. 물론 이와 정확히 일치하지는 않지만, 고대 비극 작품들은 관객에게 강렬한 감정 반응을 불러일으키도록 구성되었다.

이러한 목적을 위해 그리스 작가들은 작품 속 주인공을 극심한 상황에 몰아넣고, 무슨 일을 하든 상관없이 죄악에 빠지도록 한다. 반면 주인공이 이 극한 상황에서 벗어나려고 시도하고 애쓸수록 상황은 더욱더 나빠진다. 결국 모든 과정은 흔히들 말하는 '파국'으로 흘러가고, 파국에 빠진 주인공은 정신과 육체 모두 산산이 부서지고 만다.

소포클레스Sophokles의 《오이디푸스 왕》은 이를 여실히 보여주는 가장 좋은 예다. 그의 이름은 '오이디푸스 콤플렉스Oedipus Complex'로 널리 알려져 우리에게도 꽤나 익숙하다. 지그문트 프로이트Sigmund Freud가 처음으로 제시한 이 개념은, 남자아이가 어머니에게 성적 갈망을 느끼는 상태를 일컫는다. 하지만 오이디푸스라는 이름이 이런 식으로 유명한 건 다소 아쉽다. 오이디푸스 이야기를 전체적으로 살펴보면 '부모의 포기와 자기 충족적 예언'을 다루기 때문이다.

오이디푸스의 친부모는 그리스 테베Thebes의 왕 라이오스Laios와 아내 이오카스테Iokaste다. 라이오스는 한때 피사Pisa의 왕 펠롭스Pelops에게서 보호를 받으며 수양아들처럼 자랐고,

그러면서 펠롭스의 친아들인 크리시포스Chrysippus를 사랑하게 되었다. 그리고 그는 당시 고대 그리스 사람들이 누군가에게 반했을 때 하던 대로 행동했다. 즉 크리시포스를 반강제로 납치하여, 자신의 왕국인 테베로 데려와 겁탈했다. 이에 펠롭스는 크게 분노하며 라이오스에게 천벌이 내리기를 기원했다. 다시 말해 그가 아들을 낳으면 그 아들에게 죽임을 당하고, 그의 아내이자 아들의 어머니는 자신이 낳은 아들과 결혼하게 되리라는 저주를 내린 것이다.

이후 라이오스는 이오카스테 사이에서 아들 하나를 낳고, 델피Delphi의 신전에서 이 저주에 관한 신탁을 받는다. 아들이 자신을 죽이고 아내와 결혼하리라는 신탁을 들은 그는 이오카스테와 협의하여, 유례없이 비겁한 결정을 내리고 만다. 부모로서의 책임을 포기하고, 갓 태어난 아들의 발에 구멍을 뚫어 두 발을 묶은 다음 죽여서 내다 버리라고 명령한 것이다. 아마도 라이오스는 이처럼 철저한 조치를 취하지 않으면, 그 조그마한 갓난아이가 도망쳐 나올지도 모른다고 두려워했던 모양이다. 왜 이런 두려움을 가졌는지 전해진 바는 없다. 한편 그는 다른 길을 모색할 수도 있었다. 아들을 죽이는 대신 애정 넘치는 양육을 통해, 누군가를 살해할 마음이 절대로 생기지 않게끔 해야겠다는 생각은 왜 하지 못했을까. 라이오스는 이런 생각을 떠올릴 만큼 현명한 사람은 아니었나 보다.

아이를 죽여서 버리라는 명령을 받은 부하는 차마 그러

지 못하고, 대신 이웃나라 코린트Corinth로 건너가 지나가는 목동에게 아이를 넘겨준다. 그리고 목동은 코린트의 왕 폴리보스Polybus와 왕비 메로페Merope에게 아이를 바친다. 두 사람은 아이에게 오이디푸스라는 이름을 지어주고 아들처럼 키우게 된다.

출신도 모른 채 오이디푸스는 코린트에서 자라난다. 그렇게 아무것도 모르고 계속 살았더라면 아마도 그의 이야기는 아름답게 끝맺었으리라. 하지만 다들 알다시피 비밀은 드러나게 마련이며, 과거의 잘못은 언젠가 반드시 되돌아와 뒤통수를 급습한다.

어느 날 오이디푸스는 연회 자리에서 한 취객에게 폴리보스와 메로페가 친부모가 아니라는 사실을 듣는다. 오이디푸스는 부모를 찾아가 이 말이 무슨 뜻인지 묻지만, 폴리보스와 메로페는 취객을 크게 나무랄 뿐 만족스런 답을 주지 않는다. 이 일을 계기로 오이디푸스는 (친아버지가 그랬듯이) 델피의 신전을 찾아가 답을 구한다. 그곳에서 자신이 그들의 친자인지 여부를 듣는 대신, 아버지 라이오스가 이전에 들었던 신탁을 그대로 받게 된다. 아버지를 죽이고 어머니와 결혼하게 된다는 예언 말이다.

이쯤 되면 신탁을 제대로 해석하기가 어려워진다. 중요한 정보들을 모두 얻은 독자 입장에서 보면, 오이디푸스가 누구를 죽이고 누구와 결혼하게 되는지 고개가 갸우뚱해진다. 그러나 오이디푸스는 헷갈리지 않았다. 그는 폴리보스와 메로페가 친부모라고 확신했다. 따라서 그는 신탁대로, 자신이 아버지 폴리보스를 죽이고 어머니 메로페와 결혼하게 될 거라 믿었다. 이 신탁을 곧이곧대로 받아들이는 대신 한 번쯤 깊이 생각했더라면 어땠을까. 사실 죽일 마음이 없는 누군가를 실수로 죽이고, 결혼할 마음이 없는 누군가와 실수로 결혼한다는 건 너무도 어려운 일이다. 만약 오이디푸스의 생각이 여기까지 미쳤더라면, 연회에서 만난 취객의 암시를 다시금 곱씹었을지도 모른다. 하지만 그는 신탁의 저주를 두려워하며 코린트를 벗어나 먼 길을 떠난다. 그리고 정해진 운명을 피하려던 그는 결국 친아버지를 답습하게 된다. 신탁을 신중히 헤아려보지 않고 경솔한 결정을 내리고 만 것이다.

오이디푸스가 (아버지 라이오스처럼) 운명에 굴복하며, 피할 수 없는 불행이 다가오는 걸 무기력하게 방관하는 태도를 보고 이를 당연시하는 독자들도 있을 것이다. 그러나 이와 달리 주인공이 어떻게든 불운을 피하기를 간절히 바라는 독자들도 있게 마련이다. 아리스토텔레스가 《시학》에 썼듯이, 비극은 관객이나 독자가 극도의 절망감을 망각하고 극중 인물에게 "아니야, 그러지마!"라고 외치고 싶은 감정을 불러일으킨다. 아무것도 바꿀 수 없는데도, 주인공이 주어진 비운에서 도망쳐 나오기를 바라게 된다는 것이다.

코린트를 떠나 테베로 향하던 오이디푸스는 산악 지대의 어느 좁은 갈림길에서 마차 행렬과 마주친다. 마차도 오이디푸스도 서로 비키려 하지 않고, 오이디푸스는 마차에 탄 이들의 오만한 태도가 거슬린다. 시비가 붙은 끝에 오이디푸스는 마차에 있던 사람들과 격렬히 싸우게 된다. 결국 이 갈등은 심각하게 악화되어, 오이디푸스는 마차에 있던 일행을 죽이고 만다. 그들 가운데 친아버지인 라이오스가 있었다는 사실도 까맣게 모른 채로. 이렇게 신탁의 첫 번째 부분이 실현된다.

테베의 성문 앞에서 오이디푸스는, 수수께끼를 낸 뒤 풀지 못하는 여행객을 모두 잡아먹는다는 스핑크스Sphinx를 만난다. 이제껏 스핑크스가 낸 수수께끼를 푼 사람은 없었다. 여기에서 한 가지 의문이 든다. 라이오스 또한 오이디푸스와 마주치기 전에 스핑크스를 지나쳤을 가능성이 높다. 하지만 그 이야기는 어디에도 나오지 않는다. 라이오스는 스핑크스를 만났을까? 그리고 수수께끼를 풀었을까? 이는 영원히 작가만 아는 비밀로 남을 듯하다. 그러나 그리 중요한 내용은 아니니 넘어가도록 하자. 어쨌든 오이디푸스는 스핑크스의 수수께끼를 풀어낸다. 이어서 스핑크스는 절벽에서 뛰어내린다. 자존심이 바닥까지 떨어져 수치심을 느꼈기 때문이다. 덕분에 이 괴물에게서 자유로워진 테베는 오이디푸스를 새로운 왕으로 삼고, 테베의 왕이 된 그는 이오카스테를 아내로 맞이한다. 그렇게 오이디푸스는 친어머니와 결혼함으로써, 신탁의 두 번째 부분을 실현하게 된다. 하지만 여기서 끝이 아니다. 보다 더한 일들이 이어진다!

몇 해가 지나고 오이디푸스는 어머니와의 사이에서 네

아이를 낳는다. 아무것도 모르는 무지의 상태에서, 그는 분명 행복했을 것이다. 그런데 어느 날부터 테베에 역병이 창궐하기 시작하고, 아무리 손을 써도 막을 수 없는 상황에 처한다. 그러자 그는 다시 신탁을 듣기로 한다. 고통스러울 때마다 신탁을 들으려는 이 집안의 관습은 결코 달라질 기미를 보이지 않는다. 계속해서 신탁을 찾는 한, 그 무엇도 나아지지 않을 것이다. 이번에는 역병의 원인이 라이오스 왕의 죽음 때문이라는 신탁을 듣는다. 즉 라이오스 왕을 살해한 자가 테베를 떠나지 않으면 역병도 사라지지 않으며, 왕의 살해범을 찾아 죽여야 문제가 풀린다는 것이다.

산악의 갈림길에서 자신이 죽인 남자가 라이오스였다는 사실을 전혀 알아채지 못한 오이디푸스는 철저한 수사를 촉구하며 제 명을 재촉한다.

그리고 차츰 진실이 드러난다. 이오카스테는 이미 오래전에 첫 번째 신탁이 실현되었음을 깨닫자 목을 매달아 죽는다. 이어서 오이디푸스는 어머니 이오카스테의 머리핀으로 자신의 눈을 찌른다. 말 그대로 완벽한 파국이라 하겠다.

오이디푸스 이야기의 핵심은, 그의 이름이 붙은 콤플렉스처럼 반드시 친어머니와 결혼하려는 아들에 있지 않다. 오히려 이 작품은 아무리 노력해도 운명을 벗어날 수 없는 인간의 삶을 그린다. 오이디푸스와 그의 가족은 운명에 맞서 저항하려 한다. 그리고 그 모든 시도는 오래전 예언을 실현시키는 길로 이어진다.

이 이야기를 통해 한 가지를 더 배울 수 있다. 즉 그리스의 신들은 정말이지 너무도 불쾌한 유머 감각을 지녔으며, 신보다 더 현명한 인간을 결코 견디지 못한다는 것이다.

정신의학적 관점으로 살펴본 오이디푸스와 그의 가족

오이디푸스 – 기만당한 아들

세간에 널리 퍼진 생각과 달리, 오이디푸스는 자신의 이름을 딴 콤플렉스와 전혀 상관이 없다. 도리어 그 반대라고 할 수 있다. 오이디푸스의 유아기를 들여다보면, 부모의 이른 포기가 나중에 이어지는 비극의 토대가 된다는 사실을 확실히 알 수 있다. 부모를 다루기에 앞서 오이디푸스부터 시작해보기로 하자. 그는 젖먹이 시기에 즉각 어머니에게서 떨어졌을 뿐 아니라, 신체 학대를 당했고 내다 버려지기까지 했다. 발달 초기 단계에 필요한 어머니와의 애착 경험이 허용되지 않았기에, 이른바 대리 부모인 폴리보스와 메로페가 아무리 사랑과 정성을 다하여 길렀다 하더라도 어린 시절은 불행했다고 하겠다. 그를 입양한 부모는 애정으로 양육했으나, 그럼에도 이들의 관계는 근본적으로 잘못되었다. 입양된 아들에게 부모가 내내 비밀을 감추었기 때문이다. 숨기고 침묵하는 대신 툭 터놓고 대화를 나누며, 출신과 관련된 진실을 명백히 털어놓았다면 어땠을까. 오늘날 아동 교육에서도 자주 드러나는 현상이다. 이야기하기 불편한 주제를 애초에 차단하며, 논쟁을 벌이면 그저 화만 날 거라는 가정하에 입을 굳게 다물면서, 모든 걸 내버려두려는 부모가 적지 않다. 잘 둘러보면 이 같은 태도는 비단 자녀 교육에서만 나타나지는 않는다. 고위 정치인들 또한 이런 식으로 대응하는 경우가 비일비재하다. (아마도 그런 이유로 흔히들 정치권을 유치원에 비유하는 모양이다.)

오이디푸스의 사례는, 은폐된 가족의 비밀이 당사자의 오래된 트라우마Trauma가 반작용을 일으키는 데 얼마나 중요한 역할을 하는지 아주 인상적으로 그려낸다. 다시 말해 침묵 속에 감춰진 비밀은 상황을 더욱 악화시킬 뿐이다. 폴리보스와 메로페가 입양 사실을 감추고 아들에게 입을 다물었던 이유는 어쩌면 아들을 잃고 싶지 않아서일지도 모른다. 하지만 바로 이 침묵 때문에, 아들은 그들을 친부모라 여기고 부모에게 해를 가할까 두려워하며 떠나게 된다. 더불어 가족 사이에 대화가 부족한 분위기 탓에, 오이디푸스는 부모와 이성적으로 대화를 이어가고 자신의 걱정거리에 제대로 된 이름을 붙일 자신이 없었다. 그는 제 손으로 아버지를 죽이고 어머니와 결혼하게 될까 두려웠다. 그의 걱정과 불안은 분명 크고 무거웠다. 이 지점에서 지그문트 프로이트가 정립한 오이디푸스 콤플렉스를 꺼내보면 어떨까. 이야기 전개상 바로 이 부분에서, 오이디푸스 콤플렉스가 정말 중요한 역할을 했을지 생각해볼 만하다. 실제로 오이디푸스는 양어머니

메로페에게 성적인 열망을 느꼈을까? 그러면서 아버지를 연적으로 여겼을까? 오이디푸스 콤플렉스가 아직 풀리지 않았기에, 부모 곁에 머무는 대신 떠나는 쪽을 택한 건 아닐까? 안타깝게도 작가는 이에 관해선 모호함을 유지한다. 더는 상세한 서술이 없기 때문에, 자료가 부족해 보다 정확한 분석은 어려울 듯하다.

오이디푸스의 양육과 교육과정에서 드러나는 또 다른 결핍은, 친아버지와 마주치는 장면에서 확인할 수 있다. 오이디푸스는 길목에서 만난 아버지와 불현듯 시비가 붙어 격한 싸움에 휘말리는데, 이는 어려서부터 말 없는 가정에서 자라났기 때문이다. 그가 성장한 집안은 가족의 비밀에 침묵할 뿐 아니라, 전통적으로 학교에서 학습하는 논쟁과 토론 문화를 가르치지 않고 대신 전투욕을 장려했을 가능성이 높다. 그리하여 오이디푸스는 분쟁을 전략으로 풀지 않고 폭력으로 해결한다. 그리고 결국 적을 죽인다. 여기에서 우리는 오이디푸스의 어린 시절에 등한시된 또 하나의 요소를 발견할 수 있다. 발달 초기 단계에 사랑과 보살핌 대신 거부와 폭력을 경험하고 이후 침묵 속에 자라난 그에게, (친부모는 말할 것도 없고) 양부모는 갈등을 이성적이고 비폭력적으로 해결하는 방법을 일러주지도 않고, 적절한 본보기를 제시하지도 않았을 것이다. 두 부자가 마주치는 장면에서 오이디푸스의 결여된 공감 능력을 또렷이 확인할 수 있다. 심지어 반사회성 인격 장애에 속하는 '사이코패시Psychopathy'일 가능성까지도 엿보인다. 이러한 기질은 아버지에게서 물려받았으리라 추정된다. 두 인물이 서로 맞붙었을 때, 둘 다 물러서거나 양보하지 않고 갈등을 폭력으로 풀었기 때문이다. 오이디푸스의 문제는 정서적 결함에서 온 것이다. 지적 능력 부족과는 상관이 없다. 그는 스핑크스의 수수께끼를 풀어냈으며, 그 과정에서 고도의 추상적 사고 능력을 발휘했다. 한편 그가 테베를 스핑크스에게서 해방시키고 이후 영웅이 되어 왕으로 추대받는 과정에서 권력과 명예를 향한 욕망이 두드러지는데, 바로 이 지점에서 사이코패스 성향이 나타난다. 왜 이 젊은 청년은 자기보다 나이도 훨씬 많고, 어쩌면 어머니일지도 모르는 (우연히도 정말 친어머니인) 여성과 결혼하려 했을까? 아무리 왕이 되고 싶더라도 선택의 여지가 그뿐이었을까? 오이디푸스는 기본적으로 사랑이라는 개념을 몰랐다. 또한 그는 사회적 지위를 향상시킬 좋은 기회를 그르치고 싶지 않았다. 그런 이유로 이오카스테와의 결혼이라는, 난관이 가장 적은 길로 들어섰다고 볼 수 있다. 오이디푸스는 그동안 쌓아올린 '구조물'이 무너지자, 눈앞에 펼쳐진 결과를 받아들이지도 수습하지도 못할 정도로 나약한 모습을 보였다. 그는 더는 그 무엇도 지켜보고 싶지 않았다. 그리하여 스스로 두 눈을 찔러버렸다. 누군가는 이렇게 물을지도 모른다. 왜 제 눈을 찔러 멀게 하는 데에서 그쳤을까? 아예 목숨을 끊을 수도 있었는데 말이다. 정신역학적 관점에서 이런 행위는 다음과 같은 평가가 가능하다. 그는 '열린 눈'으로 불운을 향해 달려갔다. 즉 제 눈으로 다 보았으나 아무것도 모른 채 불행에 빠져들었다. 그래서 그는 불행에 책임이 있는 신체 부위만 제거하면 앞으로 남은 삶을 지속할 수 있으리라 판단한 것이다. 어머니와의 아름다운 추억들은 어둠 속에 잠긴 채로……

라이오스 – 책임감 없는 아버지

라이오스는 유달리 비극적인 인물이다. 비록 그리스인들이 성적으로 개방적이며 일찍이 동성애를 인정하고 영웅 서사시에서도 동성애를 찬양하는 민족이었다 하더라도, 라이오스는 사랑하는 크리시포스와 제대로 된 관계를 구축하지 못했다. 대신 납치라는 수단을 써서 애인을 붙잡아야 했으며, 이는 결국 비극적인 재앙으로 돌아왔다. 바로 이 지점에서 의문이 하나 생긴다. 왜 라이오스는 크리시포스와의 관계를 원하면서도 이오카스테와 결혼했을까? 생각을 계속 이어가보면, 펠롭스가 라이오스에게 내린 저주 또한 다르게 해석할 수 있다. 라이오스가 아들을 낳으면 그 아들의 손에 죽으리라는 저주를 통해, 어쩌면 펠롭스는 단지 아들인 크리시포스를 보호하고 싶었는지도 모른다. 라이오스를 양아들로 여기며 오랫동안 지켜본 펠롭스는 라이오스의 천하고 가벼운 성품을 진작 꿰뚫어 보았을 것이다. 라이오스는 언제나 전후 사정을 고려하지 않고, 원하는 모든 것을 취했다.

펠롭스는 라이오스가 여성과 결혼을 하여, 크리시포스를 떠나는 걸 방해하고 싶었을까? 아니면 정말 순전히, 기만당한 아들 크리시포스가 안타까워 분노를 느끼며 저주를 내린 걸까? 자료가 충분치 않기 때문에 더는 진정한 내막을 파헤치기가 어렵다. 그래도 한 가지 사실은 분명하다. 라이오스는 남편으로도, 아버지로도 적절한 인물은 아니라는 것이다. 그는 책임지는 걸 배운 적이 없다. 그는 '쾌락 원칙'이 좌절되면 곧바로 다른 '기관'을 찾아가 조언을 구했다. 이를테면 신탁을 구했듯이. 규칙을 깨고 애인을 납치하는 라이오스의 행위에서 반사회성 인격 장애가 드러난다면, 여기에선 '의존성 인격 장애'를 확인할 수 있다. 그는 아무런 책임도 짊어지려 하지 않았고, 책임지는 대신 계속해서 규칙을 깨트리기만 했다.

그로 인해 라이오스의 생애는 포기와 좌절로 점철되었고, 이는 '결정 불능'으로 이어졌다. 아들이 태어났을 때 그에게는 세 가지 가능성이 있었다. 가장 탁월하고 성숙한 선택은 책임을 떠안는 길이었다. 신탁이 주어졌더라도 이는 해석하기 나름이다. 만약 라이오스가 아들을 사랑과 정성으로 길렀더라면, 이 아들은 부모를 진심으로 사랑했을 것이다. 그러면 아들이 제 아버지를 죽음으로 몰고 갈 경우는 두 가지뿐이다. 사고가 나거나, 아니면 심각한 병에 걸린 아버지의 고통을 덜어주기 위해 어쩔 수 없는 선택을 할 수도 있다. 그렇지만 말 그대로 진짜 살해가 벌어지기란 거의 불가능하다. 그럼 어머니와 아들이 결혼할 일도 없다. 고대에는 체제 유지와 안정을 위해 남편과 사별한 미망인을 돌보는 제도가 있었다. 즉 왕이 죽으면 그다음 권력자가 왕비 곁을 지키는 식이다. 사랑을 충분히 받으며 성장한 아들이라면 아버지를 죽일 이유가 없고, 그렇게 되면 어머니가 홀로 남겨져 아들과 결혼하는 일도 없을 것이다. 하지만 라이오스는 책임을 떠맡을 용기가 부족했다.

두 번째로 라이오스는 반사회적 성향을 전적으로 활용할 수도 있었다. 그랬다면 직접 자신의 손을 더럽혀 오이디푸스를 죽였어야 했다. 그러나 그럴 용기가 없었다. 이외에도 그는 대안을 전혀 생각해내지 못했다. 오이디푸스가 아니라 이오카스테를 죽일 수도 있었다. 오이디푸스에게 어머니가 없으면 아들이 어머니와 결혼할 일도 없으므로, 신탁 자체가 완전히 무효화되기 때문이다. 하지만 라이오스는 용기뿐만 아니라 상상력도 부족했던 모양이다.

대신 라이오스는 세 번째 가능성을 택했다. 다음과 같은 모토에 충실하면서. '나를 씻기되, 단 젖게 하지는 마!' 이를테면 반쪽짜리 해결책을 내놓은 것이다. 알다시피 이런 식의 해법은 언제나 최악의 결과를 낳는다. 스스로 책임지는 대신, 칼자루를 다른 사람 손에 쥐여주며 책임을 전가했다. 그리고 그 기질은 수년 동안 변하지 않았다. 반사회적이며 동시에 우유부단하고 책임감 없는 성격을 오랫동안 지녔기 때문에, 훗날 (아들인지 몰랐던) 아들과 마주쳤을 때 적정선에서 절제하지 못하고 격한 싸움으로 끌고 가 끝내 패배한 이유가 설명된다. 차라리 그는 초반에 품었던 크리시포스를 향한 애정을 놓지 말았어야 했다. 무엇보다 동성애가 널리 받아들여지던 그 황금기를 누렸어야 했다. 그 시기를 놓치면 2천여 년 넘게 기다려야만, 누구나 제약 없이 사랑할 수 있는 시대가 다시 오기 때문이다.

이오카스테 – 어린아이 같은 어머니

이오카스테는 이야기 시작부터, 오이디푸스와 마찬가지로 희생을 감수해야만 했다. 그녀가 오이디푸스를 출산했을 당시 나이는 겨우 열세 살, 많아야 열네 살 정도일 거라 추정된다. 사춘기에 접어든 소녀에게 어머니 역할은 과중한 부담이었을 것이다. 따라서 그녀는 라이오스가 자신의 결정권을 빼앗은 데 대해 오히려 고마워했을지 모른다. 또한 어쩌면 라이오스가 '어머니를 죽여 아들과 결혼하지 못하게 만드는' 쪽을 택하지 않도록, 일부러 입을 다물었는지도 모르겠다.

여기에서 우리는 이오카스테에게 라이오스와의 부부 관계가 그리 유쾌하지 않았음을 알 수 있다. 고대 그리스의 다른 여성들과 비교했을 때 굉장히 드문 경우다. 어쩌면 이오카스테는 라이오스의 죽음을 구원이자 해방으로 여겼을지도 모른다. 그렇기 때문에 매력적인 젊은 남성이 나타나자마자 곧바로 결혼하고 아이를 여럿 낳을 수 있었던 것이다. 그 무렵 이오카스테는 대략 이십 대 후반이었을 테고 이 나이는 여성의 리비도Libido, 즉 성적 욕망이 본격적으로 깨어나 고조되는 시기다. 산뜻하고 생기 넘치는 젊은 남성이었을 오이디푸스는 그녀의 욕구를 여러 면에서 충분히 채워주었을 것이다. 그것도 꾸준히, 정기적으로. 점차 늘어나는 자녀 수가 이를 확실히 증명한다.

마지막으로 결정적인 질문이 하나 남았다. 진실을 알게 된 이오카스테가 스스로 목을 매단 진짜 이유는 무엇일까? 말 그대로 '아들과 정을 통한' 문란한 어머니가 되었다는 수치심에 그런 선택을 했을까? 아니면 자신이 고수했던 '이상적 자아상'이 무너졌기 때문일까? 젊고 건강한 여성으로서 그녀는 좋은 어머니가 되고 싶었을 것이다. 진실을 알기 직전까지도 그렇게 믿었을 것이다. 그러나 진실이 밝혀진 순간, 그녀는 '손주들의 어머니'가 되었다. 이오카스테의 세계상은 뿌리 깊이 흔들렸고, 그녀는 산산이 부서진 조각들을 더는 복구할 수 없음을, 더는 아무런 가능성도 남지 않았음을 깨달았다. 이때 일말의 해결 가능성이 보였더라면 어땠을까. 다시 그 신탁을 한번 떠올려보자. 테베에 번진 역병의 원인을 두고 신탁을 통해 들은 말 속에는 이오카스테와 관련된 형벌은 전혀 없었다. 그저 라이오스를 죽인 자를 찾아내 벌해야 한다는 언급뿐이었다. 사실 어머니와 결혼한 것만으로도 오이디푸스에게는 충분히 가혹한 벌이었다. 이오카스테는 다른 길을 택할 수도 있었다. 공개적인 자리에서 과오를 속죄하고, 부부 관계를 파기했다면 어땠을까. 그러면서도 아이들 곁에 머물렀다면 최악은 면했을 것이다. 대신 그녀는 도망치는 길을 택했고, 그로 인해 아들 오이디푸스에게 비수를 꽂았다. 어머니의 죽음으로 한 번, 그리고 더는 불행을 목격하지 않겠다며 문자 그대로 제 눈을 찌름으로써 두 번이나, 오이디 푸스는 크게 비수에 찔렸다.

파란만장한 가족에게 필요한 올바른 해결책

이 이야기에 등장하는 모든 인물들이 '성숙한 어른'처럼 행동 했더라면 어땠을까? 그랬다면 이야기는 처음부터 완전히 다 르게 흘러갔을 것이다. 라이오스는 자신의 양성애적 성 정체 성을 자연스레 받아들이며 크리시포스와 성숙한 관계를 맺 었을 것이다. 설령 기대에 반하는 저주가 닥치더라도, 성숙한 라이오스는 굴복하지 않고 사회적으로 용인되는 선에서 신 탁이 실현되는 길을 모색했을 것이다. 온 애정을 다해 아들 을 길렀더라면, 그러면서 아들과 많은 대화를 나누며 이런 약속을 했더라면 어땠을까. 언젠가 아버지가 중병에 걸려 사 경을 헤매면 안락사를 허용해도 된다고, 그리고 그런 날이 오면 어머니를 잘 돌봐달라고 말이다. 그럼 훗날 아버지가 병 이나 사고로 세상을 떠나더라도 아들이 어머니의 남편이 되 는 일은 없을 것이다.

그리스 영웅 전설은 다음과 같은 가르침을 준다. '인간은 운명에서 벗어날 수 없다. 하지만 스스로 운명을 만들 수는 있다.' 정해진 예언이 실현되는 쪽으로 흘러가더라도, 우리에 게는 수많은 가능성이 있다. 예언이 다른 방식으로 실현되도록 그 과정에 영향을 미칠 가능성 말이다. 행위를 책임질 준비가 되어 있다면, 우리는 결코 주어진 환경의 희생자가 되지 않을 것이다.

중세

오랫동안 중세는 암흑기로 여겨졌다. 그러나 시간이 흐르면서 중세가 그렇게 완전히 어둡지만은 않았다는 사실이 차차 드러났다. 그럼에도 유럽에서 이 시대는 혁신과 개혁 그리고 새로운 사상의 원천과는 거리가 멀었다. 가톨릭교회 때문이다. 당시 모든 것은 가톨릭의 통제하에 있었다. 고대 철학 서적을 비롯해 다른 여러 학술 저서 가운데, 그리스도교가 아닌 이슬람교에 바탕을 둔 다수의 문서들이 오늘날 오로지 중동 지역에서만 원본이나 복사본이 나오는 이유다.

이 외에도 그리스도교는 여성과 섹슈얼리티Sexuality를 매우 모순적으로 연관 짓는 데 일조했다. 당시 읽고 쓸 줄 알 만큼 교육 수준이 높으며 시간이 넉넉한 사람들은 대개 수도사였다. 알다시피 가톨릭 수사들은 금욕 생활을 했다. 언제나 유혹의 대상으로 묘사된 섹스와 여성은 그들에게 일종의 터부Tabu, 금기였다. 직접적인 경험이 전혀 없는 이 주제에 관해 의견을 표명하려면 이성적인 영역을 벗어나게 되므로, 다들 선을 넘지 않으려고 조심했다. 그리하여 성과 여성에 대해 제대로 알지 못했다. 그러면서 한편으로는 토마스 아퀴나스Thomas Aquinas 같은 철학자들 말에 귀를 기울였다. 여성은 열등한 피조물이며 악하기 때문에, 그대로 내버려두면 악마가 널리 확산되리라는 생각을 의심 없이 받아들인 것이다.

그러나 이 같은 세계관 속에서, 남성들 또한 그리 만족스런 모습을 보이지는 않았다. 당시 남성들은 높은 수준의 영웅다운 용기와 기사도 정신을 요구받았으며, 이를 충족시키기는 무척 어려웠다. 하지만 행여 기대에 어긋나더라도 늘 돌파구는 있었다. 실패할 때마다 그 책임을 여성에게 전가할 수 있었기 때문이다.

아서 왕
König Artus

여성은 어떻게 모든 것을 망치는가

신화와 영웅 전설들을 보면 입에서 입으로 전해져 공동으로 만들어진 이야기가 다수다. 다시 말해 누군가 새로운 착상을 세상에 던지고 이 착상이 다른 이들의 마음을 사로잡은 경우, 널리 퍼져나가 세부 내용이 새로 덧붙으며 또 다른 사람들에게 전달된다. 이 과정에서 사람들은 이미 존재하는 다른 이야기들을 뒤섞기도 하며, 어떤 부분은 빠트리거나 바꾸기도 한다. 즉 화자가 말하고 싶거나 화자의 마음에 드는 부분이 무엇이냐에 따라 생략과 추가 또는 변용이 이루어진다.

'아서 왕 전설'은 이를 잘 보여주는 대표적인 예다. 이 이야기에 묘사된 사건들은 대략 5세기나 6세기에 토대를 둔 것으로 추정된다. 물론 아서 왕이 실제로 당시 존재했는지 여부를 증명하는 자료는 거의 없다. 그가 처음으로 확실하게 언급된 문헌은 《브리튼인의 역사Historia Brittonum》로, 약 840년 경 작성되었으며 여기에서 아서는 왕이 아니라 '군사 지도자'로 나온다.

그러다가 12세기에 들어서면서 아서는 《브리타니아 열왕 사Historia Regum Britanniae》를 통해 보다 상세하게 다뤄진다. 이를 시작으로 그의 개선 행렬을 담은 아서 신화는 전 유럽에 확산되었다. 이 이야기에 상당히 많은 이들이 매혹되었고, 이들은 유럽 여러 교회의 벽과 창에 프레스코Fresco와 모자이크Mosaic로 아서의 전설을 영원히 남겼다. 심지어 폴란드의 단치히Danzig에는 그의 영광을 기리기 위해 15세기에 세운 '아서 왕의 법정'이 있다. 시인과 작가들 또한 아서의 전설을 소재로 삼아 글을 쓰거나, '원탁의 기사'만을 단독으로 다루며 이야기를 덧붙이기도 했다.

현대식 개념으로 간단하게 표현하자면, 아서 왕은 수 세기 동안 절대적인 히트 상품이었으며 수많은 사람들이 팬 아트Fan art와 팬 픽션Fan fiction을 만들어내도록 자극했다. 더욱이 원작의 모방이나 변주에 특별히 엄격한 법칙이 존재하지 않았기에 이런 일들이 가능했다. 아서 이야기에 영향을 받아 훗날 생겨난 가장 유명한 '부록' 중 하나로, 이례적인 모양새를 한 가구가 있다. 크고 둥근 원탁이다. 그리고 또 하나, 켈트Celt 신화에서 넘치도록 등장하는 '가마솥'에 그리스도교의 이야기를 덧댄 '거룩한 잔Holy Grail' 전설도 빼놓을 수 없다. 흔히 성배聖杯라 하는 거룩한 잔은 예수 그리스도가 최후의 만찬에서 사용한 것으로, 신비로운 힘을 지닌 이 잔을 찾아가는 여정은 아서 전설에서 중요하게 다루어졌다. 이후 유사한 작품들도 꽤 많이 탄생했다. 이들 둘은 초기 아서 전설과 거리가 있거나 아주 일부분만 원작에 기초한다. 영국의 코미디 그룹 몬티 파이튼Monty Python이 만든 영화 〈몬티 파이튼과 성배Monty Python and the Holy Grail〉와 여기에 등장하는 '살인 토끼'도 마찬가지다. 매리언 짐머 브래들리Marion Zim-mer-Bradley의 〈아발론의 안개The Mists of Avalon〉 또한 확장된 버전의 아서 전설이라 하겠다. 이를테면 아서 전설은 스스로를 소재로 삼아 끊임없이 전개되고 발전되는 중이다. 이 이야기는 지속적으로 보완되고 부연되면서, 각 시대를 비추는 거울과 같은 역할을 한다.

드라마 퀸 멀린과 바위에 꽂힌 검

아서 왕의 이야기는 오랫동안 매우 빈번하게 변형되고 또 새로이 덧붙었기 때문에, 다루고 분석할 만한 '적절한' 버전이 없다. 그러나 다수의 여러 버전이 공통으로 담은 내용을 살펴보면, 대략 세 가지 개별 이야기로 나뉜다. 그 가운데 첫 번째가 바위에 꽂힌 검에 관한 이야기이다.

　일반적으로 아서의 아버지는 우서 펜드래건Uther Pendragon으로 알려졌고, 전속 마법사이자 조언가인 멀린Merlin의 도움을 받아 앵글로·색슨Anglo-Saxon족과 전쟁을 치른다. 우서는 적수의 아내인 이그레인Igraine을 절실히 원했고, 멀린은 우서의 모습을 이그레인의 남편으로 둔갑시켜 두 사람이 동침하도록 돕는다. 그리고 그들 사이에서 아서가 태어난다. 몇몇 다른 버전에서는 이그레인의 남편이 세상을 떠난 뒤에, 곧바로 우서가 그녀를 아내로 삼는다고 나오기도 한다.

아서가 우서와 이그레인 사이에서 태어난 적출자라는 사실과, 그럼에도 친부모 밑에서 성장하지 못했다는 사실은 큰 차이 없이 통용되며 거의 모든 아서 전설에서 찾아볼 수 있다. 멀린은 마법의 대가로 둘 사이에서 태어난 아서를 데려간다. 그로 인해 아서는 부모 슬하에서 자라는 대신 멀린의 돌봄을 받다가, 헥터Hector 또는 엑터Ector라는 이름을 지닌 멀린의 친구에게 맡겨진다.

이후 아서가 우서의 뒤를 이어 왕위를 차지하는 과정은 말 그대로 드라마틱하다. 그런데 여기에서 우서가 아서를 아들이라고 공식 인정해버리고, 아주 간단하게 왕위 계승을 허용했더라면 이 이야기는 결코 극적이지 않았을 것이다. 더불어 만약 멀린이 우서가 죽은 다음에, 아서가 우서의 아들이며 후계자라는 사실을 단순히 공표했더라면 훨씬 덜 드라마틱했을 것이다. 이 모든 가능성들은 멀린의 시선에서 보면 확실히 지루하고 단조롭다. 우리에게 널리 알려진 버전에 따르면 아서는 바위에 꽂힌 검, 엑스칼리버Excalibur를 뽑음으로써 왕으로 인정받는다. 그런데 어떤 버전들은 멀린이 직접 이

칼을 만들어 무쇠 모루에 꽂았다고 전하며, 또 다른 버전에 선 '호수의 귀부인'이라는 요정이 아서에게 엑스칼리버를 주 었다고 나오기도 한다. 아무튼 멀린은 바위든 모루든, 그 안 에 박힌 칼을 빼내는 자가 적법한 새 왕이 될 거라 말한다.

모든 극적 긴장감들을 더하고 또 더하기 위해, 당시 열다 섯이던 아서는 기사 시험이 있는 날 칼을 잃어버린다. 그러다 우연히 발견한, 바위에 꽂힌 칼을 뽑아 시험을 치르려 한다. 당연히 그는 아무것도 알지 못했다. 하지만 멀린은 다 알았 을 것이다. 아서의 입장에선 순전히 우연으로 칼을 찾아 나 서고 바위에 박힌 칼을 보게 되며, 그 칼을 뽑아내고 만다. 그리고 그로 인해 새로운 왕이 된다. 이후 멀린은 모든 일이 계획대로 순조롭게 이루어졌다며 뿌듯해했을 것이다.

원탁회의와 기사들의 브로맨스

아서는 멀린의 조언을 거역하고 귀네비어Guinevere를 아내로 맞이한다. 멀린은 귀네비어의 행실이 좋지 않아 훗날 부부 관계가 불행해지리라 예언하지만, 아서는 이 말을 듣지 않는 다. 그녀는 둘 사이뿐 아니라 기사들의 원탁 모임에도 재앙 을 야기한다. 원탁회의는 아서와 그를 따르는 기사들로 이루 어진 모임으로, 왕위를 차지한 이후의 아서 이야기에서 중심 을 이룬다. 이 기사들의 도움으로 아서는 아버지가 그랬듯이 앵글로·색슨족과 맞서 싸우며 수많은 전투를 성공으로 이 끈다. 하지만 이야기는 단순히 여기에서 그치지 않는다. 거의 모든 신화적 요소들이 동원되면서, 위대한 업적과 모험 가 득한 원정이 덧붙는다. 예컨대 성배를 찾아 떠나는 원정처럼 말이다.

수 세기에 걸쳐 이야기가 전해질수록, 아서와 그의 기사 들은 점점 더 기사다움의 상징으로 그려진다. 이들은 어떤 상황에서도 늘 대담하고 용감할 뿐 아니라 당연히 빼어난 전사며, 이에 더해 언제나 정중하고 품위 있으면서 명예롭게 행동한다. 더불어 이들은 '기사도적인 사랑'에 정통한데, 모두 놀라우리만큼 멋진 '브로맨스Bromance'를 보여준다. 원형 탁 자는 모두가 동등하다는 뜻이기도 하다. 간단히 말하면, 표 면적으로 아서와 기사들의 원탁회의는 '초인적'일 정도로 완 벽해 보인다. 이는 알맹이 속에서 무언가가 썩고 있다는 확 실한 신호기도 하다.

원탁의 기사들 가운데 가장 잘 알려진 인물은 단연 랜 슬롯Lancelot이다. 몇몇 아서 전설에 따르면, 그는 호수의 귀부 인 밑에서 자라났으며, 장성한 후 아서의 원탁의 기사로 보 내진다. 아서의 궁에 도착하자마자 랜슬롯은 곧바로 귀네비 어에게 빠져들고 만다. 원탁의 기사로서 그에게 맨 처음 주어 진 임무는, 아서의 원수 멜레아강Meleagant에게 빼앗긴 귀네비 어를 구하는 일이었다. 랜슬롯의 일화가 최초로 등장하는 작 품 중 하나인 크레티엥 드 투르아Chretien de Troyes의 《랜슬롯,

수레 탄 기사Lancelot, le Chevalier de la Charette》에 이 이야기의 전말이 나오는데, 여기에서 아서 왕은 아무런 성과도 내지 못하고 문제를 제대로 해결하지도 못하는 인물로 묘사된다. 이 문헌에 따르면, 바위에 꽂힌 검을 뽑지 못해 왕위를 아서에게 넘기고, 약혼자였던 귀네비어 또한 빼앗긴 멜레아강은 복수를 꿈꾸며 아서에게 시비를 건다. 그러면서 귀네비어를 걸고 대결을 제안한다. 아서의 기사들은 멜레아강을 얕잡아 보며 대결에서 지면 귀네비어를 넘기겠노라고 약속한다. 결국 멜레아강이 승리하면서 아서는 아내 귀네비어를 그에게 넘겨주고 만다. 빼어난 기사 중 하나였던 가웨인Gawain은 귀네비어를 구하러 가겠다며 아서 왕의 허락을 구한다. 그리고 가웨인은 귀네비어를 구출하러 가는 길에 랜슬롯을 만나게 된다. 임무에 동행하게 된 랜슬롯은 포로로 갇히는 일을 비롯해 온갖 어려움을 이겨내고 마침내 귀네비어를 구출한다.

일부 궁정 문학 버전의 아서 이야기에는 랜슬롯이 '기사도적 사랑'으로 다가가 귀네비어의 마음을 사로잡았다고 나온다. 즉 성적인 것과 무관하게 순전히 존경심으로 호의를 가졌다고 본다. 하지만 둘 사이를 다루는 대부분 이야기들은 하나같이 귀네비어와 랜슬롯이 거리낌 없이 바람을 피웠다고 그린다. 귀네비어 입장에서 생각해보면 그녀의 행동을 마냥 비난할 수만은 없다. 남편이 자신을 포기하고 적에게 넘겼으니 얼마나 치욕스러웠겠는가.

이유가 어찌 되었든 귀네비어와 랜슬롯의 관계는 결국 원탁의 기사가 몰락하는 데 일조한다. 왕을 기만하고 바람을 피웠다는 사실이 밝혀지고 나서 귀네비어는 화형당한다. 랜슬롯은 귀네비어를 구해내는 과정에서 가웨인의 두 동생을 죽이고, 이로 인해 가웨인은 복수를 계획한다. 이로써 멀린의 불길한 예감은 현실이 된다. 이렇게 한 여성이 그토록 '위대한' 남성들의 우정을 파괴하고 만다.

모르가나 요정 - 모든 것을 파멸시킨 두 여성

'모건 르 페이'라고도 하는 요정 모르가나Morgana는 아서 전설의 초기 버전에서는 그저 마법 능력을 타고난, 아서 왕의 이부 누이로 등장한다. 극중에서 모르가나는 때때로 아서를 도우며 그가 죽은 뒤 (또는 부상으로 거의 죽어갈 때) 그를 아발론Avalon으로 데려간다. 그런데 시간이 지나면서 역할이 점차 달라진다. 어떤 전설에서는 그녀가 모드레드Mordred와 결탁하여 아서 왕을 배신하고 죽였다는 결론에 이르기도 한다. 동시에 그녀가 귀네비어의 연적이며, 아서와 근친 관계라고 묘사하는 문헌도 있다. 그리고 둘 사이에서 태어난 아들이 모드레드라는 것이다. 이 같은 이야기 전개는 모르가나를 완벽하게 악한 어머니로 만들기에 충분하다. 아들이 왕좌에 오르도록 무서운 음모를 꾸며 실행에 옮기는 어머니 말이다. 그러면 모드레드는 다소 불쌍하고 존재감 없는 일종의 마마보이Mama's boy로, 그 어떤 잘못도 없는 인물이 된다. 대신 모든 불행의 책임은 한 여성에게 전가된다. 이런 전개는 오래된 인습이기도 하다.

하지만 모드레드 역시 굉장히 자발적으로, 주어진 상황 속에서 혼란과 분란을 야기하는 데 최선을 다한다. 그의 배신과 관련된 일화들을 다루는 버전들 또한 상당히 많다. 배신의 시작은 이렇다. 아서 왕이 전쟁을 치르기 위해 로마 또는 로마에 속한 갈리아Gallia로 떠나면서, 그동안 모드레드에게 대리 임무를 맡기고 본토를 잠시 벗어난다. 모드레드는 이 기회를 놓치지 않고 즉각 권력을 강화하는 데 이용한다. 버전에 따라 어떤 문헌에선 귀네비어와 부적절한 관계를 맺은 랜슬롯에게 복수하기 위해 모드레드가 전쟁을 이끌었다고 하며, 또 일부 전설에서는 모드레드가 귀네비어를 간절히 원했다고 전하기도 한다. 이야기는 조금씩 다르지만 공통 부분이 하나 있다. 즉 이야기마다 많아봐야 두 명의 여성이 등장하며, 모든 남성들은 바로 이들을 두고 다툼을 벌인다는 점이다.

결국 모드레드는 전쟁에 나간 아서가 죽었다고 선포하며 스스로 왕위에 오른다. 갈리아에서 급히 돌아온 아서는 캄란Camlann 전투에서 모드레드와 맞붙는다. 이 결투에서 모드레드는 아서의 창에 찔려 죽고 마는데, 그전에 아서에게 치명적인 부상을 입힌다.

모르가나가 '나쁜 마녀'로 묘사되지 않는 버전에선, 그녀가 치명상을 입은 아서를 아발론으로 데려가 회복시킨다고 나온다. 다시 말해 아서는 '아직' 죽지 않았고, 영국이 다시 필요로 하면 언제든 돌아올 수도 있다는 뜻이다. 그러니 전설의 아서왕이 다시 돌아와 '브렉시트Brexit'를 저지하는 날이 올지도 모르겠다. 생각만 해도 흥미진진하지 않은가.

정신의학적 관점으로 살펴본 아서 왕의 전설

아서 왕의 전설은 여러 측면에서 각기 다르게 해석하고 분석할 수 있다. 따라서 각 인물들을 하나씩 들여다보기 전에, 이 이야기의 전체 구성이 지니는 의미를 당대 관점으로 해석해볼까 한다.

앞에서 이미 말했듯이, 아서 전설의 초창기 버전은 고대에서 중세 초기로 넘어가는 시기에 시작되었다고 알려졌다. 이 시기에는 남성들의 영웅 행위가 이야기의 중심이었으며, 여성들은 사실상 아무 역할도 하지 않았다. 결투나 전쟁처럼 남성들의 생활환경에서 벌어지는 일들을 주로 다루었기 때문에, 여기에서 여성들은 기껏해야 영웅의 어머니로 나와야 조금이나마 중요하게 취급되었다. 고대 영웅 전설에서 그랬듯이 이 시대에도 비슷한 관계 구조가 두드러지는데, 가령 펜드래건과 이그레인의 관계는 그리스 신 제우스Zeus와 그가 간택한 사람들을 떠올리게 할 정도로 유사하다.

아서 전설은 무엇보다 역동적인 인간관계를 바탕으로 오락거리를 제공한다는 점에서 무척 흥미로운 이야기라 할 수 있다. 그런데 이 이야기 속에 나오는 여성들은 대개 중립적이다. 선하지도 악하지도 않으며, 오직 생식이라는 범위 안에서 생물학적 역할만 이행한다. 호수의 귀부인이나 모르가나처럼 마법 능력을 지닌 신비로운 인물들이 몇몇 등장하기는 하지만, 보통 남성들을 돕는 '여성적인' 역할로만 머문다.

중세 전성기에 접어들면 여성 적대적인 내용을 담은 전설들이 쏟아져 나온다. 이 지점에서 우리는 중세 수도사들을 짚고 넘어가야 한다. 당시 그들은 여성을 '음란한' 피조물이라 여기며, 그저 순진무구한 남성을 유혹하여 타락시키는 존재일 뿐이라고 생각했다. 이러한 사고는 당연히 시대상을 또렷이 투영한다. 당시에는 신념에 따라서라기보다 직업 선택 기회가 극히 적었기 때문에 어쩔 수 없이 수사가 되는 경우가 많았다. 대대로 이어지는 가내 수공업이 있거나 기사 집안 출신이 아닌 이상, 수도사라는 직업을 선택할 수밖에 없었다. 그리하여 어느 정도 교육에 대한 열의가 있으면서 빈곤한 남성들은 보통 수도원에서 지냈다. 그런데 이들뿐 아니라 기사 신분의 집안에서 태어난 아들들 또한 종종 수도원으로 보내졌다. 기사 교육을 시킬 만큼 집안이 넉넉하지 않거나 아니면 기사로서 필요한 재능이 아예 없을 경우에는 수도원에 들어갔다.

이런 남성들에게 금욕 생활은 구속이자 억압이었을 것이

다. 이들에게는 여전히 확실한 욕구가 있었을 테니 말이다. 그리고 이들은 아름다운 여성을 보면 욕구가 솟구치는 경험을 했을 것이다. 여성들이 아무리 정숙하고 악의 없는 행동을 보이더라도, 강제 금욕을 하는 이들에게 여성은 성적 욕망을 끓어오르게 하는 대상인 것이다. 하지만 직업상 이들은 무언가를 갈망한다는 사실을 결코 시인해서는 안 된다. 따라서 내면의 욕망에 대한 책임을 외부에 전가해야만 한다. 즉 여기에서 방어기제 중 하나인 '투사'가 아주 강하게 작동한다. 매력적인 여성이 나타나면 수도사의 내면에 잠들었던 '원초적 인간'이 천천히 떠오르며 이렇게 외친다. "저 여자를 붙잡아!" 그러나 초자아Superego가 이를 차단한다. "너는 독신으로 살아야 하는 수도사잖아!" 그러면 이 여성은 '악'이 된다. 단지 존재한다는 이유만으로. 이 같은 투사는 수도사들의 세계뿐 아니라 여전히 오늘날에도 도처에 퍼져 있다. 무슬림 여성들에게 가해지는 엄격한 의복 규정에서도 일부 드러난다. 사우디아라비아 같은 국가에서 아예 정부 차원에서 여성의 몸을 옷으로 가리도록 규정하듯 말이다. 그러나 서방 국가들 역시 이러한 사고방식에서 완전히 자유롭지는 않다. 예를 들어 여성이 성폭력을 당하면 피해자 여성에게도 일말의 책임을 부여한다. 이를테면 여성이 '개방적인' 태도를 취하여 가해자를 유혹했을 가능성을 배제하지 않는다.

이처럼 중세 시대에 종교 차원에서 성을 억제하며 심리적 압박을 가한 덕분에 조장된, 여성에 대한 적대적 사고방식은 아서 왕의 전설 곳곳에서도 묘사된다. 원래 모든 것은 정상이었고, 질서가 잘 잡혀 있었다. 적어도 여성들이 나타나기 전까지는. 그러나 그녀들이 유혹적으로 등장하면서 평온은 깨지고 소요가 찾아온다.

실제로 남성에게 있는 책임은 이야기 속에서 은근슬쩍 감춰지곤 한다. 그렇다면 남성들에게는 어떤 책임이 있으며, 그 책임이 어떤 방식으로 숨겨지고 또 전가되는지 인물들의 특징을 통해 집중적으로 살펴보도록 하자.

멀린 – 종잡을 수 없는 인물

마법사로 잘 알려진 이 멀린이란 인물은 대체 누구일까? 그의 가족 관계에 대해서 알려진 바는 그리 많지 않다. 일부 초기 아서 전설들은 그저 '아버지가 없는 아이'라고만 묘사하며, 이후 몬머스의 제프리Geoffrey of Monmouth는 그가 밤의 악령인 인큐버스Incubus와 수녀 사이에서 태어난 아들이라 적는다.

여러 문헌들을 통해 추측하건대 멀린은 '무성'의 존재인 듯하다. 그가 여성이나 남성에게 특별히 정욕을 보이는 장면이 나오지 않기 때문이다. 그는 늘 뒷전에 물러나 있으면서, 마치 꼭두각시를 조정하듯 영향력을 행사한다. 켈트나 북유럽 신화에 나오는 다수의 신들처럼 조금은 장난스럽게 인물과 상황을 가지고 논다. 그는 결코 부모의 형상을 띠지 않으며, 멘토Mentor라고 하기에도 애매하다. 자신이 지닌 능력을 적극적으로 드러내며 도와주기보다, 상징이나 비밀스런 수수께끼를 통해 이따금 능력을 발휘하기 때문이다. 그럼 여기에서 질문이 하나 생긴다. 그에게는 다른 방법이 없었던 걸까? 직접적으로 드러낼 수가 없어서 상징이나 암시를 사용한 걸까? 아니면 그렇게 함으로써 자신만의 권력을 획득하고자 했던 걸까? 제 힘을 절대 놓치고 싶지 않아서 그런 방식을 고수한 건 아닐까? 선명하고 확실한 말로 표현하기보다 불분명한 암시나 상징으로 일 처리를 하는 사람이란, 어떤 조사 위원회의 위원장이나 유럽연합 집행위원회에서 쉽게 볼 법한 전형이다. 이런 사람들의 말은 언뜻 현명하게 들리지만, 자세히 들여다보면 괜히 복잡하기만 하거나 쓸모없는 내용인 경우가 대부분이다.

아서 – 캐릭터가 없는 영웅

멀린이 종잡을 수 없는 인물인 반면, 아서는 도대체 어떤 인물인지조차 알기가 어렵다. 말 그대로 고유한 캐릭터가 있기는 한 건지 의문이 들 정도다. 아서와 귀네비어의 관계는 복잡하다. 엄밀히 말하면 둘의 관계는 뭔가 불분명하고 모호해 보인다. 두 사람 사이에 어떤 감정이 존재하기는 했는지, 아니면 단지 정치적인 목적으로 맺어진 관계라서 둘 사이에 자녀가 생기지 않은 건지, 그리고 귀네비어가 '제 역할'을 다하지 못했기 때문에 둘의 관계가 틀어진 건지, 무엇 하나 확실하지 않다. 남성 지배적 세계에서 여성으로서 인정받을 수 있는 유일한 방법은 자손의 생산인데, 이를 충족시키지 못한 귀네비어의 위치는 여러모로 위태로웠을 것이다.

한편 그녀에게는 랜슬롯이 있었다. 그를 통해 귀네비어는 자신이 중요한 존재라는 감정을 느꼈을 것이다. 아서와의 관계에서 채워지지 않은 부분을 랜슬롯이 담당한 셈이다. 이야기에서 그려지는 이 삼각관계는 어딘가 이상하다. 랜슬롯은 아서와 가장 친한 친구인 동시에 최고의 기사이기 때문이다. 랜슬롯이 아서의 부부 관계를 향해 돌진하는 행위는, 성격상 그리 단단하지 않은 아서에게 분명 위협이었을 것이다. 친부모 밑에서 성장하지 못한 아서는 이미 어렸을 때 거부당하는 것이 무엇인지 경험했다. 남성들 손에서 자라났기 때문에, 어머니와 애정 어린 유대 관계를 맺어본 적이 없으며 건강한 모자 관계가 무엇인지도 알지 못했다. 따라서 그런 그에게 여성은 언제나 추상적인 대상이었을 것이다. 평범한 결혼 생활을 꾸리려던 그의 시도는 실패하고 만다.

아서는 여성과의 관계에서는 어려움을 겪었지만, 적어도 남성들을 다루는 방법은 어느 정도 알았다. 그는 남성적인 전사들과 관계를 형성했고, 그들은 아서에게 찬사를 보내며 우두머리로서 높이 치켜세웠다. 그리고 아서의 진정한 사랑은 랜슬롯에게 가 있었다. 우정이라는 이름의 이 관계는 아서에게 안정감을 주었다. 그가 평생토록 그리워하며 목말라 했던 무언가가 랜슬롯을 통해 채워진 것이다. 그에게 귀네비어는 원래부터 그다지 중요하지 않았다. 이는 귀네비어가 납치되는 장면에서 확실히 드러난다. 아서는 그녀를 크게 걱정하지도 않으며, 구해내기 위해 애쓰지도 않는다. 그래서 원탁의 기사 중 하나가 제안한 뒤에야 귀네비어를 구출할 원정대를 꾸린다. 납치된 그녀가 계속 부재하더라도 아서는 별다른 문제가 없었을 것이다. 어차피 둘 사이에는 아이도 없었으니, 어쩌면 아서는 귀네비어가 떠난 뒤에 자유로이 새로운 관계를 맺고 후계자로 삼을 아이를 얻었을지도 모른다. 그렇지만 자신이 가장 소중히 여기는 친구를 귀네비어 때문에 잃는 것은 아서에게 실로 비극적인 사건이다. 따라서 간통으로 죽어야 하는 사람은 귀네비어가 된다. 그녀가 사라지면 랜슬롯은 분명 깊이 후회하며 아서의 곁으로 돌아올 테니 말이다. 하지만 불행히도 랜슬롯은 아서가 아닌 귀네비어 쪽을 택한다.

오늘날의 시선에서 랜슬롯의 선택은 지극히 정당해 보인다. 죽을 위기에 처한 여성을 구하고, 엄벌을 내린 통치권자에게 비판적인 자세를 취했으니 말이다. 현대적 관점에선 이렇게 평가할 수 있겠지만, 아서 전설의 시대에 비추어보면 상상도 못 할 만큼 대단한 선택이었다. 당시 기사들은 왕에게 무조건적인 충성을 바쳐야 했다. 그러니 랜슬롯의 배신은 아서에게 갑절의 충격이었을 것이다. 친구로서 그리고 왕으로서 배신당했기 때문이다.

이 이야기는 시작과 끝을 어느 정도 예상할 수 있다. 아서는 세상에 환멸을 느끼며 심각한 우울증에 빠져 있기에, 그 이상을 기대할 수 없는 인물이다. 어려서 부모에게 버려지고 의지하는 멘토에게 늘 속기만 한 그에게는, 이처럼 강력한 운명적 타격을 버틸 만한 '저항력'이 충분치 않았다.

귀네비어 – 평범한 여왕

아서 전설에서 귀네비어는 실질적인 희생자다. 그녀는 동시 대의 다른 무수한 여성들처럼 남성 중심의 결혼정략에서 놀 잇감이 되어, 관계에 무능한 한 남자에게 붙잡혀 있었다. 둘 사이에 아이가 없는 이유가 그녀에게 있는지 아니면 혹시라 도 아서에게 있는지(한참 뒤에 등장하는 버전들을 보면 아 서와 이부 누이 사이에 아들이 하나 있다는 주장도 나온다), 정신적으로 또는 육체적으로 부부 관계를 맺을 상황이 아닌 건지(그가 동성애자일 가능성도 배제할 수는 없다) 등은 여 전히 불확실하다. 귀네비어가 여성으로서 자기 가치를 확인 하는 모습은 어디에서도 보이지 않는다. 랜슬롯이 나타나 그 녀에게 구애하기 전까지는 말이다. 한편 랜슬롯은 아버지 없 이, 이른바 한 부모 가정인 호수의 귀부인 손에서 자랐다. 따 라서 그는 여성들이 무엇을 원하는지 잘 알았다. (그러나 남 성에 대해선 잘 몰랐던 모양이다. 알았더라면 간통을 통해 아서에게 그토록 비참한 상처를 주지는 않았을 것이다.)

랜슬롯과 귀네비어의 관계는 극히 정상적으로 발전할 수 도 있었다. 귀네비어가 아서와 결혼하고 하필이면 그의 가장 신실한 친구와 비밀스레 사랑을 나누며 그를 기만하기에 이 르는, 모든 불행이 없었다면 말이다. 만약 귀네비어가 가웨인을 골랐더라면 아마 더는 아무 일도 벌어지지 않았을 것이다. 난봉꾼으로 이름난 가웨인은 수많은 여성들과 염문을 뿌리며 연애에 능수능란했기 때문에, 둘의 불륜을 아주 교묘하게 감추었을 것이다. 하지만 지극히 평범하고 건강한 귀네비어는 안타깝게도 불륜 이상의 관계를 열망했다. 그녀는 진정한 사랑을 원했다. 그리고 이는 그녀의 유일한 죄이기도 하다. 중세 시대의 여성들은 사랑을 가질 권리가 없었다. 대신 오로지 어머니로서의 역할만이 주어졌고, 이를 피해 갈 수 없었다. 시중의 영웅 전설들을 복사하여 사본을 제작해 읽던 수도사들에게도 이 같은 인식은 그대로였다.

랜슬롯 – 여성을 잘 아는 사람

기사 랜슬롯이 아서 왕 전설에서 지속적으로 중요한 위치를 차지했다고 말하기는 어렵다. 하지만 엄밀히 따지면 그는 원탁의 기사가 추구하는 이상을 실질적으로 구현한 유일한 인물이며, 여성들과 이성적인 관계를 맺을 수 있는 인물 또한 랜슬롯이 유일하다. 앞서 언급했듯이, 그는 매우 자립적인 여성의 손에서 아버지 없이 자랐다. 그녀는 랜슬롯에게 강인한 여성상을 보여주었고, 그로 인해 랜슬롯은 여성에게도 강한 성품이 있음을 일찍이 깨달았을 것이다. 그리고 랜슬롯은 귀네비어에게서 강인한 면을 발견한다. 늘 곁에 있던 아서는 소홀히 하며 지나쳤던 면을 말이다. 그러면서 우리 가여운 랜슬롯은 아서가 자신을 단순한 친구 이상으로 여길 수도 있다는 사실을 결코 알지 못했을 것이다. (추측하건대) 동성애적 사랑과 상관없이 랜슬롯은 아서의 정신적 지주였으며, 아서는 그에게 절대적인 충성을 기대할 뿐 아니라 그의 무조건적인 충심이 절실했다.

여기에서 드러나는 랜슬롯의 결함은, 그가 어린 시절에 오직 여성의 얼굴만 보고 배우며 자랐다는 것이다. 이러한 성장 배경은 그를 공감 능력이 높은 친구로 만들었지만, '버려진 남성의 복잡한 얼굴'은 그에게 낯설 뿐이었다. 랜슬롯은 아서를 다른 남성들과 동일하게 바라보았고, 그에게서 어딘가 단단히 붙잡아주어야 하는 어린 소년의 모습은 차마 발견하지 못했다. 랜슬롯에게 아서는 뛰어난 왕이자 강인한 성품을 지닌 전사였다. 즉 자신이 우러러 보아야 하는 대상이지, 그 반대는 절대 성립되지 않았다. 랜슬롯과 아서의 관계에서 우리는 오래된 부부 사이에서 오해가 발생하는 주된 방식을 정확히 확인할 수 있다. 다시 말해 핵심은 빼고 서로 빗나가는 대화만 주고받으며, 정작 상대방이 원하는 바에는 눈길도 주지 않는 관계가 이어지면 결국 오해가 쌓이고 만다. 처음부터 두 사람 사이에는 이러한 내면의 갈등이 있었다. 그러다가 귀네비어가 촉매제가 되어 이 내적갈등이 겉으로 드러난다. 그리고 선택 앞에 놓인 랜슬롯은 자신을 더욱 필요로 할 거라 생각되는 쪽을 택한다. 그가 도와주지 않으면 곧 불에 타 죽을, 장작더미에 묶인 귀네비어를 선택한 것이다. 자신의 지독한 질투로 유발된 이 행위(물론 그는 자신의 행위를 전연 다른 방식으로 상대화하며 필요악인 것처럼 설명한다) 때문에, 결국 아서는 모든 것을 잃는다. 여성을 깊이 이해했던 랜슬롯은 여성을 불에 태우는 잔혹한 인간을 끝내 따를 수 없었을 테니 말이다.

그렇게 가면이 벗겨지면서 원탁의 기사의 이상은 무너진다. 그러면서 모드레드나 모르가나 같은 다른 모든 주변 인물들은 더는 필요 없게 된다. 이들은 본질적인 갈등을 다른 방향으로 전환시키는 부차적 인물일 뿐이며, 아서와 랜슬롯 사이에 내포된 동성애라는 극적 긴장감을 숨겨야만 한다. 당시에 동성애는 죽어 마땅한 범죄로 여겨졌기 때문이다.

아서와 랜슬롯이 서로 처음부터, 각자의 기대감에 이름 붙일 수 있었다면 어땠을까?

처음부터 두 사람이 서로에 대해 잘 알았더라면, 무엇보다 아서가 자신의 결함과 소망을 제대로 파악했더라면 원탁의 기사 이야기는 전혀 다른 방향으로 흘러갔을 것이다. 그러면 여기에서 근본적인 물음이 하나 생긴다. 과연 아서는 랜슬롯 없이도 원탁의 기사를 성공적으로 일으키고 유지할 수 있었을까? 랜슬롯은 아서에게 일종의 이상적 자아상으로, 원탁의 기사가 가야 할 방향성을 제시했다. 만약 아서가 자신의 정서적 결핍과 유대 관계 형성의 결함에 대해 명확히 인지했더라면, 본인에게 주어진 힘과 영향력을 어떤 식으로 사용할 수 있었을까? 일단 그는 귀네비어와 결혼하지 않았을 것이다. 시작부터 멀린은 두 사람의 불행을 미리 알았다. 그러나 이 나이 많은 마법사는 늘 하던 대로, 숨김없이 확실하게 말하지 않았다. 이를테면 멀린은 의사소통에 필요한 표현력이 부족했다. 진작부터 멀린이 속내를 솔직히 드러내며 분명한 단어로 표현했다면, 아서는 친부모 슬하에서 성장할 수도 있었다. 그랬다면 아서는 어려서부터 보통의 일반적인 부부 관계를 체득할 수 있었을 것이다. 더불어 부모의 모습을 관찰하고 부모와 대화를 나누면서, 남성과 여성이 관계 맺는 방법을 학습했을 것이다. 어머니를 통해 여성상을 배우고 여성과의 유대 관계를 익힌 상태에서 귀네비어와 결혼했다면, 부부 관계는 무난하게 유지되었을 것이다. 그러면 동성애적 성향이 두드러지게 나타나지 않았을 수도 있다. 자신의 모든 사랑과 애정을 랜슬롯이라는 이상적 대상에게만 투영할 이유가 없기 때문이다. 그렇게 아서는 귀네비어에게도 진정한 남편의 모습을 보여주며 제 역할을 다했을 테고, 결국 랜슬롯에게도 홀대받는 여왕을 차지할 기회는 없었을 것이다. 여기에 더해 귀네비어는 자식 없는 여왕이라는 이름으로, 마냥 체면을 구기지는 않았을 것이다. 아서가 제대로 된 남편이었다면 귀네비어에게 적절한 임무를 위임했을 것이고, 자녀 없는 여왕은 가령 자선단체를 맡아 운영하면서 고아를 입양했을 수도 있다.

결국 아서 왕 전설은 인간의 어린 시절이 얼마나 중요한지를 다시 한번 보여주는 예라고 하겠다. 즉 어린아이들을 진지하게 대하고 다루며 훌륭한 본보기를 제시해야, 여러 다양한 사람들과 관계를 형성하는 올바른 방식을 일찍이 배울 수 있다. 그랬다면 원탁의 기사 모임도 무너지지 않고 지켜졌을지도 모른다.

제3장

세계 문학사의 세 번째 무대

17~19세기

유럽의 초기 근대는 수많은 변혁과 혁신이 이루어진 시대였다. 수많은 기술 개혁이 있었을 뿐 아니라, 이로 인해 근본적인 사고 변화도 함께 나타났다. 대중의 교육 수준은 지속적으로 향상되었고, 이들은 (세속적이든 종교적이든) 소수의 부유한 권력자들만이 목소리를 내는 상황을 더는 가만히 지켜볼 수 없었다. 이러한 분위기가 무엇보다 프랑스혁명을 이끌었고, 그때부터 트렌드세터Trend setter였던 프랑스인들을 중심으로 시작된 이 운동은 점차 전 유럽으로 번졌다. 이 외에도 변혁의 바람은 일루미나티Illuminati 같은 급진 조직의 창설을 이끌었다. 소위 '광명회'라고도 하는 일루미나티는 기존 정치·종교 세력에 반하며 이를 뒤집고 새로운 체제를 만들기 위해, 자신들만의 계몽주의를 토대로 지식을 축적하고 전수하면서 비밀스럽게 세력을 확장했다. 결국 가톨릭교회는 이들 조직을 인정하지 않고 이단으로 규정했다.

이와 더불어 많은 사람의 의식 속에서 세상은 점점 더 작아졌다. 새로운 발명들로 여행은 더욱 쉬워졌고, 식민주의의 문턱은 한층 낮아졌다. 식민 지배자는 낯선 식민지에서도 기존의 안락함을 포기하지 않아도 되었기 때문이다. 새로운 사상과 세계관에 대한 비난은 더욱 수월해졌다. 본인의 관심사에서 크게 벗어나거나 뭔가 생경하다 여겨지면, 위험하고 해롭다고 낙인찍으며 거부하기도 쉬워졌다. 수많은 유럽인은 처음으로, 끊임없이 변화하는 인식 속에서 씨름해야 했다. 본인들의 생활방식이 최선인지 아니면 다른 방식은 없는지 고민하면서 말이다. 당시 삶은 지속성이 떨어지는 대신 한층 흥미진진했다. 한동안 사람들은 이 모든 새로운 지식이 인간이 알 수 있는 전부라 믿었으며, 이 모든 새로운 발명으로 무엇에든 도달할 수 있으리라 생각했다.

로미오와 줄리엣
Romeo and Juliet

사랑에 취한 두 십 대

로미오와 줄리엣은 세계 문학에서 의심할 여지없이 가장 유명한 커플이다. 실제로 새로운 연애소설이 나올 때마다 이들의 이야기와 비교·대조되곤 한다. 스테프니 메이어Stephenie Meyer의 《트와일라잇Twilight》은 (다소 의아스럽지만) 그 혜택을 톡톡히 본 작품 중 하나다. 뿐만 아니라 매년 수천의 관광객들이 '줄리엣의 집Casa di Giulietta'을 순례하기 위해 베로나Verona를 찾는다. 소설에서 줄리엣 부모의 집으로 나오는 이 공간에 줄리엣이 머물렀다는 이유로 어마어마한 방문객이 드나드는 것이다. 현재 이 집에 있는 발코니는 당시 지어진 것이 아니라 나중에 증축되었다고 한다. 바로 그 유명한 장면을 상기시키기 위해서 말이다. 줄리엣의 집 벽에는 사람들이 붙여놓은 연애편지가 가득하며, 벽돌 위에 분필과 펜으로 적은 사랑 고백이 즐비하다.

이처럼 소설의 주인공이 마치 실존 인물처럼 여겨지는 기묘한 현상은 종종 발생한다. 그런데 지극히 객관적인 시선으로 평가하면, 로미오와 줄리엣은 연인 관계에서 가지 말아야 할 길을 보여주는 대표 사례다. 자신이 맺고 있는 애정 관계가 짧고 비극적으로 끝나기를 바라는 사람이 아니라면 말이다.

성급한 결정과 불충분한 의사소통

《로미오와 줄리엣》의 대략적인 줄거리는 다들 익히 알 것이다. 하지만 이 이야기 속에는 지금껏 전혀 주목받지 못한 것들이 몇 가지 있다. 그래서 전체적인 이야기를 한 번 더 살펴볼까 한다.

이탈리아 베로나에는 서로 지독하게 적대하는 두 가문, 캐플릿Capulet가와 몬테규Montague가가 있다. 두 집안이 마주칠 때마다 충돌하며 결투를 벌이는 탓에 베로나의 영주는 참을 수 없이 화가 나, 다음에 또다시 싸움을 벌이면 사형을 내리겠다고 엄포를 놓는다.

줄리엣은 캐플릿가의 사람인 반면 로미오는 몬테규가의 일원이다. 셰익스피어William Shakespeare 비극의 서막은 이처럼 직접적으로, 애초부터 엇갈린 비운의 사랑을 천명한다. 그러나

이 작품을 자세히 들여다보면, 솔직히 둘의 비극은 서로가 원수 집안이라는 사실에 있지 않다. 진짜 문제는 따로 있다.

먼저 로미오는 차가운 로잘린Rosalind에게 거부당하고 그녀를 향한 상사병으로 쇠약해 있었다. 실연의 아픔으로 고통스러워하는 로미오를 위해, 친구 벤볼리오Benvolio는 기분 전환을 하자며 하필이면 캐플릿가의 저택에서 열리는 가면무도회에 데려간다. 그곳에서 로미오는 줄리엣을 발견하고 줄리엣의 아름다움에 매료되어 곧바로 사랑에 빠진다. 그렇다면 로잘린은? 로미오에게 로잘린은 대체 무엇이었을까?

줄리엣 또한 크게 다르지 않다. 그녀는 이른바 첫눈에 반하는 사랑에 빠진다. 물론 줄리엣은 로미오를 만나기 전 다른 누군가에게 빠진 적이 없었다. 그녀에게는 파리스Paris라는 이름을 가진, 어딘가 의심스럽고 나이 많은 남자가 있었지만 어차피 줄리엣은 관심조차 없었다.

무도회에서 만난 바로 다음 날, 그 유명하고도 악명 높은 발코니 장면이 등장한다. 줄리엣은 발코니에 홀로 서서 로미오를 향한 사랑을 고백한다. 다행히도 이 고백을 '우연히' 들은 사람은 로미오뿐이었다. 그렇지 않았다면 그녀는 분명 심히 곤란한 상황에 빠졌을 것이다. 줄리엣의 사랑을 확인한 로미오는 자신 또한 그녀를 사랑한다 말하고, 서로의 사랑을 확인한 두 사람은 결혼하기로 결심한다.

이 지점이 중요하다. 로미오가 로잘린 때문에 상사병을 앓던 바로 다음 날, 처음으로 서로를 알게 된 그다음 날, 두 번째 만남에서 결혼을 결정한다는 데 주목해야 한다. 누가 봐도 신중하지 못한 성급한 결정이지만, 실제로 인생을 바꿀 만큼 중대한 결정을 이런 식으로 내리는 경우가 적지 않다.

다른 길을 생각하거나 한 번 더 고민하기도 전에, 이들은 이 결심을 바로 실행에 옮긴다. 로미오는 가톨릭교회 수사인 로렌조Lorenzo를 찾아가 결혼식을 도와달라고 설득한다. 로렌조는 둘의 사랑이 두 집안 사이의 불화를 종식하리라 기대하며 결혼을 돕기로 한다. 그리고 몇 시간 뒤 두 사람은 부부가 된다. 가짜 엘비스Elvis Presley만 빠졌다 뿐이지, 라스베이거스에서 열리는 결혼식과 맞먹을 정도로 거창한 행사였다.

지금까지의 비극으로는 충분치 않았는지 이야기는 보다 심각한 파국을 향해 치닫는다. 비밀 결혼식을 올리고 얼마 뒤, 로미오는 거리에서 캐플릿 가문의 일원과 맞붙어 싸움을 벌이다 그를 죽이고 만다. 물론 처음에는 로미오도 갈등을 평화롭게 조율하려 했다. 이 부분은 정상참작을 해주어야 한다. 두 가문의 갈등을 끔찍이도 싫어했던 베로나의 영주는 로미오에게 사형을 내리는 대신, 관대하게도 추방하는 선에서 사건을 마무리한다.

베로나를 떠나기 직전 로미오는 줄리엣을 만나고, 두 사람은 첫날밤을 보낸다.

그러고 나서 곧바로 다시 파리스가 나타난다. 전부터 줄리엣을 흠모했던 파리스는 줄리엣의 아버지가 점찍어둔 약혼자였다. 아버지는 줄리엣의 의사를 묻지도 않고 파리스와 결혼시키려 한다. 원치 않는 결혼을 모면하기 위해, 줄리엣은 마시면 한동안 가사假死 상태가 되는 물약을 삼킨다. 이 소식이 로미오에게 제대로 전달되었다면 좋았겠지만, 안타깝게도 로미오는 잘못된 정보를 접한다. 즉 로미오는 친구를 통해 줄리엣의 '죽음'을 전해 듣는다. 그리고 로미오는 이야기 속에서 내내 그랬던 대로 한결같은 행동을 보인다. 신중한 고민 없이, 성급한 결정을 내리고 만 것이다.

로미오는 독약을 사서 줄리엣을 따라 죽기로 한다. 그리하여 그는 줄리엣이 '묻혀' 있는 영묘靈廟로 향한다. 도중에 로미오는 우연히 만난 파리스와 싸움을 벌이다 그를 죽이게 된다. 아마도 셰익스피어는 자신의 비극에 필요한 최소한의 사망자 수를 정해두었나 보다. 그래서 파리스까지도 죽음에 이르렀는지도 모른다. 게다가 지금 로미오는 눈에 보이는 것이 없으니, 누가 죽든 상관없다. 아무튼 가까스로 줄리엣의 무덤에 도착한 로미오는 독약을 마시고 죽는다.

곧 깨어난 줄리엣은 죽어 있는 로미오를 보고, 자신의 비참한 운명을 크게 비탄하며 칼로 제 몸을 찔러 죽음을 택한다. 성급한 결정으로 시작된 이야기는 온통 잘못된 선택들과 함께 끝을 맺는다. 그래도 마지막에는 몬테규와 캐플릿 가문이 오랜 반목을 풀고 화해하는 장면이 나온다. 덕분에 완전한 비극은 벗어났다. 적어도 일말의 희망은 남겼으니까.

당시 두 사람의 나이는 몇 살이었던가?

누군가는 다음과 같은 질문을 던질지도 모른다. 도대체 당시 로미오와 줄리엣에게 무슨 일이 벌어진 거지? 삽시간에 깊은 사랑에 빠지고, 애정 관계가 도달할 수 있는 비극의 최대치를 찍는 이들은 보통 어디 학교 운동장에서나 볼 법하지 않은가? 사실 이런 행동은 사랑에 열병을 앓는 십 대들이나 가능한 것 아닌가?

틀린 말은 아니다. 로미오와 줄리엣은 사랑으로 번민하는 십 대가 맞다. 더욱이 작품 속에서도 줄리엣의 나이가 언급되는 부분이 있다. 열네 살 생일을 목전에 두었다고 말이다. 로미오는 그보다 조금 더 나이가 많은데, 그래봐야 두어 살 차이일 것이다.

한 가지 덧붙이자면, 다들 알다시피 이 이야기의 소재는 셰익스피어가 처음으로 생각해낸 것이 아니다. 고대부터 외부 환경 때문에 사랑을 이루지 못하는 연인을 다루는 이야기는 존재했다. 이미 1530년에 이탈리아의 루이지 다 포르토Luigi da Porto라는 작가가 《줄리에타와 로메오Giulietta e Romeo》라는 작품을 썼다. 한참 뒤 같은 나라 출신인 마테오 반델로Matteo Bandello가 《로메오와 줄리에타Romeo e Giulietta》를 집필했다. 이를 피에르 보에스튀오Pierre Boaistuau가 프랑스풍으로 번안해 출간했고, 1562년 아서 브룩Arthur Brooke이 다시 영문으로 옮겨 《로메우스와 줄리엣의 비극 이야기The Tragical History of

Romeus and Juliet》라는 장편 서사시를 펴냈다. 바로 이 서사시가 셰익스피어의 작품의 초안이 되었으며, 작품 곳곳에서 아서 브룩의 원문을 인용한 문구들을 찾아볼 수 있다. 이 초안에 서 셰익스피어는 청소년들이 부모와 조언자의 말을 귀담아 듣지 않으면 어떻게 되는지, 일종의 경고성 실제 사례를 떠올 렸는지도 모르겠다. 만약 그런 의도였다면 이 소설은 확실히 더 의미심장하겠다.

이처럼 치명적인 결말로 끝나는 청소년 드라마가, 전 시 대를 통틀어 가장 위대한 연애소설로 간주되는 현실을 그저 웃어넘기기에는 어딘가 씁쓸하다. 이는 오늘날 사랑과 관계 를 대하는 우리의 자세를 그대로 반영하기 때문이다.

정신의학적 관점으로 살펴본 로미오와 줄리엣

로미오 – 좌초된 나르시시스트의 전형

먼저 로미오라는 인물을 들여다보면, 이 젊은 청년의 마음속 에 자리한 '사랑의 구성'이 어떤 모습인지, 사랑의 구성에서 정열이 얼마만큼 차지하고 있는지, 그리고 과연 그가 정열과 열애를 구별할 수 있는 상태인지 의문이다.

작품 초반에서 그는 분명 다른 소녀의 이름을 부르며 열 병을 토로한다. 그런데 줄리엣을 보자마자 '옛사랑'을 즉시 잊어버린다. 정열을 쏟을 새로운 대상을 찾았기 때문이다. 그러므로 여기에서 관건은 줄리엣이 아니라, 로미오가 열정을 쏟아부을 '대상의 전이'다. 누군가에게 거절당한 로미오는 이 좌절감을 빠르게 채워야 했다. 이를 충족시키는 대상은 로잘린이든 줄리엣이든 상관없으며, 함께 삶을 공유할 인간적인 대상이든 아니든 크게 관계가 없다. 로잘린을 통해 '자기애적 손상'을 경험한 로미오에게는 그리 길지 않은 일생 동안 그런 경험은 흔치 않았을 테니, 그 감정이 '진짜' 사랑의 아픔인지 아닌지 분별할 수 없었을 것이다. 자기애적 손상을 극복하기 위해 그는 새로운 모험을 떠나야 했다. 마침 가면무도회가 열렸고 로미오는 모험의 일환으로 그곳을 찾아간다. 다른 소녀들과 로잘린을 비교하면서, 로잘린이 정말 그렇게 아름다운지 확인하는 차원에서 말이다. 이는 나르시시스트Narcissist에게서 나타나는 전형적인 방어로, 가질 수 없는 대상을 평가 절하하는 방식이다. 그런 다음 그는 정말로 아리따운 소녀 하나를 만나고 그녀도 그를 마음에 들어 하니, '자기애적 공급'을 완벽하게 채우게 된다. 로잘린이 누구였더라? 이제 로잘린은 아무 의미 없는 사람이다. 심지어 그는 그녀와 사랑에 빠졌던 과거조차 부인한다. "내가 누군가를 사랑했었던가?" 소설에는 이런 문구도 나온다. "아니, 맹세코 그런 일은 없었어. 내가 왜 그런 얼굴을!"

이 결정을 통해 로미오는 갑절에 달하는 유익을 얻는다. 물론 그가 무언가를 얻기 위해 이런 결정을 내렸다고 보기는 어렵다. 의도했다기보다 잠재의식에 따라 발현된 선택이다. 철천지원수 집안 딸이 그에게 관심이 있다는 건, 얼마 전까지 자기애가 크게 손상된 젊은 청년이 자기 가치를 재차 확인하고 자존감을 북돋는 계기가 되지 않았을까? 그리하여 그는 이 감정을 누리면서 자기애적 공급을 사랑으로 혼동한다. 자기애적 공급이 충분히 채워지면 들뜨고 도취되는 기분을 느끼는데, 이는 깊은 사랑에 빠질 때와 비슷한 감정이기 때문에 그의 혼동은 어쩌면 당연하다. 그는 이 감정을 붙들고 싶고 앞으로도 계속 고수하고 싶다. 그런데 만약 자신이 택한 여인과 결혼으로 결속된다면, 이 감정이 끊임없이 유지될 테니 얼마나 좋겠는가! 게다가 그녀는 로잘린처럼 자신을 밀어내지도 떠나지도 않을 테니, 이보다 더 좋을 수는 없다.

로미오의 발 빠른 행동은 로잘린을 향한 사랑의 열병에 근거하여 이해할 수 있다. 즉 로잘린에게 받은 자기애적 손상을 자기애적 공급으로 충족시키고자, 줄리엣에게 그토록 적극적으로 다가간 것이다. 하지만 로잘린에서 줄리엣에게로 옮겨 간 그 감정이 오래도록 지속될 진정한 사랑인지 장담하기는 어렵다. 또한 사랑이라 이름 붙은 그 감정이 정말 줄리엣이라는 사람을 향한 것인지도 의문이다. 한 가지는 확실하다. 로미오가 자기애적 공급이 선사하는 황홀한 도취를 느끼려고, 이 감정을 사랑으로 치환하면서 비극이 시작되었다는 것이다.

이와 대조적으로 예전부터 줄리엣과 알고 지낸 남성, 파리스는 비교적 현실적인 시선으로 여성을 바라본다. 오랫동안 줄리엣을 흠모해온 파리스는 충분한 심사숙고 끝에 그녀와 결혼하고 싶은 이유를 확실하게 인지하며, 이를 바탕으로 옳은 길을 선택한다. 비록 로미오가 전광석화 같은 속도로 (안타깝게도 아무도 모르는) 결혼을 성사시켰다 하더라도, 인간적인 측면에서 보면 파리스의 삶과 선택은 결코 실패가 아니다. 여기에 더해 로미오는 캐플릿 집안의 사람 티발트Tybalt와 충돌이 벌어지자, 처음에는 평화롭게 풀어보려고 노력하다가 결국 그를 죽이고 만다. 주변 사람들이 알든 모르든 이때 이미 로미오는 줄리엣과 결혼한 상태였으니, 둘은 같은 집안에 속했다 해도 무방하다. 그러나 유감스럽게도 로미오는 노련하게 대처하지 못한다. 아마도 그는 아주 어렸을 때부터 설득의 기술보다는 싸우는 방법을 익히 접하며 학습했을 것이다. 따라서 로미오는 배운 대로 행동했을 뿐이다. 적수는 죽이는 거라고. 물론 당시 그는 심리적으로 예외 상황에 처해 있었다. 티발트가 자신의 친구를 때려죽이는 광경을 눈앞에서 보았으니 말이다. 그럼에도 우리는 여기서 로미오의 나르시시즘Narcissism이 지닌 공격성이 살인 행위에 크게 기여했음을 알 수 있다. 그의 나르시시즘은 오직 승리 아니면 파괴밖에 모른다. 곧바로 그는 자신의 행위를 심히 뉘우치지만, 이 후회가 정말 죽은 자를 향한 건지 아니면 자기 연민의 표현인지 분명하지 않다. 다들 알다시피 이때 로미오는 후회와 함께 격한 분노를 표출하기 때문이다. 그리고 예상

했던 처벌이 이어지며 그는 추방된다.

　나중에 파리스와 마주칠 때에도 로미오는 다시금 갈등에 빠져 난투를 벌인다. 이 갈등으로 파리스의 목숨이 희생된다. 이 장면에서 우리는 로미오가 한 인간의 죽음을 뉘우친다기보다, 죽음으로 인해 자기에게 닥친 결과를 후회한다는 사실을 명백히 확인할 수 있다. 티발트의 죽음을 진심으로 안타까워하며 뉘우쳤다면, 또 다른 살인은 일어나지 않았을 것이다. 다른 한편으로, 로미오에게 적수를 죽이는 행위는 자기애적 공급을 채우는 또 하나의 길이기도 하다. 그의 내면에는 작고 무력한 어린 소년이 자리하며, 이 소년은 매순간 자존감을 해치는 수많은 문제들과 맞서 싸우고 있다. 그러므로 그는 힘을 지녀야 한다. 그러면서 '남성적 미덕' 속으로 숨어들어야 한다. 즉 대단한 사랑꾼이 되거나 아니면 무시무시한 결투자가 되거나…….

　결과적으로 이 모두 그에게 도움이 되지 않는다. 그리고 줄리엣이 죽었다는 잘못된 소식을 전달받을 때, 우리는 그의 '악성 나르시시즘'이 되살아나는 광경을 볼 수 있다. 승리 아니면 파괴라는 감정이, 이제 방향을 돌려 그를 향하는 것이다. 그는 결국 자기 파괴를 선택한다. 위기를 통해 성숙해지기에 그는 너무 나약하며, 줄리엣 없이는 살 수 없을 거라는 착각에 사로잡혀 있기 때문이다. 여기에서 말하는 줄리엣은 진정한 줄리엣이 아니라, 줄리엣이라는 이름을 한 '허구적 표상'이다. 로미오는 진짜 줄리엣에 대해 아무것도 몰랐을 가능성이 높다. 그렇게 그는 실재하는 줄리엣이 아닌, '이상'의 상실로 인해 죽음을 맞이한다. 부서질 듯한 자존감을 어떻게든 견고히 붙들어줄, 마지막 희망이라 여긴 줄리엣이라는 이상이 떠났기 때문이다.

줄리엣 – 정서 불안 인격 장애

줄리엣의 성격을 이해하려면 우선 당시 그녀가 사춘기 소녀였으며, 아직 성격이 완전히 발달되지 않았다는 사실을 확실히 해두어야 한다. 사춘기가 끝나지 않은 상태에서 인격 장애를 진단하는 것은 의학적으로도 용납되지 않는 편이다. 사춘기 청소년들의 행동 양식은 대개 정서적으로 불안한 양상을 띠기 때문이다.

그럼에도 줄리엣의 정서 불안은 짚고 넘어갈 필요가 있다. 이 정서 불안 성향이 결국 줄리엣을 파국으로 이끌었으니 말이다. 어려서 줄리엣은 어머니와 친밀한 유대 관계를 형성하지 못했다. 줄리엣의 어머니는 일찍이 그녀를 유모의 손에 맡겼다. 그리고 이 유모는 줄리엣이 중요하게 여기며, 인생에 본질적인 영향을 미치는 주요 인물로 자리한다. 따라서 어머니와의 관계에서 결핍이 있다 하더라도, 적어도 확실한 애착 관계 하나는 형성되어 있는 셈이다. 줄리엣에게 유모는 속마음을 털어놓고 의지할 유일한 사람이기도 하다. 그래서 그녀는 로미오와의 관계도 유모에게만 알린다. 하지만 유모는 어머니가 아니다. 로미오가 추방당할 무렵 줄리엣의 아버지는 파리스와의 결혼을 강행하려 한다. 만약 줄리엣이 가정에서 결정권을 지닌 어머니를 믿고 비밀을 고백했더라면 상황은 다른 방향으로 나아갔을지 모른다. 유모는 줄리엣을 지키고 돌보도록 고용된 위치에 있기 때문에, 고용주인 줄리엣의 아버지에게 이의를 제기할 수 없다. 무엇보다 줄리엣은 열네 살이다. 열넷은 더는 유모가 필요 없는 나이다. 게다가 줄리엣의 유모는 또 다른 아이를 새로 맡아 젖을 먹일 수 없을 만큼 나이가 많이 들었다. 그러므로 다른 가정에 들어가 새로운 일자리를 확보하기도 어려울 것이다. 이런 현실적인 이유로 유모는 줄리엣이 아닌 오직 자신의 안위를 생각하며 조언을 건넸을 가능성이 높다. 그리하여 유모는 줄리엣에게 아버지의 말을 들으라고 충고한다.

정서 불안을 지닌 사람들은 유달리 비이성적일뿐 아니라 종종 특별한 직감을 느낀다. 즉 타인이 나를 위한다며 설득할 때, 그 주장이 내가 아닌 말하는 당사자를 위해 최선이라는 사실을 본능적으로 알아차릴 때가 있다. 이 장면에서 문제는 유모가 줄리엣에게 파리스와 결혼하라고 조언을 한 점이 아니라, 유모가 그녀에게 거짓말을 요구했다는 데 있다. 줄리엣은 로미오와의 비밀 결혼을 숨겨야 했다. 어차피 그는 추방당했으므로 아버지나 다른 누군가에게 밝힐 이유도 필요도 없기는 하다. 아마도 줄리엣은 이전에도 여러 차례 이런 식으로 진실을 은폐했을 것이다. 갈등을 공개적으로 드러내고 대화로 풀어낸 경험은 거의 없을 것이며, 대신 곤란한 상황에서 빠져나오기 위해 거짓말하거나 꾀를 쓰는 데 더욱 익숙할 것이다. 그리고 바로 이 순간에도 그녀는 거짓과 은폐를 시도한다. 이제 겨우 열네 살인 줄리엣은 벌써부터 굉장히 명민한 모습을 보인다. 그리하여 이 똑똑한 소녀는 로미오와의 결혼을 성사시킨 수도사를 찾아가 몰래 해결책을 모색한다. 실제로는 죽지 않으면서 죽은 듯이 보이도록 사람들을 속여, 버틸 때까지 버티면서 여론을 원하는 쪽으로 이끌려한다.

그녀의 계획은 로미오까지 속이지만 않았더라면 완벽하게 실현되었을 것이다. 하필이면 그 로미오가 생각보다 행동이 앞서는 나르시시스트라서 모든 계획은 엉망이 되고 말았다. 이쯤에서 또 하나 의문이 생긴다. 줄리엣은 로미오의 어떤 부분에 매혹된 걸까? 무슨 이유로 그녀는 '위대한 사랑'을 경험하고 있다고 믿었을까? 로미오와 마찬가지로 줄리엣도 자기애적 공급과 연관 지어 생각해볼 수 있다. 자신에게 다가와 사랑을 구하는 남성이 젊고 매력적인 데다, 물질적인 탐욕도 드러내지 않으니 줄리엣의 마음은 크게 동했을 것이다. 줄리엣은 영향력 있는 집안의 딸이었고, 당시 이런 가문들은 사랑이 아니라 정략적으로 혼인을 맺곤 했다. 따라서 그녀는 누가 접근하더라도 가문의 부와 명예를 보고 막대한 결혼 지참금을 기대하며 다가오는 건지, 아니면 순전히 개인적으로 관심이 있어서 다가오는 건지 확실히 분간할 수 없었다. 그런데 로미오와의 관계에서는 이런 현실적인 것들을 모두 제하고 그저 분노와 괴로움 같은 감정만 기대되기 때문에, 그가 그녀를 진심으로 사랑한다고 확신하기에 충분하다. 그는 이미 그녀를 위해 희생할 준비가 되어 있었다. 엄밀히 말하면 그녀를 위해서라기보다, 다만 자신의 나약해진 자존감을 복구하고자 기꺼이 희생한 것이다. 줄리엣은 이를 알리 없다. 이는 오늘날의 인간관계에서도 빈번히 드러나는 난제다. 정서 불안이 있는 사람들이 병적 자기애를 가진 나르시시스트들과 관계를 맺으면, 결국엔 나르시시스트로 인해 정신적으로 폐허가 되며 나르시시스트 또한 망가지고 만다.

줄리엣은 하나의 인간으로 성숙해질 기회가 전혀 없었다. 그녀는 사랑받고 싶었고 그러면서 로미오와의 관계를 지나치게 드높였다. 순식간에 치러진 결혼식 또한 로미오가 그녀를 위해 맞서 싸울 준비가 되었다는 강력한 증거이자 상징으로 작용했다. 그러나 정말로 준비가 된 사람은 줄리엣이었다. 그녀는 (실제로는 존재하지 않는) 사랑을 위해 싸울 준비가 되어 있었다. 반면 로미오는 외적인 어려움을 타개하는 대신 자멸을 택하고 만다.

안타깝게도 줄리엣은 이를 분별할 수 있는 상황이 아니었다. 그녀는 그저 충격에 빠져 있었다. 그녀가 아는 한 생애를 통틀어 자신을 진정으로 사랑해준 유일한 남자가, 그녀와 헤어지느니 차라리 죽음을 택하겠다며 세상을 등졌으니까. 이는 그녀에게 로미오의 위대한 사랑을 다시금 확인시키는 또 하나의 증거가 된다. 그러면서 동시에 정신적 충격, 트라우마를 가한다. 이 트라우마는 그녀를 감정적 예외 상황으로 끌고 들어가, 결국 죽음만이 유일한 해결책이라고 판단하게 만든다. 크고 심한 정신적 충격을 받은 사람들이 후에 자살할 위험성이 특별히 높은 이유가 여기에 있다. 특히 인격이 아직 성숙되기도 전에, 안정적으로 자리 잡기도 전에 몇몇 운명의 타격을 경험한 경우에는 더욱 위험할 수 있다.

로미오와 줄리엣이 다른 환경에 처했더라면 어땠을까?

줄리엣이 어렸을 때부터 관심사와 견해를 공개적으로 드러내는 법을 배웠다면, 그리고 로미오와 이미 결혼했다고 아버지에게 말했다면 어땠을까? 그럼 이야기는 어떻게 흘러갔을까? 당시만 해도 이혼은 오늘날처럼 그리 쉽게 이루어지지 않았다. 그런데 두 사람은 벌써 식까지 올리며 공식 부부가 되었다.

두 집안은 이 문제를 풀기 위해 진지하게 씨름했을 것이고, 어쩌면 그 과정에서 호의적으로 합의를 이끌어내고 화해했을지도 모른다. 그리고 적어도 얼마 동안은 로미오와 줄리엣의 그 위대한 사랑이 일상에서 부딪히는 어려움과 걸림돌들을 이겨냈을 것이다. 각자 머릿속에 존재하는 이상이 바로 곁에 있는 상대방이라고 여겼을 테니 말이다.

현실이었다면 두 사람의 결혼은 끝내 실패로 돌아갔을 것이다. 결혼을 하자마자 줄리엣은 로미오가 그녀를 사랑해서가 아니라, 로잘린 때문에 약해지고 무너진 자존감을 채우기 위해, 즉 자기애 공급 때문에 자신과 결혼했다는 걸 깨닫게 될 것이다. 줄리엣이 로미오를 향해 존경과 감탄의 표현을 더는 지속하지 않으면, 자기애 손상으로 인한 상심과 분노가 다시금 드러날 것이다. 그러면 로미오는 성격상 즉시 또 다른 모험을 감행할 수도 있다. 이를테면 고향에서 멀리 떨어진 군대에 들어가 자기 가치를 확인받으려 애쓸지도 모른다. 이처럼 두 사람이 한동안 거리를 두면, 각자 사랑에 빠졌던 이상이 상대방이라는 사실을 재차 확인하면서 다시 서로를 그리워할 가능성도 있다. 그러면서 두 사람은 휴가 날만 기다릴지 모른다.

물론 상황이 더 악화될 수도 있다. 만일 로미오가 부정한 남편이 된다면, 다시 말해 불과 몇 달 뒤 줄리엣을 철저하게 기만한다면 둘의 불화는 두 집안으로까지 번져 다시금 활활 타오를 것이다. 그리고 마침내 모든 상황은 예전보다 더한 상태로 돌아갈 것이다.

이야기를 아무리 돌리고 뒤집어 보아도 로미오와 줄리엣은 절대로 함께 행복해질 수 없는 사람들이다. 두 사람이 품은 사랑의 환상은 죽음 속에서나 유지될 수 있다. 죽음에 묻힌 환상은 결코 지워지지 않는다. 이들의 사랑이 오늘날까지도 높이 평가되는 이유가 바로 여기에 있다. 사람들은 종종 현실보다 환상을 더 선호하니까. 사실 로미오와 줄리엣의 사랑은 불행했다. 사랑 때문에 결국 죽었으니 말이다. 그리고 실제로도 두 사람은 불행했다. 둘은 서로를 하나의 인간으로서 사랑한 게 아니라, 각자 도달할 수 없는 이상을 좇았기 때문이다. 이런 이유에서 로미오와 줄리엣의 사랑과 우리의 사랑에 대한 비교를 경계해야 한다. 이들의 사랑은 깊이도 없으며, 흔히 말하듯이 죽음까지 불사한 고결한 사랑도 아니다. 그저 사랑이라는 환상에 빠진 열애일 뿐이다. 그리고 사랑을 오인한 두 연인의 환상을 영원히 보존하기에 이들의 죽음은 충분히 관대하다.

전 시대를 아우르는 위대한 연애소설

그런데도 로미오와 줄리엣 이야기는 전 시대를 통틀어 가장 위대한 연애소설로 꼽히며, 오늘날까지도 낭만적인 이야기로 각인되어 있을뿐더러 현실에서 우리가 기대하는 사랑과 연인 관계에 중대한 영향을 미친다. 로미오와 줄리엣이 경험한, 첫눈에 반하는 사랑은 낭만적인 이상의 전형으로 여겨진다. 하지만 한번 솔직하게 생각해보자. 우리가 처음 본 사람을 두고 보통 무슨 말을 꺼내는지. 로미오에게도 아주 결정적이었던 바로 그 질문을 던지지 않던가? 쉽게 말해 그 사람이 외적으로 아름다운지 여부를 묻고 시작한다.

신혼여행까지만 살고 말 거라면 아름다움은 중요할지도 모른다. 그러나 장기 관계에서는 무엇보다 성격적 특징이 한층 더 중요하다. 관계가 오래되고 깊어질수록 고유의 성격은 점점 도드라지게 마련이다. 로미오는 숨 막힐 정도로 멋진 외모를 소유했을지 모른다. 하지만 그의 기질은 스스로 목숨을 끊어 극적 반전을 이끌어낼 정도로, 명백한 감점 요소다. 줄리엣도 이를 알았어야 했다. 안타깝게도 이미 너무 늦었지만 말이다.

일반적으로 이성을 거스르는 사랑은 추구할 가치가 있는 무언가로 여겨지곤 한다. 즉 모든 상황과 여건을 감수하며 흔들리지 않는 확고한 사랑이야말로 이상적이라고 생각하는 것이다. 이는 정확히 로미오와 줄리엣이 했던 방식이다. 둘 사이에는 실질적인 계획이 없었다. 둘은 서로의 관계를 보완하고 개선하기 위해 고민하거나 노력하지도 않았다. 미래를 구체적으로 그리지도 않았으며, 이에 대한 대화를 주고받지도 않았다. 따라서 이들은 어려움에 처한 관계를 아무런 계획 없이 밀고 나갈 때 얼마나 쉽게 무너지는지를 보여주는 예라고도 하겠다. 그럼에도 이들은 모든 한계를 극복한 숭고한 사랑으로 여전히 칭송받는다.

어쩌면 견해 차이일 수도 있겠지만, 더는 연인과 함께할 수 없다는 이유로 자살하는 행위가 과연 이로운 선택인지 의문이다. 물론 연인의 부재를 끔찍하게 두려워하며 스스로 목숨을 끊을 수는 있다. 하지만 비극적인 상황에서 벗어나 행복을 찾기 위해 자살을 택하는 건 그리 효과적인 전략으로 보이지는 않는다.

아니면 우리가 너무 객관적이고 현실적인 시선으로 분석한 탓에, '낭만주의'의 진정한 의미를 아직 발견하지 못한 것일지도 모르겠다.

베르테르
Werther

청춘의 파괴자

《젊은 베르테르의 슬픔Die Leiden des jungen Werther》은 역사가 반복된다는 사실을 보여주는 최고의 사례 중 하나다. 1774년 라이프치히Leipzig 도서전에서 처음 출간된 이후 이 소설은 곧바로 베스트셀러가 되었다. 성공을 거둔 결정적인 이유는 당시 유행처럼 번진 '독서 중독Lesesucht' 바람에 있다.

잠깐, 독서 중독이라고? 문득 고개를 갸우뚱할지도 모르겠다. 잘못 들은 것이 아니다. 실제로 이 단어는 18세기 후반에 생겨났다. 계몽주의적 노력과 공공 교육기관의 확산으로, 그 무렵 도시마다 책 읽는 사람들이 점점 늘어났다. 초기에는 다들 신문이나 종교 문헌 그리고 당연히 성서를 주로 읽었다. 그러다가 소설에 관심을 쏟기 시작했고, 정확히는 괴테 Johann Wolfgang von Goethe의 '베르테르' 출간과 거의 동시에 말 그대로 소설 붐이 일었다. 무엇보다 중산 시민 계급인 부르주아 여성들이 열성적으로 소설에 탐닉했다. 이들은 책 이외에 여가 시간을 보낼 수단이 딱히 없었기 때문에, 새로이 유행하는 소설에 완전히 몰두하게 되었다.

이 새로운 대상에 유독 수많은 젊은 여성들이 열광하고 빠져들자, 즉시 사람들은 이 현상 속에서 위험을 감지했다. 여성이 책을 너무 많이 읽으면, 특히 교훈적인 목적을 추구하지 않고 그저 소소한 인간관계를 다루는 책들에 도취되면, 살림을 방치하고 자녀 양육을 소홀히 하며 가정을 망가트리게 된다고 경고하는 글이 동시대적으로 쏟아졌다.

그런데 여성뿐 아니라 젊은 청년층 또한 전반적으로 이 독서 중독에 빠져 헤어 나올 수 없을 정도였다. 사람들은 독서에 중독된 청년들을 나태하다고 비난하며, 독서로 인해 일하기를 기피하는 등 많은 여러 문제가 나타나리라 경고했다. 당시 독서 중독에 반대하며 제기된 모든 논거들은, 사실 오늘날 컴퓨터 게임이나 인터넷 그리고 더욱 최근 문제인 스마트폰 중독 문제에 대입해도 어색하지 않을 정도로 흡사하다. 바로 이 지점에서 역사의 반복을 실감한다. 새로운 현상의 위험성을 강조하는 이들은 늘 극단으로 치닫는 경향이 있다. 오늘날 '총 쏘는 게임'이 광적인 살인을 유발할 거라 우려하듯이, 그 시대에는 괴테의 베르테르를 읽는 행위가 자살을 재촉한다며 두려워했다. 당시 청년들이 이 작품을 읽었던 이유는, 오늘날 다수의 학생이 컴퓨터 게임을 할 수밖에 없는 이유와는 조금 다를 것이다. 즉 순전히 지루함을 달래기 위해 이 책에 빠졌다고 볼 수는 없다. 엄밀히 따져서 《젊은 베르테르의 슬픔》은 당대 청년과 여성들이 주로 읽는 소설이라 여겨진, 교육 목적 없이 오락을 위해 쓰인 작품들과는 크게 다르다. 문학적으로도 가치 있을 뿐 아니라, 상당히 품위 있고 내용 면에서도 받아들이기가 쉬운 소설이다. 하지만 그 시대 사람들은 이렇게 간주하지 않았다. 대신 독서 중독이라는 광풍에 영향을 미치는 위험한 소설이라 평가했다. 특히나 소설 속 젊은 주인공이 마지막 순간에 벌인 절망적인 행위가 수많은 모방을 부추겼기 때문에, 이 작품을 도덕적으로 비난받아 마땅하다 여겼다.

그런데 괴테의 베르테르를 바라보는 시각은 여기에서 끝나지 않는다. '베르테르'는 여전히 유효하며 지극히 현대적이다. 따라서 오늘날의 관점을 바탕으로 다채롭게 들여다볼 수 있다.

쿨해지기 전의, 이모 문화

《젊은 베르테르의 슬픔》은 소위 '질풍노도'라 불리는 독일의 18세기 문학 사조, '슈투름 운트 드랑Sturm und Drang' 속에서 탄생한 작품이다. 슈투름 운트 드랑은 최근의 '이모 문화Emo-Culture(이모는 Emotional 또는 Emotive를 줄인 말로, 이모 문화란 억눌린 개인 감정이나 감성을 적극적으로 표출하는 문화 조류를 뜻함)'와 놀랍도록 비슷한 구석이 많다. 두 흐름 모두 인간 감정을 중시하며, 이성을 올바른 가치라 상정하는 기성세대에 반항하는 청년들이 중심을 이룬다. 베르테르가 검은 아이라이너를 칠하고 머리카락을 얼굴 위로 길게 늘어뜨리며 여러 개의 피어싱을 했다고 상상해보자. 그리고 이런 겉모습을 연상할 때 마음속에서 떠오르는 모든 상투적인 생각들이, 당시 베르테르라는 인물이 지닌 이미지라고 이해하면 된다.

베르테르에 대해서는 어느 정도 알겠지만, 수업 시간에 주의 깊게 듣지 않은 사람들 그리고 지금이라도 조금 더 자세히 알고 싶은 사람들을 위해, 이야기가 어떻게 흘러가며 베르테르는 무엇을 했는지 다시 한번 간략히 요약할까 한다.

어머니의 유산 상속 문제를 정리하고 더불어 불행한 연애로부터 벗어나고자 베르테르는 고향을 떠난다. 목가적인 소도시 발하임Wahlheim에 머물게 된 그는 호의적이고 점잖은 지방 행정관 S를 만난다. S는 부인과 사별 후 아홉 명의 자녀를 홀로 키우고 있었다. S는 베르테르를 집에 초대하려 하지만 한동안 베르테르는 큰 관심을 보이지 않는다. 그러다가 얼마 뒤 S의 집을 방문하고는, 그 집 첫째 딸인 로테Lotte를 만나자마자 마음이 달라진다. 로테는 어머니를 대신하여 어린 동생들을 살뜰히 챙겼고, 이 모습은 베르테르에게 깊은 인상을 남긴다. 이후 한두 차례 만남이 이어진 다음, 그는 로테가 자신과 정신적으로 통한다고 믿게 된다. 그녀도 자신과 같은 방향을 보고 있다고 판단한 것이다. 바로 이 지점에서 로미오와 비교할 수밖에 없다. 몇 번 만나지도 않고 첫인상에 반해 온 마음을 쏟으니 말이다. 하지만 베르테르는 로미오와는 차원이 다르다. 로테와 당장 결혼을 시도하지는 않았으니까. 대신 베르테르는 그녀를 신처럼 여기며 숭배한다. 그의 눈에 로테는 마치 성녀처럼 보이며, 얼마 동안 그는 로테에게 아무런 성적 감정을 느끼지 않는다. 베르테르는 단지 그녀와 더욱더 가까워지기를 원하며, 심지어 그녀의 약혼자와 다름없는 알베르트Albert와도 친분을 쌓는다.

마침내 로테를 향한 감정이 플라토닉Platonic을 넘어서는 지경에 이르자, 베르테르는 그녀에게 어머니의 유언을 따라 알베르트와 결혼하라는 한마디를 남기고 떠난다. 로테는 어머니의 임종 자리에서 알베르트와 결혼을 기약했기 때문에, 베르테르에게는 아무런 기회가 없었다. 일단 그녀를 향한 진솔한 감정을 드러내고 느낄 기회가 없었으며, 또한 그녀와의 결혼을 꿈꿀 기회도 없었다. 그래서 아마 베르테르는 처음부터 그녀와 결혼하지 않기로 결심했는지도 모른다. 물론 그녀의 선택이 전적으로 옳을 수도 있다. 그러나 어머니와 약속했다는 이유로 정해진 사람과 결혼하는 건, 건강하고 행복한 관계를 위한 최선의 토대라고 볼 수는 없다.

로테를 떠난 베르테르는 얼마간 어느 궁정에서 비서로 일한다. 하지만 그는 궁정 생활의 속박과 속물스러움에 답답함을 느끼고, 자신이 궁정 사회에 적합하지 않다는 사실을 깨닫는다. 그는 말 그대로 '이모', 즉 비주류적 감성을 지닌 인물로 늘 사회의 중심에서 밀려나 바깥을 맴돈다. 오늘날로 따지면 아웃사이더Outsider인 셈이다. 사교 모임에서 소외당하는 등 계속해서 여러 사건을 겪으며, 베르테르는 자신이 귀족 사회와 어울리지 않는다는 사실을 다시금 분명히 자각한다. 결국 그는 궁정 일을 그만두고, 이곳저곳을 돌고 돌다 발하임으로 돌아간다.

그사이 로테와 알베르트는 그에게 알리지도 않고 결혼한다. 그가 아무런 말도 없이 사라졌기 때문에, 어차피 두 사람은 결혼 소식을 전할 수도 없었다. 그럼에도 베르테르는 로테와의 '친교' 관계를 재개하려 한다. 그 관계가 그녀를 향한 열망을 새로이 부추긴다는 걸 스스로 알아차리지 못한 채로 말이다. 두 사람이 가까워지자 소문이 나기 시작하고, 로테는 처음으로 베르테르에게 분명하게 선을 그으며 거리를 두자고 한다. 그러면서 친구 이상으로는 넘어가지 말자고 제안한다.

그러나 베르테르는 견딜 수 없었다. 이미 오래전부터 스스로 거리를 두긴 했지만 이번에는 달랐다. 이번에는 그녀가 원해서, 며칠이고 그녀를 볼 수 없게 되었으니 말이다. 그에게 상상조차 할 수 없는 일이었다. 이제 그는 로테가 진정으로 무엇을 원하는지 물을 수도 없게 되었다. 굳이 묻지 않아도, 그녀가 답하지 않아도, 이미 답은 나와 있었다. 로테는 그에게 전혀 '관심'이 없었다.

　얼마 뒤 베르테르는 알베르트가 자리를 비운 동안, 예고 없이 불쑥 로테를 찾아간다. 거기에서 그는 두 사람이 정신적으로 통하고 있음을 재차 확인한다. 둘의 감정이 고조되고 이때 베르테르는 자신에게 기회가 왔음을 느낀다. 그리하여 그는 로테를 끌어안고 입을 맞춘다. 이에 놀란 로테는 베르테르의 손을 뿌리치고 옆방으로 피해버린다.

　로테의 결혼과 명예를 위태롭게 하지 않기 위해, 베르테르는 자살을 통해 그녀의 삶에서 궁극으로 멀어지기로 결심한다. 그는 알베르트에게 빌린 권총으로 자신의 머리를 겨눈다. 다음 날 그는 치명적인 중상을 입은 채로 발견되고, 결국 심한 부상으로 죽고 만다.

정신의학적 관점으로 살펴본 젊은 베르테르

베르테르의 성장 과정을 들여다보면, 관계 형성에 있어 굉장한 어려움을 겪었음을 단번에 알 수 있다. 그는 자신의 감정 상태에 대해 명확히 알지 못하는데, 이야기 초반에 소개되는 어머니와의 복잡 미묘한 관계에서 이에 대한 징조가 은근히 드러난다. 소설 첫 부분에서 베르테르는 어머니의 유산 상속분을 해결하기 위해 길을 나선다. 그가 맨 처음 로테를 보고 '탐낼 만한' 여성으로 여기는 대신, 일종의 여신처럼 숭상한 이유를 여기에서 찾을 수 있다. 첫 만남에서 로테는 어린 동생들을 돌보며 어머니의 역할을 성실하게 맡고 있었기 때문이다. 로테를 향한 마음이 플라토닉 수준을 넘어선다는 걸 깨닫자, 그는 로테에게 약속된 결혼을 상기시키며 이를 계기로 도망친다. 이 도망은 그에게 불가피한 선택이었다. 어머니와의 유대 관계가 제대로 풀리지 않은 그는 자신의 오이디푸스 콤플렉스를 신격화된 로테에게 그대로 옮겨놓았기 때문이다. 로테는 전형적인 어머니상像을 찬란하게 드러냈고, 그로 인해 베르테르는 그녀를 성적으로 갈망할 수 없게 된다. 즉 내면화된 근친상간의 금기가 욕망을 저지한 것이다. 물론 우리 젊은 베르테르는 이를 의식하지 못하며, 단지 무의식에 따라 행동할 뿐이다. 여기에 더해 그는 기본적으로 우울한 성향을 지녔는데, 의학에서 말하는 '기분저하증'에 해당되는 상태. 지속적으로 그는 우울증에 가까운 상태를 오가지만, 온전한 우울증이라고 진단 내리기에는 다소 부족한 면이 있다. 그러나 그의 우울한 성향은 생의 기쁨과 삶의 의욕을 앗아간다. 그는 이미 오랫동안 이런 성향을 달고 살았다. 이렇듯 일상이 음울한 그에게 로테는 눈부시게 반짝이는 한 줄기 빛처럼 보였을 것이다. 베르테르에게 그녀는 순결하고 이상적인 어머니상인 셈이다. 그리하여 이 여성에게서 정신적 일치감을 느끼는 순간, 그는 스스로 고양된다. 베르테르에게 로테라는 이상은 숨 쉴 공기처럼 반드시 필요하다. 하지만 현실의 로테는 베르테르가 자유롭게 숨 쉬는 것을 방해한다. 그녀에게 예정된 약혼자가 있다는 말을 듣자마자 그의 이상은 깨질 위기에 처한다. 이 순간 베르테르는 결정을 내려야 한다. 현실을 직시하고 이상적인 어머니상과 무의식에 자리한 근친상간의 금기를 넘어서느냐, 아니면 환상 속 이상을 어떻게든 지키기 위해 그저 도망치느냐의 갈림길에 놓인 것이다. 이야기가 어떻게 흘러가는지 우리는 이미 알고 있다. 베르테르는 내면의 이상을 과감히 제거할 수 있는 인물이 아니다. 그는 도주 속에서 구원을 찾으려 한다.

하지만 끊임없는 기분 저하가 그를 행복에서 멀어지게 했다. 계속해서 가라앉는 기분이 그를 주변 사람들과 단절시켰기 때문이다. 여기에 더해 감정을 전적으로 표현하지 못하고 만끽하지도 못하는 성격으로 비추어, '분열성 인격 장애'의 가능성도 보인다. 그는 항상 경계에 서 있다. 한편으로는 주변 사람들과 가까워지는 데 커다란 두려움을 느끼며, 다른 한편으로는 그들 속에 녹아들기를 원하기 때문이다. 로테와 친분을 맺은 지 얼마 되지 않아 정서적 일치감을 느꼈다며 고양되고, 지적 거리감을 좁히는 동시에 플라토닉 관계를 스스로 천명하며 어떻게든 육체적 거리감을 유지하려는 모습에서 이런 특징이 두드러진다.

베르테르의 심리적 기본 구조에 자리한 우울감은 계속되는 인생에 걸림돌이 된다. 로테를 떠나 성급히 도망간 이후, 보다 정확히 말하면 그녀에게 덧입힌 '이상'이라는 마력이 상실될까 두려워 도주한 이후, 그는 새로운 사회 집단에 제대로 속하지 못한다. 새 공동체에 편입되려는 그의 시도는 실패하고 마는데, 당시에는 부르주아 중산 계급이 귀족 사회로 넘어가기가 비교적 수월한 여건이었는데도 그 경계를 쉽게 넘지 못했다. 자기 확신이 부족한 심리적 기본 바탕 때문에 그는 호의적인 신호도 치명적인 위협으로 받아들이곤 해 반사회적 행동을 보이곤 한다. 그리하여 그는 결국 자신의 이상 로테를 찾아 다시 돌아온다.

그렇지만 이제 로테는 더는 범접할 수 없는 순결한 어머니상이 아니다. 마치 성모상처럼 숭배하던 이상이 사라진 것이다. 그사이 로테는 결혼했고 성적으로 눈을 떴다. 정절을 지키는 아내라 할지라도, 베르테르에게 그녀는 더는 경험 없는 처녀가 아니다. 이는 베르테르의 잠재의식 속 억제력을 풀어버린다. 이제 그가 로테에게 다가가더라도 순결한 어머니를 범하는 것이 아닌 셈이다. 실제로 그는 행동에 옮긴다. 알베르트와 결혼한 로테는 성적 관계를 경험한 여성이며, 이 사실은 베르테르를 극도로 자극한다. 이전에 그는 본능적으로 솟구치는 남성적 감정에 마땅한 이름을 붙일 수 없었다. 로테 때문이라기보다 자신의 내면에서 작동하는 제동 때문에 회피하고 억눌러야만 했다. 그런데 이제는 그 본능적 감정을 인정할 수 있게 되었다. 동시에 그의 잠재의식은 그럼에도 그가 위험에 빠지지 않을 거라는 걸 안다. 로테는 남편에게 충실하며, 베르테르가 마지막 경계를 넘어도 결코 허용하지 않는다. 여기에서 베르테르의 마음은 두 갈래로 갈라진다.

한쪽에서는 로테를 향한 강렬한 성적 본능, 리비도가 발동하며 동시에 다른 한쪽에서는 친밀한 관계에 두려움을 느낀다. 이 지점에서 분열적 성향이 다시금 두드러진다. 즉 거리를 두느냐 하나로 녹아드느냐 사이에서 갈등을 겪는다. 오늘날 심리치료에서 말하는 전형적인 '근접-거리 갈등'이다.

로테는 지극히 건강하고 평범한 '보통' 여성이다. 그런 그녀에게 베르테르라는 인물은 과도한 부담으로 다가온다. 그녀는 베르테르에게 자신이 하나의 인간이 아니라 이상적 어머니상으로 간주되는 것이 의아하며 좀처럼 이해되지 않는다. 그러다가 문득 베르테르는 로테를 성모상이 아닌 한 인간으로 대하며, 그녀가 무엇을 원하는지 고려하는 듯한 모습을 보인다. 그럼에도 여전히 자신의 욕구를 명확히 파악하는 데 어려움을 느끼며 내내 분투한다. 그는 정말 로테에게 완전히 가까이 다가가려 한 걸까, 아니면 차라리 거리를 두려 한 걸까? 늘 경계에 선 분열적 성향 때문에, 그는 스스로 결정을 내리지 못한다. 그리하여 베르테르는 무의식적으로 로테에게, 자신이 경계를 넘지 않도록 부추긴다. 다시 말해 그의 무의식적인 행동으로 인해 로테는 결국 베르테르를 되돌려 보내고, 선을 그으며 가까이 오지 못하게 만든다. 그러나 동시에 그녀는 그에게 탈출구를 열어준다. 그가 여느 때와 같이 들어올 수 있게, 하지만 이전과는 전혀 다른 방식으로 다가오도록 말이다.

따라서 베르테르는 로테가 명확한 경계를 뒀음에도 그녀

에게 적극적으로 다가온다. 그러자 로테는 경계를 넘기로 결정한 베르테르를 밀어낸다. 그녀는 이제 친구 관계를 원한다. 반면 베르테르에게는 무엇 하나 확실하지 않다. 우정을 원하는지 성적인 관계를 원하는지, 아니면 모두를 원하는지 스스로도 전혀 모른다. 그는 이러한 내적갈등을 견뎌내지 못한다. 그런 이유로 끝내 스스로에게 총을 겨눈다. 여기에 더해 베르테르가 알베르트의 권총을 사용했다는 점은 깊은 복수의 상징으로 풀이될 수 있다. 그는 끊임없이 알베르트를 적수, 경쟁자로 보았지만 그러면서도 결코 공개적으로 겨루려 하지 않았다. 아마도 베르테르는 알베르트가 이겼다고 생각했을 것이다. 그가 로테를 차지했으니 말이다. 하지만 베르테르에게 로테는 단순히 하나의 여성이 아니었다. 그에게 그녀는 범접할 수 없는 이상이었다. 그런 그녀를 알베르트가 쟁취했으니 베르테르는 패배감 이상의 감정을 느꼈을 것이다. 그리하여 베르테르는 자기 자신을 쏘되, 알베르트의 총을 사용함으로써 그에게 공동의 죄책감을 부여한다. 어쩌면 베르테르는 이를 통해 로테가 알베르트를 혹독히 비난하여, 둘의 부부 관계가 심각한 위기에 빠지기를 바랐을지 모른다. 자신이 로테를 가질 수 없다면, 다른 누구도 그녀를 가져서는 안 된다는 심리인 것이다. 어쨌든 베르테르는 충분히 품위를 지켰다. 로테나 알베르트를 쏘는 대신 자신을 겨누었으니까.

베르테르가 제때 정신과 치료를 받았다면 어땠을까?

만약 베르테르가 정신과를 찾았다면 가장 먼저 그의 근접-거리 갈등을 분석하고 그 원인을 파헤쳤을 것이다. 그런 다음 감정 이입 능력이 높은 여성 심리치료사를 로테로 분하게 하여, 그가 로테에게 어떤 행동을 보였는지 비추어볼 수 있다. 심리와 정신 치료에서 자주 활용하는 방법으로, 이를 통해 베르테르가 실제 로테를 어떻게 대했는지 최대한 가깝게 끌어낼 수 있다. 로테로 분한 심리치료사와 대화를 주고받다 보면 그가 정말 원하는 바를 파악할 수도 있다. 이 과정에서 베르테르는 자신의 내면에 이미 자살 충동이 존재한다는 사실을 뒤늦게 깨달을지도 모른다. 그러면 본인의 안위를 위해 해당 정신과 전문의를 찾아 체계적인 치료를 받았을 수도 있다. 이 같은 '위기 중재' 심리치료와 연계하여 다음 과정을 밟을 수도 있다. 즉 그가 지닌 현실 목표는 무엇인지, 앞으로 삶에 대한 계획은 어떻게 되는지 등을 묻고 답하는 것이다. 이 부분에 있어서 베르테르는 극히 막연하며, 아무런 목적 없이 간신히 삶을 꾸려간다. 그러면서 그는 도달할 수 없는 곳에 높이 매달린 이상만을 연신 좇는다.

만약 결혼한 로테가 베르테르와의 성적인 관계에 여지를 주었다면?

이는 실제로 무척 흥미로운 질문이다. 표면으로만 보면 베르테르가 로테를 여신처럼 높이 떠받들면서도, 동시에 그녀를 욕망의 대상으로 여기며 간절히 원할 정도로 마음이 무르익은 상태라고 판단할 수 있다. 하지만 이혼이 거의 불가능했던 베르테르 시대의 관습을 차치하고, 상황을 고스란히 지금 시대로 옮겼다 하더라도 실제로 베르테르는 거기까지 가닿지 않았을 것이다.

베르테르가 로테와 성적 관계를 맺으면 성스러운 어머니 상을 해치므로, 일종의 신성모독이 된다. 그러고 나면 그를 둘러쌌던 도취가 사라지고 베르테르는 이내 환멸에 빠질 것이다. 신처럼 경외하던 어머니상인 로테가 간음한 여성이 되는 것은, 그녀의 거절을 받아들이는 것만큼이나 그에게 어려운 일일 것이다. 혹여 그에게 로테와 결혼할 가능성이 주어졌더라도 아마 그는 이후 그녀와 헤어지려 했을 것이다. 비록 당시에 이혼이 불가능했더라도 말이다. 따라서 그는 어쩌면 스스로 목숨을 끊어 그녀와 헤어지려 했을지 모른다. 육체관계로 기본 욕구가 충족되더라도, 그의 심리 구조상 지속적인 거절은 견디기 어려웠을 것이다. 당시에는 이혼이 어려웠으므로, 베르테르는 어렸을 때부터 결혼한 사람에게 다가갈 수 없다는 사실을 익히 알았을 것이다. 그러므로 그에게 (이미 누군가와 결혼한) 로테는 영영 도달할 수 없는 존재로 남았을 것이다. 그녀가 그와 은밀한 관계를 가지든 말든 상관없이 말이다. 기본적으로 베르테르에게는 그녀가 자신의 관심을 거절하리라는 확신이 있었다. 그리하여 그는 로테라는 '신상'을 무너트리는 위험을 절대 무릅쓰지 않는다. 그가 그녀에게 감행했던 (다소 강압적인) 입맞춤은 말하자면 열망인 동시에 거절의 표현이라 하겠다. 그는 이 입맞춤을 통해, 그녀가 원하는 것을 자신이 줄 수 없음을 분명히 한다. 그러면서도 내면에는 일말의 희망이 잠복해 있다. 혹시라도 로테가 이 딜레마Dilemma의 해결책을 알고 있지는 않을까 하는 희망 말이다. 그러나 로테의 해결책은 더욱 거리를 두는 것이었다. 그는 그녀의 해결책이 마음에 들지 않는다. 그로 인해 그의 내면에 자리한 근접-거리 갈등은 여전히 미결로 남는다. 그는 그녀의 방향을 따르되, 스스로 목숨을 끊음으로써 가능한 한 멀리 거리를 두려 한다. 하지만 이제 그는 숨을 다했으니 더는 둘 사이의 거리를 두고 괴로워할 필요가 없다. 그는 내면의 갈등을 이성적으로 풀 준비가 되어 있지 않았다. 그래서 갈등을 해결하는 대신 자기 파멸의 길을 택한다.

모든 면을 고려해보면, 베르테르는 오늘날 정신과 치료 과정에서 심각한 진단을 받았을 가능성이 높다. 그에게 가장 쉬운 해법은 아무리 살펴보아도 자살일 경우가 농후하기 때문이다. 정신의학과에서 베르테르와 같은 사람들을 만나면 최대한의 노력을 들여 치료를 진행해도 목숨을 끊는 일이 적지 않다. 이들에게는 생을 마감하는 행위야말로 지속적인 갈등을 풀 유일한 해결책으로 보이기 때문이다.

카를 마이
Karl May

|

협잡꾼 그리고 이상주의자

카를 마이와 관련하여 흥미로운 사실이 하나 있다. 미국 서부 개척 시대, 즉 와일드 웨스트Wild West를 소재로 수많은 작품을 쓴 그가 정작 미국에 한 번도 가보지 않았다는 것이다. 그럼에도 그가 독자들을 사로잡아 어마어마한 성공을 거둔 데에는 나름의 이유가 있다. 그는 인생 전반기를 사기꾼과 협잡꾼으로 보냈다. 이 시절에 쌓은 경험이 집필에 도움이 되었는지, 당시 그는 전혀 모르는 것들을 마치 훤히 아는 듯이 꾸미는 데 능했다. 일명 슈톨베르크Stollberg 스캔들이 가장 유명한 일화다. 슈톨베르크 지방 법원에서 고위 공무원을 사칭한 그는 이미 종결된 사건인, 반려자 삼촌의 죽음을 재수사하도록 만들기도 했다. 이 외에도 그는 몇몇 크고 작은 범행을 시도하며 생계를 꾸렸고, 그럴 때마다 징역형을 받아 여러

차례 짧게 감옥살이를 했다. 따라서 그가 가보지도 않고 넓디
넓은 대평원에 대해 글을 썼다는 사실은 그리 놀랍지 않다.

물론 카를 마이의 글에 설득력이 있기는 하지만, 그가 묘
사한 미 서부가 언제나 치밀한 것은 아니었다. 예를 들어 소
설에 등장하는 혈맹 관계만 보아도 그렇다. 그는 북아메리카
원주민과 관련하여 유례없는 혈맹 관계를 새로 만들어내는
데, 즉 게르만German인과 '인디언Indian'으로 불리는 아메리카
원주민 사이에 형성된 친밀한 유대 관계를 그린다. 다시 말
해 마이는 이들의 전통에 대해 전혀 모르는 상태로 글을 쓴
것이다. 다른 한편으로 보면 그의 이런 관점은 '옳은' 방향을
인도하기도 했다. 소설 속 인물인 비네토우Winnetou와 올드
셰터핸드Old Shatterhand가 널리 유명해지면서, 어린아이들 사이
에서 '이방인'인 인디언과 독일인 혈맹은 자연스러운 관계로
자리했다. 여기에서 우리는 한 가지를 깨닫는다. 즉 자료 조
사가 철저하지 않다면 치밀한 묘사와 기나긴 서사가 필요하
다는 점이다. 그러면 작품 고유의 현실성을 창조해내어, 약점
을 덮게 된다.

서부를 다룬 책으로 성공을 거두어 상당한 돈을 번 카
를 마이는 몇 해 뒤에야 마침내 그 땅을 밟았다. 그가 쓴 소
설들이 펼쳐지는 미 서부를 그제야 실제로 여행하게 된 것이
다. 그의 오리엔트Orient 소설의 무대인 서아시아를 통과하는
길고 긴 여행에서도, 아메리카 방문에서도 카를 마이는 그야
말로 강렬한 현실적 충격을 마주한다.

비네토우, 고귀한 인디언

카를 마이는 신문을 비롯해 유사 매체를 통해 다수의 중단편 소설과 연재소설을 발표했기 때문에, 그의 작품을 구성하는 줄거리가 끊어지지 않고 계속 이어진다는 특징이 있다. 후에 그는 각각의 이야기에 해당되는 배경과 뒷이야기를 추가로 삽입하여 비네토우 전집을 묶어내려 했다. 하지만 완벽한 전집은 결국 출간되지 못했다. 따라서 우리가 여기에서 다루는 내용 대부분은 미완성 전집을 참고했으니, 인물과 이야기의 연관 관계가 다소 헐거울 수 있다.

모든 이야기는 거의 올드 셰터핸드의 관점에서 전해지며, '쿨하고' 멋지게 그려지는 이 인물은 실제로 작가 카를 마이 본인임을 알 수 있다. 오늘날 이 같은 인물은 메리 수Mary Sue 라고 불린다. 원래 메리 수는 〈스타 트렉Star Trek〉 팬 픽션의 주인공으로, 보통 작가 자신의 이야기가 반영될 뿐 아니라 작가의 자기만족을 위해 다방면에서 뛰어난 모습을 보이도록 그려진 작중인물을 지칭한다.

올드 셰터핸드는 본래 독일인이지만 가정교사로 일하기 위해 아메리카로 온다. 이후 토지 측량사가 되어 세인트루이스St. Louis에서 출발하여 서부로 떠난다. 그는 열두 개의 언어를 구사하며, 그 어떤 무기도 능수능란하게 다루는 노련한 투사로, 서부에서 살아남는 데 필요한 모든 능력을 빠르게 학습한다. 게다가 그는 여러 분야의 자연과학 지식에도 정통하다. 뿐만 아니라 매우 높은 수준의 도덕성을 과시하는데, 즉 적과 대면하더라도 반드시 정당방위 상황에서만 죽이며 가능하면 갈등을 순조롭게 해결하려 노력한다. 그러면서 적과 친해지기도 한다.

올드 셰터핸드가 비네토우와 인간적으로 알게 되는 계기는 다음과 같다. 토지 측량사인 그는 철도청에서 일하다가, 마침 아파치(Apatsche, 정확히는 Apache지만 소설 곳곳에서 카를 마이는 발음되는 대로 이렇게 표기한다) 지역의 선로 공사 작업에 참여한다. 그다음 이야기가 어떻게 흘러갈지는 어느 정도 짐작될 것이다. 예상대로 '백인'들은 아파치 사람들에게 완전히 떠나달라고 '부탁'한다. 하지만 원주민들과의 갈등은 계속되고 올드 셰터핸드의 동행자 중 하나가 총에 맞자, 백인들의 우호적인 태도는 한계에 다다른다. 이후 백인과 원주민 사이의 갈등은 더욱 심각한 양상을 띠며 점점 잦아지는데, 그럴 때마다 올드 셰터핸드는 분쟁을 중재하고 최악의 상황을 막으려 노력한다. 몇 차례의 중상, 음모와 계략 그리고 생사를 오간 사투가 이어진 끝에 아파치의 전사 비네토우는 올드 셰터핸드의 본심을 알아보고, 마침내 두 사람은 혈맹을 맺는다.

여기에 더해 비네토우의 여동생 웅초치Nscho-tschi는 올드 셰터핸드와 사랑에 빠진다. 그와 결혼하기 위해 그녀는 무려 세인트루이스로 떠나려 하며, 그의 문화에 맞추고자 세례를 받기도 한다. 또한 아파치 부족은 올드 셰터핸드가 본인들의 땅을 측량하는 걸 허락한다. 일을 무사히 마치고 작업의 대가를 받아야, 그의 예비 아내에게 조금이라도 보탬이 될 거라는 생각에서다. 아파치 부족이 제 땅을 선로 공사에 내어줄 때, 부족민들의 찬성을 따른 건지 백인들과 적절한 합의를 보았는지는 그 어디에도 설명되지 않는다. 두 사람이 혈맹을 맺은 이후에는 양측 사이의 갈등이 단 한 번도 언급되지 않기 때문에, 그저 평화롭게 해결되었으리라 추측할 따름이다. 최근 송유관 건설을 두고 벌어진 미국의 다코타Dakota 분쟁도 이렇게 쉽고 간단하게 풀리면 얼마나 좋을까 싶다.

그러나 혼인 서약이 이행되기 전에, 안타깝게도 응초치와 그녀의 아버지는 아파치 땅에 숨겨진 금을 노린 악당 산터 Santer의 총에 맞아 죽는다. 왜 하필이면 아파치 부족이 비밀스레 숨겨진 금을 보유한 걸까? 예부터 북아메리카 원주민들은 금과 아무런 관련이 없었다. 그럼에도 소설에선 특별한 설명 없이, 북아메리카 원주민인 아파치 부족이 엄청난 금을 가지고 있다고 묘사한다. 선로 공사 갈등과 마찬가지로 제대로 설명되지 않는 부분이 하나 더 늘었다. 하긴 어느 인디언 부족에게 숨겨진 금이 있다는데 누가 그 이유를 따지겠는가?

다음 이야기는 비네토우의 복수를 중심으로 이어진다. 여동생과 아버지를 잃은 비네토우는 복수를 시도하는데, 그러면서 새로 추장이 된 그에게 주어진 임무는 소홀히 한다. 추장으로서 책임을 다하는 대신, 그는 피로 맺은 의형제와 늘 함께 다니며 온갖 모험을 경험한다.

비네토우는 결국 제대로 된 복수를 하기도 전에 숨을 거둔다. 복수를 위해 떠난 모험에서 비네토우는 열차 강도들과 연합한 수Sioux족에게 납치된, 어느 마을의 주민들을 구하려다가 수족의 총에 맞고 만다. 그의 죽음은 지금껏 살아온 방식과 일치한다. 다시 말해 추장으로서의 의무도 아니고 복수를 위한 분투도 아닌, 무모한 모험에서 죽음을 맞이한다.

그래도 비네토우는 마지막 순간에 그나마 생산적인 방식으로 고유의 목적을 달성한다. 올드 셰터핸드가 아파치 부족에게 비네토우의 죽음을 전하러 가는 과정에 그 부분이 나온다. 올드 셰터핸드는 비네토우의 유언을 듣고 길을 떠난 끝에 산터를 추적하여 찾아낸다. 이 악당은 비네토우의 유언을 훔쳐, 마지막으로 아파치의 땅에 숨겨진 금을 약탈하려 한다. 다행히 이번에는 산터에게도 '정당한' 벌이 내려진다. 그는 자신이 늘 차지하려 했던 땅의 부족에게 급습을 당해 맞아 죽는다. 솔직히 이 보복은 훨씬 전에 보다 쉽게 이루어졌어야 했다.

모래가 많이 나오는 오리엔트 소설

카를 마이의 '오리엔트' 소설은 서부를 중심으로 그렸던 모험 소설들의 전형을 그대로 따른다. 다른 점이 있다면 여기에서 카를 마이의 메리 수를 맡는 인물의 이름뿐이다. 그의 오리엔트 소설에서 메리 수는 카라 벤 넴지Kara ben Nemsi라는 남성이다.

올드 셰터핸드처럼 카라 벤 넴지 역시 원주민 한 명과 함께 다니며, 악당들에게 두려움을 가르치고 평화의 메시지를 전한다. 둘 사이에 가장 큰 차이가 있다면 카라 벤 넴지와 동행하는 인물이다. 올드 셰터핸드는 대등한 관계인 친구와 모험을 다닌 반면, 카라는 하인인 하치 할레프Hadschi Halef와 다닌다. 이 인물은 다소 교활한 편이며 특별히 이타적이지도 않다. 하지만 마지막에는 그리스도교를 받아들이고 신앙 고백을 하기에 이른다. 그럼에도 세례는 받지 않는다. 비네토우와 비교하면 원칙이나 신념 같은 무언가가 확실히 부족한 인물이다.

정신의학적 관점으로 살펴본 카를 마이

카를 마이의 작품은 너무나도 광범위하다. 그가 사망하고 수십 년이 지난 뒤에도 계속해서 새로운 소설들이 출간될 정도인데, 오래된 미완성 작품이나 신문에 연재된 소설의 일부를 재편집하여 새 버전으로 만들어 출간하기 때문이다. 따라서 심리학적·정신의학적 해석을 하려면 선택과 집중을 해야 한다.

카를 마이는 오리엔트와 인디언에 대한 이야기 외에도

다양한 소재를 다루었다. 그는 에르츠 산맥Erzgebirge에 사는 가난한 방직공에 대해서도 썼으며, 중국과 남아메리카에서 벌어지는 모험 이야기도 집필했다. 후기 작품들은 심지어 판타지 세계로 들어가는데, 가령 《아르디스탄과 지니스탄Ardistan und Dschinnistan》은 죽은 자가 다시 살아나는 불가사의한 이야기를 통해 '속죄'를 다룬다.

바로 이 지점에서 먼저 작가 본인을 분석할 필요가 있다. 작품을 통해 드러나는 카를 마이의 근본 사상을 잠시 들여다보아도 흥미로울 듯하다. 그의 텍스트는 다른 많은 문학작품들과 크게 구별되는데, 여기에선 설정의 착오나 비밀주의가 아니라 수사법 차이를 언급하려 한다. 카를 마이는 뭐든지 공개적으로 터놓고 이야기한다. 누구와도 싸우지 않으며, 적수나 경쟁자들에게서도 인간미를 찾는다. 그리고 반드시 필요한 경우에만 사람을 죽인다. 그는 개별 인간을 존중하며, 하나하나 높이 평가한다. 그러면서 모든 인간이 '형제'가 되기를 바란다. 그래서 비네토우와 올드 셰터핸드가 피로 맺은 형제가 될 수 있었다. 현실에서는 전혀 불가능한 일이지만 말이다.

카를 마이 본인이 드러나는 주요 인물로 올드 셰터핸드와 카라 벤 넴지를 꼽을 수 있다. 물론 그 유명한 비네토우도 빼놓을 수 없다. 먼저 비네토우부터 알아볼까 한다.

비네토우 – 분열적 성격의 소유자

비네토우는 아파치의 추장 인추추나Intschu-tschuna의 아들로 여동생 웅초치와 함께 성장한다. 인추추나는 홀아버지로 나오는데, 아내가 언제 세상을 떠났는지는 설명된 바가 없다. 아마도 웅초치가 아주 어린 소녀였을 때 사망한 것으로 추정된다. 소설에 보면 웅초치가 올드 셰터핸드에게 어린 시절을 언급하며 어머니와의 추억을 회상하는 부분이 나온다. 그러면서 그녀는 어머니가 남자들처럼 강하지는 않았다고 말한다. (이 대화가 이루어지는 시점에 올드 셰터핸드는 아파치에게 붙잡혀 간힌 상태로, 말뚝에 매달려 화형에 처해지기를 기다리고 있다.) 다들 예상하듯이 이후 올드 셰터핸드는 다행히 화형을 면하고, 아파치 부족과 화해를 하며 비네토우와 혈맹을 맺는다.

혈맹을 맺는 행위는 비네토우에게 상반된 두 감정을 야기했을 것이다. 먼저 그는 혈맹을 통해 올드 셰터핸드와 하나가 되기를 원했을 것이다. 그러나 동시에 상대방에게 녹아드는 걸 두려워했을지 모른다. 비네토우는 혼자 있기를 선호하는 외로운 인물로, 올드 셰터핸드가 유일한 친구다. 비네토우는 아파치의 추장이기에 존경과 관심을 한몸에 받으며 수많은 지인들에게 둘러싸여 있다. 만약 현시대를 살았다면 페이스북과 트위터Twitter에는 분명 엄청난 수의 팔로워를 두었을 것이다. 이처럼 주변에는 늘 사람이 많고 시끄럽지만, 깊은 내면을 이해하고 함께 침묵할 수 있는 사람은 오직 올드 셰터핸드뿐이다. 오늘날 기준으로 바라보면 근본적으로 비네토우는 일종의 너드Nerd다. 그는 아파치 추장이라는 임무를 지속적으로 충실히 수행하기보다, 오히려 '너드다운' 취미를 즐기려 한다. 올드 셰터핸드와 떠난 모험 여행을 다룬 삼부작 《사탄과 이스가리옷Satan und Ischariot》에서는 드레스덴Dresden을 지나 심지어 오리엔트에까지 이른다.

말하자면 비네토우는 올드 셰터핸드와 '숨은' 쌍둥이라 할 수 있다. 둘의 관계는 여성들만의 이야기에서는 잘 드러나지 않는, 남성들 고유의 우정을 보여준다. 또한 비네토우는 사랑에 크게 데인 경험이 있다. 생애 처음(이자 유일하게) 깊이 사랑한 사람은 다른 부족 추장의 딸 리반나Ribanna인데, 그녀는 비네토우의 친구 올드 파이어핸드Old Firehand를 택하고 자식을 낳는다. 카를 마이의 초기작에서는 딸이라고 나오는 반면,《비네토우 IIWinnetou II》에서는 둘 사이에 아들 하나가 있다고 소개되기 때문에 자식의 성별이 분명치 않다. 어쩌면 리반나의 아이는 소설 속에서 성전환을 성공적으로 이룬 첫 번째 트랜스젠더Transgender일지도 모르겠다. 후에 리반나는 팀 핀네티Tim Finnety라는 불한당에게 죽임을 당한다. 원주민 사이에서 그는 핀네티 파라노Parranoh라 불렸는데, 그가 퐁카Ponca족의 백인 추장이었기 때문이다. 카를 마이의 작품 속 인디언들은 그때부터 정말 심각한 '외국인 노동자' 문제를 겪은 셈이다. 보통 원주민이 도맡는 추장 업무를 차지해버린 백인 때문에 적잖은 말썽이 벌어졌으니 말이다. 팀 핀네티 또한 리반나와 결혼하고 싶어 했다. 하지만 그녀를 가질 수 없자 죽이고 만다. 핀네티는 비네토우가 유일하게 머릿가죽을 벗겨낸 인물이다. 그러면서 비네토우는 원수가 실제로 죽었는지 여부를 제대로 확인하지 않는다. (머릿가죽을 벗기는 행위는 북미 원주민들의 관습으로 주로 고문이나 보복을 위해 행해진다.) 복수를 감행하고도 적의 생사 여부도 확인하지 않은 건, 카를 마이 소설의 전형이다. 결국 핀네티는 머릿가죽이 벗겨졌는데도 살아남아 나중에 또 다른 불행을 일으킨다.

여기에서 우리는 비네토우가 '일반적인' 수준의 자기 통제력을 지닌 인물임을 명확히 알 수 있다. 그는 감정이 솟구치면 주어진 임무를 더는 철저하게 수행하지 못한다. 그래서 악당을 눈앞에 두고도 확실히 죽이지 않는다. 그 결과 중대한 문제들을 초래하고 만다.

비네토우와 올드 셰터핸드를 두고 동성애 관계가 아닐지, 의문을 가지는 이들도 있을 것이다. 그러나 이에 관한 실질적 증거는 찾을 수 없다. 오히려 비네토우는 '무성적인' 너드에 가까워 보인다. 통제력 상실과 연계해 생각해보아도 그의 성적 욕망은 어딘가 이상한 양상을 띤다. 감정이 촉발되면 통제력이 떨어지게 마련인데, 성적인 감정에선 통제력 상실이 두드러지지 않는다.

하치 할레프 – 카를 마이의 본모습이 투영된 인물

카를 마이의 입장에서 비네토우 다음으로 중요한 인물은 카라 벤 넴지일 것이다. 작가는 카라 벤 넴지에게 본인을 투영하지만, 정작 작가의 내면이 실제로 드러나는 인물은 하치 할레프이다. 하치 할레프는《사막에서Durch die Wüste》라는 소설 제목처럼, 사막 한가운데에서 카라 벤 넴지와 처음으로 만나 하인이자 여행 안내자가 된다. 여기에서 작가 카를 마이는 사막을 배회하는 주인공이 본인을 이입한 인물이라는 사실을 이름에서부터 놓치지 않는다. 즉 카라 벤 넴지에서 '카라'는 독일의 아들임을 나타내는 '카를Karl'에서 왔으며, '넴지' 또한 오스트리아인의 명칭인 '네메체Nemetsche'에서 따 왔음을 알 수 있다. 그러나 할레프는 어디 출신인지 쉽게 파악할 수가 없다. 어쩌면 카라는 카라 벤 알레마니Alemani나 카라 벤 작사Saxa라는 이름을 가졌을 수도 있다. 태생을 자랑스러워하는 카를 마이가, 출신지인 작센Sachsen의 지명을 주인공 이름에 붙이지 않을 이유는 없다. 단지 알레마나나 작사의 발음이 그리 아름답지 않아서, 대신 넴지를 선택했을지도 모르겠다. 물론 이는 추측에 불과하고 반론 여지도 있지만, 가능성이 아주 없는 일도 아니다.

하치 할레프는 실제 카를 마이처럼 교활한 허풍선이로, 소소한 거짓과 속임수를 남발하며 사기에 가까운 언행을 보인다. 그래서 이름이 하치다. 하치는 이슬람교에서 성지인 메카Mecca 순례를 무사히 마친 사람을 일컫는 '하지Hadji'에서

왔다. 하치뿐 아니라 그에게 이름을 부여한 조상 또한 메카를 돌지 않았지만, 그럼에도 그는 이런 명칭으로 불린다. 그리고 이야기가 진행될수록 그는 '그쪽'으로 향한다. 하치 할레프는 습관처럼 허풍을 떨며, 입 밖으로 튀어나오는 첫 마디가 늘 허풍인 까닭에 매번 어려움에 처한다. 그러면 카라 벤 넴지가 문제를 수습하곤 한다. 여기에서 할레프의 나르시시즘이 포착되며, 동시에 그의 유년기 발달 과정이 어땠는지도 설명이 된다. 그는 몹시 빈곤한 베두인Bedouin 출신으로, 가진 거라곤 자존심밖에 없는 사람이다. 자신의 이야기를 꾸며내며, 이슬람교를 가장 위대한 종교라 여긴다. 그래서 할레프는 카라에게 친절을 베풀면서 그가 이슬람교로 개종하게끔 유도한다. 소설에는 할레프와 카라가 종교를 두고 주고받는 흥미로운 대화가 수차례 등장하는데, 카라를 개종시키려던 할레프는 결국 빈틈없이 타당한 논거들에 설득되어 카라가 그리스도교에 머무는 걸 순순히 받아들인다. 뿐만 아니라 다른 무슬림들이 종교를 바꿀 때에도 말리지 않고 옹호한다. 또한 그는 사람들이 알라Allah의 행위와 업적을 그리워하는 게 아니라, 하나의 종교로서 그리워한다는 결론에 스스로 이르게 된다. 한참 전 유럽을 휩쓸고 간, 그리스도교라는 계몽이 뒤늦게 할레프의 내면에 일어난 셈이다. 그리하여 할레프는 한 걸음 더 나아가, 정치적 이슬람교에서 벗어나 자신만의 개인적인 종교적 신념을 지니게 된다. 즉 각기 다른 신앙을 가졌더라도 모든 인간은 형제가 될 수 있다는, 새로운 신념을 받아들인 것이다. 이 지점에서 다시금 카를 마이가 지향하는 바를 알 수 있다. 소설을 통해 그는 연신 화해와 조정을 추구한다. 카를 마이의 작품 속 인물들은 이야기가 끝날 때까지도 선이나 악으로 규정되지 않는다. 예컨대 싸움을 벌인 원수가 마지막에 가서 목숨을 잃는지, 아니면 친구가 되는지에 대해 확정하지 않고 열린 결말로 놔둔다. 인물 간 오해와 반목은 해소되고 그 누구도 악한 사이코패스로 남지 않으며, 대신 삶의 태도가 서로 다른 사람들과 꾸준히 타협점을 찾으려는 하나의 인간이 나온다. 비네토우, 할레프, 올드 셰터핸드 그리고 카라 벤 넴지가 그런 인물이다. 그래서 이들은 각자의 적들에게 존중받는다. 그 어떤 상황에서도 가능한 한 상대방에게 경의와 인정을 표하기 때문이다. 이런 식으로 카를 마이는 나와 다른 타인을 없애지 않고도 공존하는 방법이 있음을 보여준다. 타인의 다름을 인정하고 각기 다른 삶의 방식 속에 머물도록 놔두어도 문제가 없다는 것이다. 단 그 타인이 이 세상에 해롭지만 않다면 말이다.

올드 셰터핸드/카라 벤 넴지 – 인류에 대한 물음

그의 소설이 머릿속 상상에서 나왔고 그에게 전과가 있다는 사실이 알려진 이후, 카를 마이는 강연을 열어 자신의 소설에 등장하는 주인공들이 실제로 보고 겪은 인물이 아니라 '인류에 대한 물음' 속에서 창조되었다고 목소리를 높였다. 다시 말해 인간이란 무엇인지 답을 구하는 '과정'에 있는 인물들이라고, 도리어 스스로를 변호한 것이다.

하지만 이는 절반만 진실이다. 비록 범죄를 저지른 과거가 있기는 하지만, 카를 마이의 후기 작품을 보면 확실히 그가 고도의 인류애를 추구했음을 확인할 수 있다. 그러나 이렇게 인정받기까지는 오랜 시간이 걸렸다. 만약 그가 자신이 추구하는 도덕적 방향성을 철학 논문으로 집필했다면 간파한 사람들은 훨씬 더 적었을 것이다. 작가 카를 마이 또한 이를 알았기에 이론이 아닌 실제, 즉 흥미진진한 모험소설에 뜻을 담았는지 모른다. 소설 속에서 그는 독자의 선생이 되어, 작품이 향하는 방향을 종종 직접적으로 가리킨다. 카를 마이는 의사소통과 교류를 원한다. 하지만 어디로도 치우치지 않고 그저 중심에 서서, 자신의 바람이 진지하게 받아들여지기를 기대한다. 따라서 그의 작품은 두 기둥에 발을 둔다. 하나는 모험소설이라는 긴장감 넘치는 오락물이다. 또 다른 하나는 오락물이라는 장막, 즉 형식에 감춰진 이면을 보려고 애써야만 알 수 있다. 다시 말하면 모든 인간이 화해하여 하나 되기를 바라는 소망이 또 하나의 기둥을 이루고 있다. 그는 유토피아Utopia를 꿈꾸는 이상주의자로, 평화로운 세상을 일구려고 분투한다. 이런 이유에서, 자신이 거짓으로 쌓아올린 성을 떠받치기 위해 펼친 강연과 방어성 주장은 애초부터 틀린 구석이 없다. 올드 셰터핸드와 카라 벤 넴지는 인류에 대한 물음을 찾아 나서는 인간으로, 다양한 세계를 두루 여행하며 스스로에게 높은 도덕성을 요구하는 동시에 언제나 신의를 지키려 한다. 그러므로 카를 마이의 텍스트에선 모든 유형의 독자를 찾아볼 수 있다. 갈등을 극복하는 이야기를 즐겨 읽는 사람들, 순수하게 모험 이야기에 빠지고 싶은 사람들, 심지어 카를 마이와 완전히 반대편에 선 사람들까지도 그의 독자가 된다. 이를테면 광적인 인종차별주의자들도 카를 마이 작품을 즐겨 읽는데, 작가의 의도를 철저히 오해했기 때문이다. 가장 유명한 예로 아돌프 히틀러 Adolf Hitler가 있다. 그가 어렸을 때 '비네토우 놀이'를 즐겨했다는 건 널리 알려진 사실이다.

카를 마이와 인종주의

끝으로 이 부분은 짚고 넘어가야 할 듯하다. 작가 카를 마이가 아무리 좋은 뜻과 의도를 가지고, 모든 인류가 형제가 되어야 한다는 지향성을 소설에 담았더라도 그는 그 시대 사회상에 각인된 사람이었다. 그는 편견에 가득 찬 시선으로 (게르만이 아닌) 다른 민족을 표현하는데, 그러면서도 이를 단 한 번도 제대로 의식하지 못했을 것이다. 그리하여 올드 셰터핸드는 아프리카인들을 향해 다들 선량하고 태평하다 평하며, 중국인들은 교활하고 베두인들은 약탈을 즐긴다고 칭한다.

여기에 더해 다른 민족의 문제를 해결하는 인물 대부분은 백인 남성이다. (전반적으로 여성들은 주요 사건에 거의 관여하지 않는다.) 이들은 매번 부족의 추장 위치에 다다를 만큼 높이 올라간다. 마치 각 원주민들이 어디에선가 백인 남성 하나가 오기만을 기다린 것처럼, 불쑥 나타난 이들 백인은 기존 토착민들에게 훌륭한 통치가 무엇인지 보여주곤 한다. 올드 셰터핸드는 그런 인물 중 하나다. 일종의 중재자로서 서로 다른 민족에 속한 사람들 사이에 벌어지는 갈등을 풀어낸다. 유럽 문화가 그 무엇보다 우월하며 유일하게 참된 문명이라는 생각은, 카를 마이의 시대에 살았던 거의 모든 유럽인의 머릿속에 확고히 자리했다. 이런 생각은 오늘날까지도 유럽인의 잠재의식에서 좀처럼 빠져나가지 않고 있다. 카를 마이가 아무리 평등을 말하고 인종차별주의에 반대하는 입장을 취하더라도, 그가 이야기하는 평등과 합일은 당연히 유럽 중심적 가치관에 토대를 둘 수밖에 없다.

이는 하치 할레프 오마르가 마지막에 가서 (물론 세례를 받지는 않지만) 그리스도교를 받아들이고 신앙 고백을 하는 장면에서 잘 나타난다. 무슬림인 그가 그리스도교 신자인 카라 벤 넴지와 친구가 되는 설정은 카를 마이의 지향점을 보여주기는 하나, 그가 결국 자신의 행복을 위해 '현명한' 백인 남성의 인도에 따라 '올바른' 신념을 택한다는 점에서 작가의 유럽 중심적 가치관이 선명히 드러난다. 다시 말해 하치 할레프는 유럽의 가치와 신앙을 수용함으로써 한층 더 '진보'하는 인물로 그려진다. 카를 마이에게 세례받는 행위는 형식적인 제도에 불과하므로 그리 중요하지 않다. 정말 중요한 건, 한 인간이 진정으로 신앙고백을 했다는 사실이다. 이런 이유로 카를 마이는 높은 도덕성을 추구했는데도, 제도와 형식을 중시하는 교회 측에 논쟁의 불씨를 제공했다. 당시 상당수 고위 성직자들은 카를 마이가 고유한 새로운 종교를 창설하려 한다며 두려워하기도 했다. 비네토우 역시 숨을 거두기 직전에 그리스도교를 받아들이는데, 여기에서도 동일한 원리가 적용된다.

이에 덧붙여 할레프는 '우락부락한 아랍 사람들'에 대한 모든 선입관을 축적한 인물이라 하겠다. 그는 약삭빠르고 교활하며 과시하기를 좋아한다. 또한 누군가를 도와주기 전에, 자신에게 무엇이 떨어지는지를 충분히 계산한 다음 행동으로 옮긴다. 그래서 할레프는 악한 사람으로 그려진다기보다, 몇몇 결점을 지녔어도 어딘가 호감이 가는 인물로 나온다. 하지만 정이 가도록 묘사된다고 해서 그에게 씌워진 선입관이 달라지는 것은 아니다.

다른 건 몰라도 비네토우와 관련해서는 작가 카를 마이의 태도가 조금이나마 개선되었다고 볼 수 있지 않을까? 물론 세상에 '더 나은' 인종차별주의란 없지만, 적어도 비네토우를 다루는 과정에서 작가는 '긍정적인' 인종주의를 모색하려 애쓴다. 다소 이상하게 들리겠지만 실제로 존재하는 현상이다.

긍정적 인종주의란 특정 민족에 대해 가지는 상투적인 생각이 올바른 방향으로 '이상화'되는 걸 뜻한다. '고귀한 야만인'이라는 표상을 그 예로 꼽을 수 있다. 특히 카를 마이의 후기 작품에서 이런 방향성이 두드러지는데, 즉 비네토우를 비롯해 다른 아메리카 원주민들을 고귀한 야만인으로 묘사하려는 작가의 의도가 시간이 갈수록 더욱 짙어진다. 카를 마이에게 비네토우는 '고결하고 기품 있는 인디언'으로, 도덕적으로 완벽하며 용감하고 대담하기까지 하다.

이 같은 이상화는 이상화된 대상과 맞서는 행위나 인물을 '비인간화'하게 된다. 인간은 결코 완벽하지 않다. 자연과 조화를 이루며 살아가는 원주민들 또한 완벽할 수 없다. 그들이 머무는 자연 역시 마찬가지다. 인간은 늘 실수를 저지르며, 각 민족마다 비슷한 비율로 '나쁜 놈들'을 보유한다. 따라서 긍정적 인종주의는 현실과의 조우에서 늘 기대가 실망으로 바뀌는 결과를 초래한다. 게다가 하나의 민족을 전부 똑같이 취급하는 것에 익숙해지면, 머릿속의 이상이 깨지자마자 '이 사람들은 모두 우리보다 훨씬 뛰어나다'는 생각에서 '이 사람들은 모두 나쁘다'로 쉽게 방향을 선회하게 된다.

말했듯이 작가 카를 마이는 이런 모든 문제들을 분명 자각하지 못했을 것이며, 나름대로 좋은 의도와 목적을 가지고 최선을 다해 소설을 집필했을 것이다. 그러나 우리 모두는 각자가 나고 자란 문화의 산물이다. 그리고 그 누구도 각 문화에 형성된 세계관으로부터 자유로울 수 없다. 또한 이 세계관과 결부된, 어려서부터 학습된, 편견에서 완전히 벗어날 수 있는 사람도 물론 없다.

드라큘라

Dracula

|

세계에서 가장 유명한 언데드

산 자의 피나 생명력으로 목숨을 부지하는 뱀파이어Vampire
또는 이와 유사한 언데드Undead, 즉 죽지 않고 되살아난 '산송
장' 이야기는 아주 오래전부터 전 세계 곳곳에 있었다. 죽은
자가 다시 무덤에서 일어날지도 모른다는 생각은 살아 있는
모든 이들에게 공포를 불러일으키곤 한다. 그래서 오늘날까지
도 밤중에 기꺼이 묘지 근처에 가려는 사람은 거의 없다.

　이런 존재들을 소재로 다루는 이야기의 목록이 끝없이 이
어지는 이유다. 이를테면 산송장에 대한 인간의 공포심이 이
같은 이야기를 거부할 수 없게 만들며, 소재와 설정 자체가
이야기에 방어막을 제공한다. 고대 메소포타미아Mesopotamia에
서는 흡혈 악마인 라비수Rabisu가 소금을 뿌린 선은 넘지 못
한다고 생각했다. 한편 독일에서는 죽은 이가 다시 살아나

흡혈귀 나흐체러르Nachzehrer로 변하는 상황에 대비해, 관 속에 완두콩을 던져 넣곤 했다. 그러면 흡혈귀가 뭔가 다른 일을 벌이기 전에 콩알을 하나하나 세느라 정신이 팔려, 시간을 벌 수 있을 거라 생각한 것이다. 미국의 어린이 프로그램 〈세서미 스트리트Sesame Street〉에 나오는 카운트 백작Count von Count은 놀랍게도 이 오래된 미신에 깊이 뿌리를 두었다. 뱀파이어 모습을 한 카운트 백작은 스스로, '숫자 세는 것Count을 좋아해서 백작Count이라 불린다'고 말한다. 영어로 숫자를 세는 행위와 백작이라는 단어가 같아서 붙은 이름인데, 게다가 뱀파이어라니 카운트 백작은 분명 그냥 만들어진 캐릭터가 아니다.

작가 브램 스토커Bram Stoker는 이 모든 해묵은 이야기들을 끄집어내어, 1897년 소설 《드라큘라》로 집대성했다. 《드라큘라》는 메리 셸리Mary Shelley의 《프랑켄슈타인Frankenstein》과 함께 현대 공포문학의 토대로 여겨진다. 스토커는 블라드 드라쿨Vlad Dracul 내지는 블라드 체페슈Vlad Tepes라 불리는 인물 이야기에서 영감을 받았을 가능성이 매우 높다. 블라드 드라쿨은 루마니아의 군주로, 14~15세기 무렵 터키의 공격에 대항하여 치열하게 싸우며 루마니아를 지켰다. 본토에서 민족의 영웅으로 추앙받았지만, 다른 곳에서는 정치적인 이유로 다소 과장된 나머지 잔혹한 폭군이라 불렸다. 늘 그렇듯이 아마도 진실은 둘 사이의 중간 즈음일 것이다. 그러나 하나는 확실하다. 그는 적들을 말뚝에 꿰어 죽이는 방식으로 처벌했으며, 포로로 잡힌 적군들에게 사형당한 동료의 인육을 먹였다.

사람을 꼬챙이에 꽂는 것도 그리고 사람을 먹는 (마시는) 행위도 모두 브램 스토커의 소설에서 중요한 역할을 한다. 뿐만이 아니다. 무엇보다 작가 스토커는 이 루마니아 군주의 이름을 그대로 가져다 썼다. 그런 다음 자신의 공상 세계 속에서 이 인물이 자유로이 떠돌아다니게 했다.

불행한 사랑과 무시무시한 저택에 대한 이야기

브램 스토커의 《드라큘라》에 기초한 영화를 접해보지 못한 사람은 아마 거의 없을 것이다. 그 영화가 멜 브룩스Mel Brooks 의 〈못 말리는 드라큘라Dracula: Dead and Loving It〉일지라도 말이다. 더불어 영화의 기반이 된 원작 소설을 읽은 사람 또한 무척 드물 거라 본다. 물론 원작을 읽지 않았더라도 크게 손해 볼 일은 없다. 소설에 담긴 수많은 인상적인 장면들이 뛰어난 영상 기법을 통해 웅장하게 옮겨졌기 때문이다. 따라서 장면만 놓고 보면 영화와 소설 사이에 그리 큰 차이점은 발견되지 않는다.

소설은 일기, 편지, 항해 일지 그리고 신문 기사 등의 형식으로 구성되며, 이야기는 변호사 조너선 하커Jonathan Harker 가 런던에 저택을 사고자 하는 드라큘라 백작의 의뢰를 받고 루마니아 트란실바니아Transylvania로 떠나는 장면에서 시작된다. (뱀파이어어도 최신 유행을 따르고 싶었나 보다. 그러니 런던 같은 세계적인 대도시에 세컨드 하우스가 필요하지 않았을까.)

도착하자마자 하커는 어딘가 이상한 낌새를 느낀다. 드라큘라는 으스스한 대저택에 살고, 그를 찾아간다고 하자 동네 사람들은 하커에게 묵주를 건넨다. 그리고 드라큘라와 만난 하커는 이 백작이 거울에 비치지 않는다는 사실을 알아차린다. 우리는 이미 영화를 통해 이를 모두 익히 알고 있다. 다들 그렇지 않은가? 사실 이처럼 극적인 공포감을 유발하며 시작되는 소설은 흔치 않다. 백 년이 넘은 지금까지도 이를 뒤흔들 만한 소설을 찾아보기는 어렵다.

드라큘라는 하커에게 잠잘 방을 정해주며, 이외에 다른 공간은 들어가지 말라고 한다. 하지만 하커는 결국 금지 사항을 깨고 다른 방에 들어가 잠들고, 이후 아름다운 세 여성에게 둘러싸여 눈을 뜬다. (솔직히 이렇게 크고 무서운 저택에서 실수로 다른 방에 들어가 잠드는 건 쉽지 않다. 그렇지만 우리 인간은 원래 금기 앞에서 가만 있지 못한다. 하지 말라고 하면 숨어 있던 반항아 기질이 깨어나기 때문이다.) 세 여인이 하커의 피를 먹으려던 순간 때마침 드라큘라가 나타나 이들을 저지한다. 드라큘라 백작은 하커 대신 다른 걸 먹으라며, 자루에 담긴 살아 있는 아이를 여인들에게 던져준다.

생명에 위협을 느낀 하커는 탈출구를 찾아 저택 안을 배회하지만, 그 노력은 헛수고일 뿐이다. 백작이 조종하는 늑대들이 온 저택을 감시하기 때문이다. 뿐만 아니라 드라큘라 백작은 하커의 약혼녀 미나Mina에게 일찍이 관심을 드러낸다. 그러면서 하커가 그녀에게 편지를 쓰도록 강요하기도 한다.

탈출할 방법을 모색하며 돌아다니던 하커는 마침내 드라큘라가 지하실에 위치한 흙을 채운 관 안에서 잠을 자며, 한번 잠들면 힘을 제대로 발휘하지 못한다는 사실을 발견한다. 그리고 이를 통해 도망갈 기회를 잡는다. 하커가 백작으로부터 벗어난 과정을 상세히 다루면 좋겠지만, 이쯤에서 넘어갈까 한다. 정말 중요한 부분은 드라큘라가 관에서 잠들면 힘을 쓰지 못한다는 설정이다. 후에 나온 다수의 뱀파이어 이야기에서 이 설정은 항상 결정적인 역할을 맡곤 한다.

드라큘라가 런던으로 떠나는 과정에서 하커는 결국 탈출에 성공한다. 얼마 뒤 런던항에는 선원이 모두 죽은 배 한척이 입항한다. 그리고 갑판에서 검은 개 한 마리가 뛰어오르더니 이내 안개 속으로 사라진다. 이 장면 또한 백 년이 지난 지금까지 그 어떤 각본도 넘어서지 못할 만큼 강렬하다. 이후 오래 지나지 않아 미나의 친구인 루시Lucy는 몽유병 징조를 보인다. 루시를 돌보던 미나는 그녀의 목에서 무언가에 찔린 듯한 동그란 상처 두 개를 발견한다.

루시의 약혼자인 아서 고달밍Arthur Godalming 경은 어머니가 병중이라 약혼녀를 돌볼 시간이 없어, 평소 잘 알고 지내던 정신과 의사에게 치료를 부탁하며 루시를 시설에 맡긴다.

소설 속에서 계속 도움을 주는 역할로 나오는 이 의사는, 흥미롭게도 한때 루시를 흠모하며 구혼한 적이 있다. 이런저런 노력에도 아무런 효과가 없자, 이 의사는 반 헬싱Abraham Van Helsing이라는 동료 의사에게 조언을 구한다.

반 헬싱은 루시의 증상을 보자마자 곧바로 뱀파이어와 관련이 있음을 알아차린다. 하지만 그는 이를 크게 드러내지 않고 비밀로 감춰둔다. 말하자면 그는 극적 긴장감을 쥔 중요한 인물이다. 실제로 반 헬싱은 이어지는 이야기에서 지속적으로 중요한 정보를 제공하며 문제 해결에 상당한 도움을 준다. 루시를 살리기 위해 한때 그녀를 사랑했던 정신과 의사를 비롯해 현재 그녀를 사랑하는 모든 이가 줄지어 수혈을 하지만, 결국 그녀는 회복하지 못한다. 밤마다 찾아오는 드라큘라를 이길 재간은 없었다. 그렇게 루시는 죽고 다시금 언데드, 뱀파이어로 돌아온다.

그사이 하커는 드디어 다시 런던으로 돌아온다. 런던으로 오기 전, 한동안 그는 뇌막염에 걸려 부다페스트Budapest의 병원에 입원해 있었다. 이 소식을 접한 미나는 그를 찾아가고, 병세가 호전된 뒤 두 사람은 그곳에서 결혼한다.

런던으로 돌아온 하커는 루시를 흠모했던 의사와 그의 일행 그리고 반 헬싱과 부딪힌다. 반 헬싱이 비밀을 숨긴 까닭에, 이들 중 그 누구도 루시의 일이 드라큘라와 관련 있을 거라 생각하지 못한다. 게다가 드라큘라의 정체조차 제대로 알지 못한다. 인간의 피로 연명하는 드라큘라는 인간을 반드시 죽일 필요는 없다. 그러므로 만약 정기적으로 수혈을 해주기로 약속하고 타협을 보았다면 문제를 다르게 풀 수도 있었다. 하지만 루시를 구하려고 나선 일행은 이 부분을 전혀 고려하지 않는다. 대신 이들은 오로지 하나만 생각한다. 즉 루시를 언데드 상태에서 '구제'하는 일이 우선이라고 여긴다. 그리하여 이들은 루시를 '해방'시키기 위해, 뱀파이어가 된 루시를 처단한다. 이들은 루시의 약혼자인 아서 고달밍을 설득하여, 뱀파이어 루시의 심장에 대못을 박고 목을 자르게 한다. 그래야 루시가 영면할 수 있기 때문이다.

이후 드라큘라의 정체를 어느 정도 파악한 반 헬싱 일행은 런던에 있는 그를 찾아내고자 온갖 노력을 기울인다. 이들이 별다른 성과 없이 사방으로 돌아다니는 동안, 드라큘라는 루시를 넘어 미나에게 관심을 쏟는다. 드라큘라는 루시와 달리 미나와는 '피의 향연'을 거행하여 그녀와 긴밀히 연결되려 한다. 미나에게 마음을 빼앗긴 드라큘라는 이 지점에서 상당히 어리석은 모습을 보인다. (동시에 그가 정말 미나를 사랑한다는 걸 증명하는 장면이기도 하다. 사랑에 빠져 시야가 온통 장밋빛에 가려지면 이처럼 뭔가 바보 같은 일을 저지르게 마련이다.) 덕분에 미나는 드라큘라의 감정을 알아채고, 이를 이용해 본거지까지 알아낸다.

뒤늦게 상황을 파악한 드라큘라는 도로 루마니아로 도망치지만, 반 헬싱을 필두로 한 '뱀파이어 사냥꾼' 일행은 그의 뒤를 바싹 쫓는다. 드라큘라 백작이 자신의 저택에 다시

당도하기 바로 직전, 사냥꾼 일행은 가까스로 그를 따라잡아 마침내 목을 벤다.

내면의 고스_{Goth}를 위하여 – 음산한 낭만주의

브램 스토커가 후세에 남긴 가장 주요한 업적 중 하나는, 전세계에 존재했던 다양한 뱀파이어를 하나의 형상으로 통일했다는 것이다. 그의 업적은 이뿐만이 아니다. 그의 소설을 기점으로 뱀파이어는 일종의 '음산한 낭만주의'와 결합되어, 영원히 돌이킬 수 없는 길에 들어섰다. 미나를 향한 드라큘라의 사랑은 아무런 응답도 받지 못했으나, 이 사랑이 진심이었다는 건 의심의 여지가 없다. 미나와 함께 벌인 피의 향연에서 드라큘라는 치명적인 약점을 드러냈고, 그를 추적하던 '적들'은 결국 이 약점을 이용하여 그를 붙잡는 데 성공한다. 드라큘라와 미나가 이처럼 밀접한 관계를 맺지 않았더라면, 반 헬싱과 그의 일당은 드라큘라를 찾아내지도 없애지도 못했을 것이다.

브램 스토커 이전의 전설이나 구전 설화에 등장하는 뱀파이어는 그저 살아 있는 사람의 피를 빨아 마시는, 무섭고 기분 나쁜 산송장에 불과했다. 하지만 브램 스토커가 이룬 문학적 성과 덕분에 이후 사람들은 뱀파이어를 한층 비극적인 인물로 바라보기 시작했다. 그가 몬스터라는 사실은 여전히 변함이 없지만, 그럼에도 지극히 '인간적인' 약점을 지닌 존재로 다가온 것이다. 《트와일라잇》을 별로 좋아하지 않는 사람들은 작가 스테프니 메이어가 뱀파이어물에 사랑 이야기를 남용하여 '품위 있는' 공포 영화 몬스터를 망가트렸다고 불평하지만, 사실 이는 메이어가 처음으로 떠올린 발상이 아니다.

스토커 이후 '현대식' 뱀파이어들은 단지 사랑 이야기에서 그치지 않으며, 무엇보다 인간을 강렬하게 유혹하는 주체로 나온다. 어둡고 음산한 방식으로 미혹하는 인물로 그려지며, 미나처럼 행실이 바르고 결혼한 여성조차 결코 저항할 수 없게 만든다. 반면 현재 약혼자에게 홀대받으며, 그 외에 다른 많은 사람들에게는 추앙받는 루시는 존재가 무너질 정도로 완전히 빠져든다.

단정한 소녀가 뱀파이어로 변신한다는 건 성적으로 더럽혀진다는 의미로도 볼 수 있는데, 의도이든 무의식으로든 수많은 작품들이 뱀파이어 소재를 이런 방향으로 다루곤 한다. 뱀파이어로 변한 여성은 언제나 변하기 전보다 훨씬 음란해지며, 그녀의 도발을 의심하지 않는 남성들을 다시금 유혹하여 파멸로 이끈다. 그리고 다수의 영화에서 뱀파이어가 된 여성들은 매번 가슴이 깊이 파이고 하늘하늘한 원피스를 입고 나온다.

이는 여성의 성적 각성 또는 성적 자기 결정권에 대한 두려움을 매우 또렷이 반영한다. 앞에서 이야기했던 독서 중독과 비슷한 맥락이라고 보면 된다. 여성은 오직 행실이 바른 어머니 그리고 아내여야 한다고 생각하며, 책에 빠지는 등 뭔가 다른 존재가 되면 즉각 가사와 양육을 망치게 될 거라 두려워한 것처럼 말이다. 뱀파이어가 된 루시 또한 여기에 부합하는 모습을 보인다. 뱀파이어가 되자마자 어린아이들에게 달려들어 피를 빨기 때문이다.

이 모든 것을 고려해볼 때, 뱀파이어라는 표상이 '해방'을 의미한다고 해석해도 크게 무리는 없다. 여성의 자기 결정권이 부족할수록 어딘가 약해 보이며, 그럴수록 뱀파이어에게 유혹을 당해 깊이 빠지더라도 대중이 이를 허용하는 범위는 보다 넓어진다. 1976년부터 이미 작가 앤 라이스Anne Rice는 독자의 공감을 불러일으키는 뱀파이어가 주인공인 이야기를 소설에 담았다. 대표적인 예로《뱀파이어와의 인터뷰Interview with the Vampire》에서 작가는, 자신의 존재를 고통스러워하며, 가능하면 사람의 피를 마시지 않으려는 몬스터라는 뱀파이어를 그린다. 그런데 훗날 대중들은 주인공보다 그의 적수이자 그와 반대 성향을 보이는 인물에게 보다 많은 관심을 보인다. 즉《뱀파이어와의 인터뷰》에서 뱀파이어라는 정체성에 괴로워하며 고뇌하는 루이Louis보다, 뱀파이어로서 강인한 모습을 드러내는 레스타Lestat가 오히려 (대개 여성) 팬 사이에서 더욱 인기 있는 인물로 자리 잡은 것이다. 레스타는 뱀파이어라는 자신의 존재를 확실히 의식하며 충분히 즐긴다. 더는 양심의 가책을 느끼지 않는다. 유혹에 기꺼이 넘어가며 거기에서 즐거움을 만끽한다.

바로 이 지점에서 뱀파이어와 섹슈얼리티가 보다 직접적으로 연결되는, 작지만 실질적인 진일보가 이루어졌다고 볼 수 있다. 다른 장에서 살펴볼 《트와일라잇》의 스테프니 메이어가 완전히 새로운 장르로 나아갈 수 있도록, 문을 열고 초석을 놓아준 셈이다.

정신의학적 관점으로 살펴본 드라큘라

소설 《드라큘라》에는 각각 따로 분석해볼 만한 흥미로운 인물이 무척 많다. 그럼 이제부터 소설에 등장하는 순서대로 차례차례 들여다볼까 한다.

조너선 하커 – 충직한 서기

조너선 하커는 부동산 중개 사무소에서 일하는 변호사로, 의뢰받은 업무를 처리하기 위해 전 세계를 돌아다닌다. 중개업에 종사하는 사람들은 보통 타인의 '고혈'을 짜내고 무자비하며 양심이 없다고 알려져 있다. 하커 또한 크게 다르지 않다. 그가 드라큘라 백작의 성으로 향하는 길에 작성한 여행 기록을 보면, 트란실바니아의 토박이들과 그들이 믿는 미신을 얼마나 건방진 시선으로 내려다보는지 확연히 알 수 있다. 말 그대로 하커는 그 무엇에도 위축되지 않는, 이성적인 영국 남성이다. 중개업자로서 이문을 많이 남기려면 주춤하거나 겁을 먹어서는 안 된다. 하지만 드라큘라 백작과의 관계에서 하커는 중개업자라고 하기엔 어딘가 부족한 면을 드러낸다. 일말의 양심과 인정이 남아 있기 때문이다. 따라서 중개업 변호사라기보다 차라리 성실한 서기라고 보는 편이 낫다. 고정 고객들에게 유익한 조언을 건네며 고객층을 단단히 확보하고, 기록도 꼼꼼히 남기는 그런 사무원 말이다. 그는 상대방에게 호의적이며 상대의 지식을 높이 평가한다. 그래서 백작에게 숨겨진 어마어마한 비밀을 알아내기도 한다. 둘이 밤에 나눈 대화에서 하커는 드라큘라에게 런던 생활과 법률에 대한 상식을 전달하며, 백작이 자연스럽고 솔직하게 이야기를 꺼내도록 한다. 그리하여 그가 런던에서 남들 눈에 띄지 않게 뱀파이어로 지내는 데 필요한 모든 정보를 얻는다.

성격유형으로 나눈다면 조너선 하커는 '적응 불안' 성격에 가깝다고 할 수 있다. 다시 말해 그는 거부당하는 데 불안을 느끼며, 이를 피하기 위해 상대방보다 먼저 공손한 태도를 취하며 호의를 보인다. 이 성격유형은 잠시 뒤에 조금 더 자세히 다룰까 한다. 문명화된 사회에서 이런 행동 양식을 지닌다면, 특히 서비스 업종에선 상당한 유익을 얻을 수 있을 것이다. 그러나 문명사회와 동떨어진 뱀파이어와의 관계에서 이러한 인간관계 전략은 방해가 될 뿐이다. 뿐만 아니라 원하는 걸 반드시 얻어내야 하는 진짜 부동산 업자에게도 도움이 안 되며, 심지어 미국 대통령 또는 그 외에 폭군 같은 인물이 되려는 이들에게도 탁월한 전략은 아니다. 문자 그대로 (동시에 비유적인 의미로) 하커는 백작의 포로가 된다. 자기 자신을 그리고 자신의 진정한 욕구를 마주할 용기가 없어서, 그는 포로 상태에 머문다. 하커는 자신이 어떤 위험에 빠졌는지 모르며, 이 위험에 마땅한 이름을 붙이지 못한다. 내면에 있는 불안이 이 위험을 마주하지 못하도록 방해하면서, 대신 드라큘라와 대화를 이어가도록 만들기 때문이다. 덕분에 그는 극한 상황에서도 목숨을 부지했는지 모른다. 하커가 만약 처음부터 강인하고 당찬 모습으로 등장했다면 드라큘라가 무슨 일을 저질렀을지 알 수 없다. 어쩌면 그를 죽였을지도 모를 일이다. 하지만 드라큘라는 전략을 바꿔, 하커에게서 뭔가를 얻기 위해 그를 죽이지 않고 곁에 둔다.

그러나 타인에게 순응하는 성격은 마냥 장점일 수 없으며 동시에 큰 약점으로 작용한다. 그는 법적 계약자에게 아무런 저항 없이 모든 것을 내맡길 뿐 아니라, 약혼자에게도 비슷한 태도를 보인다. 마지막에 하커는 미나를 되찾으려 하지 않는다. 오히려 미나가 그를 택한다. 여전히 그를 사랑하기 때문이다. 만일 드라큘라가 미나와 결혼하려 했다면, 성격상 하커는 어깨를 으쓱하며 순순히 받아들였을지 모른다. 드라큘라를 추적하고 사냥하는 일 또한 하커가 아니라 다른 사람들에 의해 착수되고 지속된다. 끝내 미나가 하커를 선택한 건 당연한 귀결이다. 타인의 말을 잘 듣고 그대로 행하는,

다루기 쉽고 순종적인 남편이기 때문이다. 그리고 무엇보다, 어차피 드라큘라는 죽었으니 더는 경쟁자도 없는 상황이지 않은가.

드라큘라 – 오랫동안 오해받은 밤의 지배자

드라큘라는 단지 소설에서 생성된 이름에 그치지 않는다. 그는 (원래 죽은 존재인데도) 심장이 뛰고 생명이 부여된 인물이다. 드라큘라는 정열이 가득한 목표 지향적 인물로, 목표를 위해 모든 것을 던진다. 피를 향한 그의 갈증은 이 정열을 상징적으로 드러낸다. 그는 성적으로 매력적이며, 음울하고 신비스러우면서 강인하다. 또한 그는 사랑에 빠지면 온 마음을 다해 사랑한다. 그는 미나를 숨김없이 사랑하며 그녀에게 '아무것도' 하지 않으려 한다. 드라큘라는 미나를 철저히 보호하면서, 자신이 머무는 '불멸의 영역'에 그녀가 들어오기를 바란다.

결국 드라큘라는 영국에 깊이 새겨진 '이방인 혐오'의 희생자가 된다. 다시 말해 뱀파이어라는 존재를 있는 그대로 받아들이지도 않고, 그와 접촉하여 대화를 나누며 평화롭게 공존할 대안적 해결책을 모색하지도 않는 사회 분위기 속에서 희생된 것이다. 시의적절하게도 드라큘라를 향한 이방인 혐오는 특히 두 외국인을 중심으로 시작된다. 즉 네덜란드에서 온 에이브러햄 반 헬싱 박사와 미국인 퀸시 모리스 Quincey Morris가 주도적으로 그를 배척한다. 그런데 이 이야기에서 영국인들은 오히려 유보적인 태도를 보인다. 이들은 어떤 방식으로든 드라큘라와 합의하여 타협점을 찾을 가능성도 있었다. 물론 아서 고달밍의 경우 드라큘라 때문에 약혼자가 뱀파이어로 변했으니 몹시 화가 났을 것이다. 그럼에도 대화와 합의로 문제를 풀지 못할 이유는 없다. 한편 뱀파이어가 된 루시가 나중에 약혼자인 아서까지도 뱀파이어로 만들려 하자, 바로 직전에 아서는 차별적이며 뱀파이어를 혐오하는 네덜란드 사람에게서 그녀의 심장에 말뚝을 박고 목을 잘라야 한다는 강요를 받는다. 그러므로 드라큘라는 누구에게도 이해받지 못한 주변인, 아웃사이더라 하겠다. 그를 지적인 영역으로 끌어들여 대화와 타협을 시도하는 대신, 낯설다는 이유로 '악'의 화신으로 간주하여 밀어낸 것이다. 이는 당시 시대상을 전형적으로 보여준다. 19세기에는 나와 동일한 민족에 속하지 않는, 다른 사람을 '인간 이하'의 열등한 존재로 분류했다. 그러면서 아프리카, 아메리카 그리고 오스트레일리아 원주민들은 박물관에서 볼 법한 존재라 여겼다. 실제로 이들의 두개골이나 '실물'을 수집하기도 했다. 말했듯이 나와 다른 사람을 인간으로 보지 않았기 때문에 이런 일이 가능했다. 또한 이들과 관계를 맺은 백인 여성들에게도 동일한 낙인을 찍었다. 미나가 드라큘라와 '피의 결혼'을 치르고 낙인이 찍힌 것처럼 말이다. 다름은 적이다. 혜택은 없다. 이해할 수 없는 모든 것은 없애버려야 한다. 드라큘라도 예외는 아니다. 그래서 드라큘라는 절멸하고 만다. 뱀파이어는 백여

년이 지나서야 그나마 사회에 받아들여지고 결혼도 할 수 있게 된다.

미나 – 삼각관계의 희생자

미나 하커는 자신감이 강한 지적인 여성이다. 용기와 열정을 실질적으로 구현하는 인물이다. 그녀는 조너선을 위해 분투한다. 주어와 목적어는 뒤바뀌지 않았다. 그런데 그녀는 (원작 소설을 보면) 드라큘라와 마주치고도 별다른 거부감을 나타내지 않으며, 상당히 빠른 속도로 가까워진다. 더욱 흥미로운 부분은 다음에 이어지는데, 드라큘라와 긴밀한 관계를 맺자마자 미나는 더는 일기를 쓰지 않는다. 왜 그런 걸까? 이제 더는 행실이 바른 영국 귀부인이 아니라는, 아름답지 않은 진실이 드러난 상황을 암시하는 것은 아닐까? 그리고 미나는 둘 사이에서 갈등한다. 충직하나 팻기 없고 그녀가 말하는 대로 행하는 조너선과, 정열이 넘치고 본인이 원하는 걸 쟁취하는 드라큘라 사이를 오가며 결정을 내리지 못한다. 순응적인 조너선을 손안에 넣고 군림할 것인지, 아니면 드라큘라와 주도권을 두고 지속적으로 격렬한 싸움을 벌이며 살 것인지 고민에 빠진다. 미나와 같은 여성에게는 두 관계 모두 장점과 단점이 있다. 드라큘라를 택할 경우 아이를 갖는 것도 바닷가에서 일광욕을 즐기는 것도 불가능하다. 하지만 그 대가로 영원토록 격정적인 달밤을 누릴 수 있다. 한편 더는 고급스런 음식점에 들어가 밥을 먹을 수 없으며,

대신 다소 역하게도 남의 더러운 목을 물어뜯어야 한다.

결코 만만한 결정이 아니다. 무엇보다 우아하게 영양을 섭취하도록 도와주는 '혈액 주머니'도 따로 없던 시대니 꽤나 난감했을 것이다. 기술이 조금 더 발전한 20세기 후반이나 21세기 초였다면, 그녀는 큰 부담 없이 뱀파이어 쪽을 선택했을지도 모른다. 미나는 숨 막힐 정도로 엄격한 영국의 빅토리아 시대에 매여 있으면서도 그 사회에 잘 적응하는 모습을 보인다. 그녀는 당대 세상에서 여성으로서 적당히 살아남으려면 그에 알맞은 남성이 필요하다는 걸 안다. 고분고분하고 말을 잘 듣는 조너선은 누가 봐도 최선의 선택지다. 원래 영국 여성들은 어디에서든 실권을 쥐는 것으로 유명하지 않은가. 꼭 여왕이나 '철의 여인'이 아니더라도 그녀들은 늘 주도권을 쥐고 흔든다. 그러나 이들은 열정적인 투사가 아니다. 미나가 프랑스 여성이었다면 아마 조너선은 처음부터 패배했을 것이다. 그리고 삼각관계에서 승자가 된 드라큘라는 그녀와 뜨겁고도 눈부신 관계를 이어갔을 것이다. 더불어 미나가 프랑스인이었다면 드라큘라와의 관계를 공개적으로 알렸을 수도 있다. 전혀 근거 없는 가설이 아니다. 드라큘라를 인간적인 모습으로 묘사한 최초의 영화 중 하나가 프랑스에서 나왔으니 말이다. 코믹 호러 영화인 〈드라큘라와 아들 Dracula père et fils〉에서 크리스토퍼 리Christopher Lee가 분한 드라큘라는 결혼도 하고 (약간 빗나간) 아들도 하나 있다. 이 영화에서 드라큘라는 처음으로 가정이 있는 인간으로 나오는

데, 다시 말하면 그를 감당할 만큼 실로 열정적인 여성을 발견할 가능성이 있었음을 보여준다. 하지만 이성적인 미나는 가슴 속에서 끓어오르는 화산에도, 이런 가능성에서 멀리 떨어져 있다. 식민 지배 민족의 일원인 그녀는 모든 편견에서 완전히 자유로울 수 없으며, 드라큘라와의 진지한 관계를 감당할 수도 없다. 주변에서 날아드는 시선은 인도나 아프리카 사람을 대하는 수준과 맞먹을 정도로 고약할 테니 말이다. 그리하여 미나는 위대한 사랑과 열정을 포기하고, 대신 자신이 꿰뚫고 있는 평범한 남성 곁에 머문다. 사무직이 잘 어울리는 핏기 없는 영국 남성을 택하여, 마지막에는 그를 닮은 아이를 갖는다.

루시 – 감정에 충실한 정열적인 여성

루시는 친구 미나와 전혀 다르다. 열정적이면서도 순진하다. 어느 날 그녀는 동시에 세 남성에게 청혼을 받는다. 영국 출신 정신과 의사 수어드Seward 박사, 미국의 부호 퀸시 모리스 그리고 곧 귀족 작위를 받을 아서 고달밍 경이다. 당연히 우리 영국인 아가씨는 영국 귀족을 택한다. 당시만 해도 귀족은 정신과 의사보다 명망이 높고, 거친 미국인보다 세련되게 여겨졌다. 그러나 미나와는 대조적으로 루시는 내면의 뜨거운 열정을 거역하지 못한다. 그녀는 드라큘라에게 생을 내맡기고 깊은 관계를 맺는다. 그녀는 생이 부여하는 모든 것을 가지려 하며, 자유와 성적 충만을 갈망한다. 뱀파이어가 된 그녀는 원하는 이 모두를 가질 수 있다. 그러므로 그녀의 선택은 자신에게 부담을 가하지 않는다. 드라큘라와 은밀한 관계를 맺은 다음, 루시는 크게 괴로워하지 않으며 오히려 약혼자 아서에게도 뱀파이어의 삶을 누릴 기회를 제공하려 한다. 어쩌면 그녀는 일말의 희망을 품었는지 모른다. 아서가 뱀파이어가 된다면 그리고 피를 향한 갈증과 성적 욕망이 동일시된다면, 그의 마음속에 정열의 불꽃이 일어날 거라는 희망 말이다. 아서는 이를 완강히 거부하지는 않는다. 무엇보다 그는 귀족 작위를 지니며 '고달밍 경'이라 불리니, 뱀파이어가 되었다면 훌륭한 선례를 남겼을지도 모른다. 반 헬싱 박사만 없었더라도 가능한 일이었다. 반 헬싱은 여성이 욕망에 따라 독립적으로 결정 내리는 걸 차마 눈뜨고 볼 수 없는 인물이다. 따라서 그는 아서에게 뱀파이어가 된 약혼녀를 '명예 살인'하라고 요구한다. 19세기 영국 사람인 아서는 어려서부터 배운 대로, 명예로운 길을 선택하며 이 정열적인 여인을 죽인다. 그러면서 내면에 여전히 남아 있는, 드라큘라에게 투사된 자기혐오라는 감정도 끝내 같이 죽여 없앤다.

그러므로 루시는 드라큘라의 유혹에 넘어간 희생자가 아니라, 해당 세계상에 부합하지 않으면 모두 죽이는 '윤리관의 희생자'다. 사실 루시는 뱀파이어로서 충실했을 뿐 악한 행동은 전혀 하지 않았다. 물론 어린아이들을 물어 피를 빨기는 했지만, 이들을 당황스럽게 만들지도 죽이지도 않았다. 나중에 이 아이들은 '아름다운 유령'과 함께 놀았다고 이야기한다. 게다가 이들 중 몇몇은 뱀파이어 사냥꾼을 부러워하며, 또다시 아름다운 유령과 같이 놀고 싶다고도 말한다. 루시는 살인자가 아니었다. 평범한 젊은 여성이었다. 자신의 열정에 굴복하는 바람에, 명예 살인의 희생자가 되고 만 안타까운 인물일 뿐이다.

수어드 박사 – 속수무책인 정신과 의사

수어드 박사는 정신병원을 운영하는 의사로 루시를 사랑한다. 그는 루시의 거절을 무난하게 받아들이며, 루시의 약혼자인 아서와도 친하게 지낸다. 어쩌면 수어드는 그저 결혼할 때가 된 데다 마침 루시가 적합한 결혼 대상자라 여겨져 청혼했을지도 모른다. 수어드 박사는 정신과 의사로 일하기엔 다소 나약한 인물이다. 그런 그가 드라큘라 때문에 정말 화가 난 이유는 단 하나일 것이다. 즉 드라큘라가 그의 병동에 침입하여 돌보는 환자 한 명에게 영향을 미치고, 그 환자를 심복으로 삼았다는 사실 때문에 끝까지 드라큘라를 놓을 수 없었을 것이다. 환자의 이름은 렌필드Renfield로, 그는 드라큘라의 유혹에 빠져 상태가 더욱 악화되며, 마지막에는 주인처럼 여기던 드라큘라에게 반항하다 목이 꺾여 죽기 직전 수어드 박사 일행에게 드라큘라의 계획을 발설한다. 환자를 진심으로 대하는 정신과 의사라면 이렇게 될 때까지 속수무책으로 놔두었을 리가 없다. 물론 수어드 박사는 오늘날 정신과 의사와는 다르다. 그는 구식 교육을 받은 의사로 환자들을 치료 대상으로 여기기보다 주의 깊게 관찰하고 감시하려 한다. 드라큘라와 엮여 절망적인 상태에 빠진 렌필드를 도와주는 대신, 수어드는 렌필드의 행동과 관련된 책과 자료들만 꼼꼼히 들여다본다. 수어드 박사에게 '정신병자'인 렌필드는 아프리카 원주민과 크게 다르지 않은 존재다. 즉 '우리'가 우월한 인종임을 새로이 깨닫게 해주는 인간들에 불과하다. 수어드는 굉장히 이성적이며 분열증 환자에 가까운 인물로, 본인 감정의 강도를 온전히 인지하지 못한다. 이처럼 스스로의 감정을 제대로 파악하지 못하는 상태는 분명 대학 시절에 강화되었을 것이다. 은사인 네덜란드 출신 반 헬싱 박사 또한 그런 모습이 두드러지기 때문이다. 그렇게 수어드는 오랜 스승을 사건에 끌어들이며, 동시에 한 '사이코패스'에게 수문을 열어주게 된다.

에이브러햄 반 헬싱 – 사이코패스

반 헬싱 박사는 여러 측면에서 전형적인 사이코패스 성향을 보인다. 절대로 감정을 드러내지 않으며 무서울 정도로 냉혹하다. 목적을 달성하기 위해서라면, 다른 사람의 감정이나 기분은 전혀 중요하지 않다.

그는 무엇보다 힘을 중시한다. 여기에서 우리는 그가 가학적 성향도 지녔을 거라 추정할 수 있다. 그의 내적 만족은 죽이는 행위를 통해 성취되는데, 그는 사회에 잘 적응한 사이코패스이기 때문에 사회적으로 용인되는 방식을 찾아 본능적 욕구를 해소하며 충분히 즐긴다. 의사인 그는 삶과 죽음의 지배자라 할 만큼 그 분야에 통달해 있다. 하지만 실제 그는 이를테면 '병사'의 위치에 서서 행동한다. 그러면서 '사형 집행인' 이상의 위치를 가진다. 이는 그에게 본능적 욕구를 해소할 기회를 제공한다. 뱀파이어 전문가라는 이유로 그의 파괴 욕구는 긍정적인 의미로 해석되기도 한다. 악을 죽인다는 명분이 있기 때문이다. 이와 유사한 논거를 바탕으로, 아메리카에서는 인디언 사살을 정당화하며 보상까지도 주었다. 아메리카 원주민을 인간이 아닌 야만인이라고 보았기에 가능한 일이었다. 참으로 적절하게도, 뱀파이어 원정대 가운데 유일한 미국인인 퀸시 모리스는 최고의 사수이자 용감한 투사로 반 헬싱 곁에서 충성스럽게 보좌한다.

반 헬싱의 파괴 욕구는 쇠약해진 루시에게 수혈하는 장면에서 선명히 드러난다. 루시를 흠모하는 세 남자와 함께 반 헬싱도 수혈에 동참하는데, 의학적으로 굉장히 위험한 행동이다. 물론 그가 살던 시대는 혈액형이 발견되기 한참 전이기 때문에 참작의 여지가 있다. 하지만 의사인 반 헬싱은 무분별한 수혈이 얼마나 위험한지 분명히 알았을 것이다. 당시 적지 않은 이들이 수혈 사고로 목숨을 잃었으니까. 한 걸음 더 나아가 이런 의문도 든다. 오히려 드라큘라가 루시의 '존재'를 구한 건 아닐까? 다시 말해 드라큘라가 관여하지 않았더라면 루시는 '혈액형 부적합'으로 진작 세상을 떠났을지도 모른다. 즉 잘못된 수혈로 인간으로서의 생을 다한 루시가 드라큘라 덕분에 새로운 존재를 부여받았다고 볼 수도 있다. (뱀파이어의 '생'은 과학적으로 논란의 여지가 있기 때문에, '생'이라는 표현은 자제하려 한다.) 반 헬싱은 자신이 감행한 위험한 의학 실험의 책임을 드라큘라에게 전가한다. 전형적인 사이코패스처럼 그는 죄인을 하나 찾아, 이 죄인을 완전히 파멸시켜야 하는 합당한 근거를 마련하는 데 성공한다. 반 헬싱은 처음부터 드라큘라를 없애야 한다고 주장하며 다른 이들을 설득한다. 그러면서 다른 대안은 절대로 논의에 올리지 않는다. 그리하여 반 헬싱은 문제를 해결하려 모인 일행들이 드라큘라와 대항하여 전쟁을 벌이도록 상황을 몰아간다. 한편 드라큘라는 이들과 맞서는 대신 계속해서 뒤로 물러선다.

하지만 이들은 드라큘라를 영국에서 추방하는 선에서 만족하지 못한다. 절대 그럴 수 없다. 그래서 드라큘라의 고향까지 추적하여 그의 세 신부들을 죽이고, 그도 없애버리고 나서야 한숨을 돌린다. 여기에서 우리는 식민 지배 민족의 서슬 퍼런 광기를 느낄 수 있다. (네덜란드의 식민 지배 역사를 결코 잊어서는 안 된다. 오늘날 이에 대해 더는 언급하지 않더라도, 그리고 당시 네덜란드가 지금처럼 그렇게 중요한 나라가 아니었더라도 말이다.) 사이코패스 반 헬싱이 없었다면 이야기는 다른 방향으로 흘러갔을 것이다. 어쩌면 인간과 뱀파이어의 평화로운 공존은 보다 일찍 이루어졌을지도 모른다. 그러나 공존하기에는 시대가 아직 여물지 못했다.

그 무렵 인류는 두 차례의 세계대전으로 인한 포화 세례를 받기도 전이었다. 그리고 당시에는 세상을 '진짜 인간'과 야만인으로 구분하는 것이 적법했다. 이해할 수 없는 자, 받아들일 수 없는 자를 죽이는 것 또한 여전히 합법이던 시대였다. 또한 사이코패스가 주저 없이 사방을 다니며 자신의 병든 생각을 마음껏 펼칠 수 있는 시대였다. 그의 병적 증세를 알아차리는 사람은 아무도 없었으며, 오히려 다들 그를 영웅이라 여기며 칭송하기에 바빴다. 반 헬싱 같은 영웅들은 자신의 잘못된 행위를 유일무이한 가능성이자 정당한 일이라고 포장하는 데 누구도 따라할 수 없는 재능을 지니기 때문에, 정체를 알아채기란 쉽지 않다.

모든 주요인물들이 심리 전문가의 지도하에 집단 상담을 받았다면 어땠을까? 그럼 뭔가 다른 해법이 나왔을까?

그랬다면 우선, 《트와일라잇》 같은 작품의 등장은 훨씬 앞당겨졌을 것이다. 드라큘라에 맞서 '싸우는' 반 헬싱 무리의 모습에서 우리는 불의와 불공정을 발견한다. 우리 사회에서 불공정성이 본격적으로 거론된 시기는 1970년대로, 이후 차별과 불평등에 대한 인식이 점점 날카로워졌다. 제2차 세계대전이라는 끔찍한 공포가 지나간 이후, 인류는 차별과 인종주의와 '싸우기' 위해 타인을 향한 차단벽을 제거하는 데 주력했다.

인물들이 모두 적절한 상담과 치료를 받고 태도에 변화가 생겼다는 가정하에, 다시 이야기의 처음으로 돌아가보자.

조너선 하커가 드라큘라의 성을 찾아가 첫 대화를 나누는 장면에서 조용히 순응하는 대신, 드라큘라의 '다름'을 직접적으로 언급하며 평범하지 않은 그가 영국에서 평온하게 지낼 방법들을 조언해주었더라면 어땠을까? 드라큘라는 정말 반드시 인간의 피만 마셔야 하는 걸까? 동물의 피가 하나의 대안이 될 수 있지는 않을까? 만약 그럴 수 없다면, 자발적으로 헌혈하려는 사람들을 찾는 건 어떨까? 헌혈의 대가로 금전적 보상이 주어진다면 피를 주려는 사람들은 분명 적지 않을 것이다. 당시 가난한 집은 무척 많았을 테고 반면 드라큘라는 부유했으니, 실현 가능한 대안이라 하겠다. 이 외에도 생명이 위독한 사람들을 '변신'시켜주며 소정의 비용을 치르게 한다면, 상당한 돈벌이가 되는 사업 모델을 찾을 수도 있다. 하커가 만약 날카로운 '송곳니'를 가진 진정한 중개업자였다면, 이 사업으로 어마어마한 이득을 얻고 영웅 대접을 받았을지도 모른다.

그러면 먼저 루시와 아서는 충분히 행복한 삶을 누렸을 것이다. 루시가 죽지 않고 인간으로 살았든, 두 사람 모두 정열적인 뱀파이어 부부가 되었든 상관없이 말이다. 루시의 존재가 영원히 사라지지만 않았다면 둘의 행복은 의심의 여지가 없다. 사실 루시의 죽음이 정말 드라큘라 때문인지, 아니면 의사 반 헬싱이 주도한 잘못된 수혈 때문인지는 여전히 확실하지 않다. 다른 건 몰라도 뱀파이어 부부가 인간들의 평범한 결혼 생활보다 장기적으로 더 행복하다는 건,《트와일라잇》 같은 소설들을 통해 다들 익히 알고 있지 않은가. 수어드 박사의 경우 인간과 뱀파이어의 행동 양식을 관찰하고 연구하며, 두 존재가 관계 맺는 유형을 이론화하여 새로운 분야의 전문가가 되었을지도 모른다. 행동 관찰에 있어선 단연 뛰어난 정신과 의사이니 얼마든지 가능해 보인다. 쾌활한 성격의 퀸시 모리스는 하던 업무를 잘 마치고 다시 즐거운 마음을 안고 미국으로 돌아갔을 것이다. 반 헬싱은 뱀파이어리즘Vampirism에 관한 다수의 책을 집필했을 수도 있다. 미나는 차분하게 심사숙고하여, 조녀선과 드라큘라 중에 누가 더 나은지 누가 자신과 더 잘 맞는지 올바른 판단을 내릴 것이다. 어쩌면 그녀는 아주 현대적으로, 둘의 부족한 점을 보완하여 셋이 부부가 되는 길을 택할 수도 있다. 특히나 드라큘라는 생명을 탄생시킬 수 없으니, 이 부분은 조녀선이 채우면 된다. 드라큘라는 조녀선과 미나 사이에서 태어난 아이를 위해 아버지 역할을 제대로 감당할 것이다. 아마 조녀선은 미나의 이런 제안에 흔쾌히 동의할 것이다. 늘 그랬으니까. 남들이 말하는 대로 순순히 따르는……

서로 마주 앉아 이성적으로 대화하고 진지하게 합의점을 찾았다면, 《드라큘라》는 죽음과 고통이 없는 완전히 새로운 '세계사'를 썼을지 모른다. 뱀파이어와 인간이 공존하다 보면 언젠가 '인구과잉'이 될 거라 걱정하는 사람들에게는 역발상을 제안하고 싶다. 즉 뱀파이어가 우주인이 되는 가능성을 떠올려보는 것이다. 영원히 죽지 않는 존재는 수천 년도 넘게 머나먼 은하계를 여행할 수 있다. 우리의 세계관이 여기까지 확장되면 또 다른 가능성도 열린다. 예를 들어 〈스타 트렉〉의 '세계'에 뱀파이어가 들어가 함께 평화롭게 공존한다고 상상해보자. 생각만 해도 흥미진진하지 않은가. 그저 마음을 열고 서로 대화를 나누기만 하면, 모든 것은 가능하다!

셜록 홈즈
Sherlock Holmes

천재 그리고 너드

아서 코난 도일Arthur Conan Doyle의 《셜록 홈즈》 시리즈는 오늘날 우리가 팬덤Fandom이라 부르는 현상을 처음으로 이끌어낸 작품 중 하나다. 홈즈에 열광한 수많은 독자들은 소설이 연재되던 월간지 《스트랜드 매거진The Strand Magazine》을 구독하는 데에서 끝나지 않았다. 이들은 소설 속 가공인물을 너무나도 사랑한 나머지, 주인공이 작품에서 죽음을 맞이하자 추모하는 의미로 검은 리본을 매달기도 했다. (뿐만 아니라 수만 명의 독자들이 《스트랜드 매거진》의 구독을 취소했으며, 수천의 사람들이 담당 편집자에게 항의 편지를 보냈다. 아마 당시 편집자는 아주 오랫동안 그날의 악몽에서 벗어나지 못했을 것이다.) 이후 몇 해가 지나도록 아서 코난 도일은 연재를 계속해달라고 부탁하는 팬들의 편지를 받았다. 결국 그는

팬들의 성화를 이기지 못하고, 죽은 셜록 홈즈를 다시 살려
냈다.

이처럼 끈질긴 노력으로 원하는 바를 성공적으로 이루어
낸 팬덤은 문학사에서 셜록 홈즈가 처음이다. 이로부터 50여
년 뒤에 〈스타 트렉〉 팬들 또한 비슷한 방식으로 작품에 영
향력을 가했다. 종영에 반대하는 팬들이 대규모 편지 보내기
운동을 벌인 끝에, 기존의 종영 계획이 철수되고 새로운 〈스
타 트렉〉 시리즈가 제작된다.

셜록 홈즈의 모험 가득한 여정은 무엇보다, 각 사건의 진
상을 과학적인 방법을 동원하여 규명하는 이야기를 처음으
로 담았다는 데 의의가 있다. 그럼 홈즈 이전에는 범죄 사건
을 대체 어떻게 다루고 규명했다는 걸까? 사실 홈즈처럼 그
리 철저하고 치밀한 편은 아니었다. 그래서 사건의 진상을 제
대로 밝히지 못한 경우도 적지 않았다. 극악무도한 연쇄 살
인범 잭 더 리퍼Jack the Ripper가 절대 잡히지 않은 이유가 여
기에 있다. 셜록 홈즈였다면 결코 놓치지 않았을 것이다.

베이커가Baker Street 211B에서부터 라이헨바흐 폭포까지

셜록 홈즈 이야기에 나오는 사건 하나하나를 요약하는 건
큰 의미가 없을 듯하다. 아서 코난 도일이 집필한 셜록 홈즈
시리즈는 모두 네 권의 장편과 56편의 단편으로 구성된다.

그러니 이 모든 이야기를 정리할 수는 없지만, 혹시라도 아직 셜록 홈즈에 대해 잘 모르는 사람들을 위해 기본 토대만 소개할까 한다.

셜록 홈즈라는 탐정이 사건을 풀어나가는 모험이 주된 소재인 이 소설은 거의 대부분 왓슨Watson 박사의 시선으로 전개된다. 왓슨은 홈즈와 늘 함께하는 동료이며 이따금 동거인으로 나오기도 한다. 의사인 왓슨은 전쟁터에서 군의관으로 일하다가 부상과 병을 얻고 런던으로 돌아와, 머물 곳을 찾던 중 홈즈를 만난다. 마침 홈즈는 괜찮은 아파트를 하나 봐두었는데, 혼자 감당하기에는 월세가 너무 비싸서 이를 나누어 낼 룸메이트를 찾았다.

왓슨은 이른바 롤 모델이라 칭할 만큼 모범적인 인물로, 아직 셜록 홈즈 시리즈를 접하지 않은 이들 또한 읽다 보면 닮고 싶다는 생각이 들 것이다. 뿐만 아니라 왓슨 덕분에 이야기의 진입 장벽이 한층 낮아지는 경향도 있다. 두뇌가 비상한 홈즈는 종종 괴팍하고 까다로운 모습을 보이는데, 따라서 다수의 독자들은 주인공에게 어떤 유대감이나 공통점을 발견하기가 어렵다. 홈즈는 흥미로운 인물이기는 하지만, 일단 객관적인 관점에서 보면 흥미를 넘어 이상한 면이 너무도 많다. 반면 '땅에 발을 디디고 있는' 왓슨은 독자들이 입장을 바꾸어 생각하기도 쉽고, 그의 처지와 상황을 독자 본인과 동일시하기도 수월한 편이다. 그러므로 왓슨은 '홍길동'이나 '아무개' 같은 이름이라고 보면 된다. 즉 왓슨 대신 독자의 이름을 넣으면 그대로 이입되어 이야기에 몰입할 수 있기 때문이다.

이야기의 시작은 이렇다. 셜록 홈즈는 화학을 전공하는 학생으로, 과학적 방법을 통해 범죄 사건의 실마리를 찾아내는 것이 목표다. 단서 추적에 능하며, 아주 정밀한 관찰자이기도 하다. 어떤 사건들은 해결이 끝난 다음에야, 셜록이 왓슨에게 그 과정을 설명해주어야 할 때가 종종 있다. 셜록이 너무 천재적이라서 누구도 그의 머리를 감당할 수 없기 때문이다. 대다수 사람들은 그의 괴짜 같은 행동을 그냥 받아주며 넘어간다. 표현 방식에서 천재성이 드러나기 때문에 다들 그러려니 하며 이해하는 것이다. 대개 그는 철저하게 이성적이며 냉철한 태도로 행동한다. 그러나 그런 홈즈도 왓슨이 총에 맞아 부상을 당하자, 회복되기를 바라며 진심으로 걱정하는 모습을 보인다. 여기에서 왓슨은 엄청난 감동을 받는다. 비록 극한의 상황에서만 간신히 드러나지만, 실제로 이들 사이에 맺어진 우정이 얼마나 깊고 단단한지 확인할 수 있는 장면이다.

두 사람이 해결하는 사건들이 반드시 범죄와 연루되는 것은 아니다. 아서 코난 도일은 한 지역 내에서 아무런 범죄 행위도 벌어지지 않을 수 있다고 판단하여, 범죄와 관련 없는 사건들로 이야기를 채우기도 한다. 다시 말해 실종된 사람이 별 문제 없이 다시 발견되거나, 인간들 사이에서 생긴 크고 작은 문제를 풀거나, 오래된 비밀을 벗기는 과정을 담기도 한다.

셜록 홈즈의 명성은 날로 높아져 수많은 사람들이 도움을 구하러 찾아오는데, 지역 주민뿐 아니라 영국 경찰 본부인 스코틀랜드 야드Scotland Yard에서도 결코 해결되지 않을 듯 보이는 사건들을 들고 수차례 찾아와 조언을 구한다. 심지어 홈즈는 때때로 영국 정부를 위해 일하기도 한다.

물론 그가 풀지 못한 사건도 있다. 그 가운데 하나는 코난 도일의 첫 단편 〈보헤미아 왕국 스캔들A Scandal in Bohemia〉에 담겼다. 혼사를 앞둔 보헤미아 국왕에게 고용된 홈즈는, 국왕이 한때 관계를 가졌던 아이린 애들러Irene Adler가 소유한 사진을 확보해오라는 의뢰를 받는다. 아이린 애들러는 오페라 가수 겸 배우이자 모험가로, 결혼식이 임박한 상황에서 그녀와의 과거 관계를 증명하는 사진 자료가 나오면 모든 일이 무산되기에 국왕은 불안한 마음을 감추지 못한다. 특히나 국왕은 아이린 애들러가 그 사진을 가지고 협박할까 노심초사하며, 홈즈에게 반드시 사진을 찾아달라고 부탁한다. 홈즈는 마부로 변장하여 아이린 애들러의 집에 들어가고, 왕이 말한 그 사진을 그녀가 어디에 숨겼는지 여러 사람들을 통해 정보를 얻는다. 하지만 홈즈가 사진을 확보하기 직전에 그녀는 사진을 들고 도망간다. 그리고 그 사진이 있던 자리엔 그녀의 독사진만 남는다. 홈즈에게 보낸 편지에서 아이린 애들러는, 변장하고 나타난 홈즈를 진작 알아챘으며 국왕이 누군가를 시켜 사진을 찾으리라는 사실도 알고 있었다고 말한다. 무엇보다 자신은 그 사진으로 국왕을 위협할 생각이 없다고 언급한다. 여기에서 홈즈는 참패에 분노하는 대신, 그녀가 자신을 노련하게 속였다는 사실에 경탄한다. 감흥 없는 천재도 강렬한 도전 앞에선 희열을 느끼나 보다. 그리하여 홈즈는 그녀의 모습이 담긴 사진을 간직하며, 왓슨의 기록에 따르면 이따금 그걸 꺼내 보기도 한다.

홈즈가 따라가지 못하는, 몇 안 되는 인물 중 하나로 제임스 모리어티James Moriarty가 있다. 비록 그는 셜록 홈즈 이야기에서 딱 두 번 등장하지만 자타공인 홈즈의 철천지원수로 인정된다. 그는 천부적인 범죄자로, 다른 범죄자들을 조종할 뿐 아니라 붙잡히지 않도록 돕기도 한다. 제임스 모리어티는 홈즈처럼 두뇌가 명석하며, 범죄자로 '경력'을 쌓기 전까지는 어느 작은 대학에서 교수를 역임했다. 아무리 그가 선천적으로 악한 기질을 타고났다 하더라도, 그가 왜 교수직까지 접고 불법적인 일에 본격적으로 몰두하기 시작했는지는 자세히 설명되지 않는다. 계속해서 교수로 살아도 그리 나쁘지 않았을 테고, 그렇게 지적이고 똑똑하다면 정치인이나 사업가로도 충분히 성공했을 것이다. 하지만 이런 일들은 분명 지루했을 것이다. 음침한 어둠 속에서 인형 놀이하듯 범죄를 조종하는 사람이 학생들과 옥신각신하는 일에 흥미를 느낄 리가 없다.

모리어티의 특기 중 하나는 사고를 연출하는 일이다. 그는 제거하고 싶은 사람들을 없애버리고는 마치 사고처럼 꾸미곤 한다. 각각의 사고마다 놀라운 창의력이 발휘되어 조작 방식도 각양각색이다.

　오랜 추적과 관찰 끝에 셜록 홈즈는 런던에서 벌어진 수 많은 범죄 행위가 서로 긴밀히 연결되며, 배후에 모리어티를 주축으로 하는 거대 범죄 조직이 있음을 파악한다. 모리어티 의 계략을 알아차리고 그의 범죄 조직을 밝혀내기 바로 직 전, 홈즈는 모리어티 조직에게 역습을 당한다. 위협을 느낀 홈즈는 유럽으로 피신한다. 결국 홈즈는 스위스에서 이 철천 지원수에게 따라잡히고, 난투를 벌인 끝에 둘 모두 라이헨바 흐 폭포Reichenbach Fall에서 추락한다.

난관에 봉착한 결말

원래 홈즈의 결말은 이렇게 끝날 예정이었다. 코난 도일은 홈 즈 시리즈를 맺고 다른 역사소설에 전념하고 싶었다. 이후 8 년 가까이 그는 홈즈 이야기를 계속해서 써달라는 독자들의 간절한 부탁을 거절한다. 그러다가 끝내 독자의 요구에 응하 며, 《바스커빌 가문의 개The Hound of the Baskervilles》라는 작품 을 통해 죽었던 셜록 홈즈를 다시 살려낸다. 작가는 자신이 만든 이 유명한 탐정을 되살리며, 소설 속에서 일말의 부연 을 한다. 즉 홈즈가 모리어티와 사투를 벌이는 과정에서 마 치 절벽에서 떨어져 죽은 것처럼 속여, 모리어티가 그의 흔적을 찾지 못하게 함으로써 간신히 적의 손아귀에서 벗어날 수 있었다는 것이다.

1927년까지 홈즈 시리즈는 계속 나왔고, 그사이에 왓슨은 결혼을 하고 홈즈와 같이 살던 집에서 이사를 나오기도 하지만 마지막에 두 사람은 다시 그 유명한 주소지에서 함께 머문다. 홈즈 시리즈는 남성들의 진정한 우정 그 이상을 담은 작품이라고 하겠다.

과학이 모든 문제를 풀 수 있다는 믿음

아서 코난 도일이 살았던 영국 빅토리아 시대에 대해 몇몇 부정적인 면들을 떠올리는 이들도 있을 것이다. 대표적인 예로 식민주의를 꼽을 수 있다. 빅토리아 시대 영국인들은 오만하기 그지없었고 자신들의 문화가 유일무이하며 참된 것이라 여기면서, 세상의 모든 '미개인들'을 일깨워야 한다고 생각했다. 고유의 진보성과 우월함에 대한 믿음은 한 단계 더 나아가, 계속되는 이 진보와 발전을 통해 모든 문제를 해결할 수 있고 또 그래야 한다는 생각에까지 다다랐다. 이 시대에는 과학의 가능성에 끝이 없다는 확신이 팽배했다. 이제막 증기기관과 전깃불이 발명되었으니 그럴 만도 하다. 이다음에 무엇이 올지 누가 알기나 했을까? 하늘을 나는 자동차, 로봇 도우미, 달 식민지 등 우리가 늘 기대하고 꿈꾸던 모든 것들이 현재 손에 닿을 정도로 가까이 왔으니, 과학에 대한 당시 믿음이 아주 잘못된 건 아니다.

바로 그런 이유로 범행을 밝히는 데 과학이 사용될 수 있었다. 이런 맥락에서 아서 코난 도일의 시도 또한 전혀 어색하거나 그릇되지 않았다. 현대적인 경찰 수사 업무 역시 여러 면에서 유사하다. 물론 범행 현장을 보자마자 첫눈에 용의자를 파악하고 실마리를 찾는 수사관이 현실에선 드물기는 하지만 말이다. 그럼에도 당시에는 이처럼 과학을 통해 범행을 밝힐 수 있다는 생각을 매우 유치하게 취급했다.

정신의학적 관점으로 살펴본 셜록 홈즈

셜록 홈즈 – 아스퍼거 증후군을 지닌 인물

셜록 홈즈라는 인물은 오늘날이었다면 지체 없이 정신과 전문의에게 보내, 아스퍼거Asperger 증후군이 아닌지 검사해봐야 할 정도로 이 증상에 부합하는 여러 특징을 보인다.

아스퍼거 증후군을 가진 사람들은 '사회적 상호 작용'에 어려움을 겪는다. 즉 사회적 의사소통과 사회관계에 대한 이해에 제한이 있다. 그밖에도 자극에 특히 민감하게 반응하며, 특정 관심사에 강도 높은 관심을 보이고, 하나에 빠지면 끝까지 지속하려는 욕구가 두드러진다. 아스퍼거 증후군을 지닌 사람들은 '구체주의적' 성향을 나타내며 사건이나 사물을 문자 그대로 해석하는 경향이 있다. 셜록 홈즈는 이런 구체주의적 성향을 통해, 종종 다른 이의 눈에는 잘 보이지 않는 어떤 지점을 발견하고 이를 바탕으로 문제를 풀어가곤 한다. 아스퍼거 증후군 환자들에게 상대방의 얼굴 표정과 몸짓 언어를 사회적 맥락을 바탕으로 정확하게 해석하기란 상당히 어려우며, 그로 인해 오해를 불러일으키기도 한다. 한편 셜록 홈즈는 특별한 감각 능력을 토대로 그와 마주한 상대방의 세부적인 면을 들여다봄으로써, 인물 유형을 구분하여 의사소통에서 오해가 벌어지기 쉬운 단점을 상쇄한다. 그는 '보통' 사람들이 주의를 기울이는 것에 신경을 쏟지 않기 때문에, 다른 사람들이 눈치채지 못하고 지나치는 세밀한 부분에서 오히려 흥미로운 점을 발견한다. 그러면서도 사회적으로 적합하지 않은 행동을 빈번히 보이며 주변 사람들 심기를 건드리곤 하는데, 그래서 같이 지내던 왓슨 박사도 재차 집을 나가야만 했다.

셜록 홈즈에게 관계 형성은 매번 부딪히는 난관이다. 그럼에도 끊임없이 그를 아끼는 사람은 룸메이트인 왓슨 박사가 유일하다. 그가 지속적인 관계를 허용하는 사람 또한 왓슨뿐이다. 셜록 홈즈는 오직 왓슨과 인간관계를 맺으며, 다른 이들과는 관계를 맺지 않는다. 다행히도 이 하나뿐인 관계는 매우 이상적인 모습을 띤다. 물론 그가 아이린 애들러에게 보이는 태도에서, 이 또한 일종의 '장거리 연애'라고 해석할 수도 있다. 멀리 떨어져 있는 그녀의 사진을 이따금 꺼내 보며 존경을 넘어선 애정을 드러내기 때문이다. 그러나 그는 그녀와의 관계를 현실로 옮겨놓지 않는다. 세상 어딘가에 홈즈에게 완벽히 들어맞는 여성이 있다면, 그 또한 그녀와 함께 지극한 행복을 누리며 살았을 수 있다. 하지만 그가 제대로 된 관계를 맺기에는 시대가 아직 여물지 못했다. 당시는 홈즈와 같은 인물을 부담 없이 받아들이는 것조차 어려울 만큼 시대가 성숙하지 않았기 때문이다. 그러니 애정 관계는 말할 것도 없다.

또 하나 주목할 점은 홈즈가 '중독'에 빠졌다는 것이다. 중독은 과도한 감각 자극에 시달리는 아스퍼거 증후군 환자들에게 자주 발생하는 증상이다. 홈즈는 코카인Cocaine을 소비하며, 일상이 지루할 때 복용하면 기분이 좋아진다는 이유를 댄다. 작가 도일이 홈즈 이야기를 집필할 무렵 그는 가장 최신인 지식과 문물을 접했을 테고, 코카인 또한 그중 하나였을 것이다. 그래서 작가는 셜록 홈즈를 약물에 끌어들였을지 모른다. 물론 홈즈는 수차례 코카인을 끊으려 하며 금단 증상에 시달리곤 한다. 그러나 실제로 셜록 홈즈는 중독에서 벗어나기가 몹시 힘들었을 것이다.

지금까지 살펴본 대로 작가 도일이 창조해낸 셜록 홈즈라는 인물은 아스퍼거 증후군의 고유한 특징을 또렷이 지니고 있다. 하지만 흥미롭게도 작가가 홈즈를 그리던 당시에는 이런 증상이 의학적으로 아직 밝혀지기 전이었다. 이 증후군은 1920년대 중반에 들어 정신의학 분야에서 논의되기 시작했으며, 1926년에 비로소 '분열성 인격 장애'로 지칭되었다. 그러다가 1943년 오스트리아의 소아과 전문의 한스 아스퍼거Hans Asperger가 교수 자격 획득을 위한 하빌리타치온Habilitation 논문에서, 관련된 증상을 주제로 다루며 '아스퍼거 인격 장애'라는 말을 처음으로 사용했다. 이후 그의 이름을 따, 해당 증상을 아스퍼거 증후군이라 하게 되었다.

그러나 작가 도일의 시대에 이런 증상은 아직 의학적으로 정식 진단명에 포함되지 않았다. 그럼에도 해당 증상을 보이는 사람들은 늘 있었을 것이다. 도일이 홈즈를 묘사한 방식만 보아도, 작가 주변에 이 같은 증상을 지닌 사람들이 존재했을 가능성을 엿볼 수 있으니 말이다.

왓슨 박사 – 참을성 있는 의사

왓슨 박사는 언뜻 보기엔 지극히 평범하여, 변화무쌍하고 명석한 상대 인물 홈즈에 비하면 무척 지루하고 무미건조한 인물처럼 여겨진다. 하지만 왓슨을 자세히 들여다보면 '의존적 인격 구조' 성향을 띤다는 사실을 알 수 있다. 다시 말해 그에게는 방향을 가리켜줄 누군가가 필요하며, 무엇을 해야 하는지 말해줄 사람이 절실하다. 그래서 그는 스스로 관찰자가 되어, 어디로 튈지 모르며 매번 다채롭게 변화하는 홈즈의 매력에 빠져 내내 바라본다. 그러면서 왓슨은 홈즈에게 책임을 떠넘김으로써 스스로 책임을 면한다. 친구의 변덕을 기꺼이 수용하며, 자신은 뒤로 물러나 부차적 인물이 되는 것을 우정이라 미화하면서 합리화한다. 왓슨은 스스로 책임을 떠안는 대신 '우상Idol'과 같은 홈즈를 따르면서, 고개를 갸우뚱할 만큼 의아한 상황 앞에서도 홈즈의 천재성을 확신하고 성실한 관찰자로서 친구 곁에 머문다. 어딘가 의문스러운 경우에도 그는 늘 친구 편에 굳건히 선다.

제임스 모리어티 – 홈즈의 어두운 면을 비추는 상

제임스 모리어티라는 인물에게서 우리는 두 번째 아스퍼거 증후군 환자를 발견하게 된다. 물론 그는 아스퍼거 증후군 특유의 사회적 제약을 다소 파괴적인 방식으로 다룬다. 즉 범죄를 저지르되 한편으론 조직의 일원들과 육체적으로 거리를 두고, 또 다른 한편으론 그를 열렬히 추종하는 여러 범죄자를 한데 모은다. 다시 말해 그는 스스로의 위상을 천재적인 우두머리로 높이 올리면서, 다른 이들과 긴밀한 관계를 맺을 필요가 없게 된다. 그리하여 모리어티는 자신만의 확고한 상아탑 세계를 구축하고 그 안에 머문다. 동시에 영혼의 쌍둥이, 또는 동전의 이면이라 할 셜록 홈즈와 내적으로 깊이 연결된다. 홈즈의 천재성은 모리어티에게 도전을 유발하며, 홈즈와 부딪힐수록 모리어티는 점점 더 자기 자신을 능가하게 된다. 그러다가 결국 두 사람은 재앙으로 하나 되어, 라이헨바흐 폭포에서 파국을 맞이한다. 여기에서 우리는 관계 형성에 결함이 있는 사람들끼리 맺은 어두운 관계가 마침내 '완성'을 이루는 모습을 본다. 비록 작가 도일이 훗날 팬들의 압박에 못 이겨, 이 장엄한 결말을 수정하지만 말이다.

아이린 애들러 – 멀리에 있는 이상

아이린 애들러는 정체를 파악하기 어려운 인물이다. 멀리에
있으나 홈즈가 이상으로 품을 만큼 천재성을 띠는 인물로
그려진다. 우리는 홈즈의 눈을 통해서만 아이린 애들러를 경
험하기 때문에, 그녀의 실제 모습에 가까이 다가갈 수 없다.
우리는 사실 그녀에 대해 아무것도 모른다. 홈즈처럼 아스퍼
거 증후군이 있는 걸까? 아니면 그저 원하는 바를 어떻게든
얻어내는, 스스럼없는 독립적인 여성인 걸까? 정신의학적으
로 분석하기에 그녀는 '공격'할 점이 그리 많지 않다. 어쩌면
바로 그래서, 그녀는 셜록 홈즈의 크나큰 사랑이 투영될 적
합한 대상인지도 모르겠다. 멀리 있어 도달할 수도 없고, 잘
알지 못하므로 결점도 잘 보이지 않으니, 이상으로 미화하기
에 아주 적절한 인물이다.

제4장

세계 문학사의 네 번째 무대

20세기

20세기에는 거대한 각성이 일었다. 인류가 그렇게나 환호하던 새로운 기술로 인해 두 차례의 세계대전은 이전의 그 어떤 전쟁보다 더욱 난폭하고 치명적인 결과를 낳았고, 그리하여 사람들은 환상에서 깨어나 환멸에 빠졌다. 더불어 훨씬 단순하고 소박해 보이는 이전 시대를 그리워하며 되돌아보는 경향이 두드러졌다.

그럼에도 우리 인류는 계속해서 발걸음을 내딛으며 진보했다. 전쟁을 통해 서로 대화하는 법을 배웠고, 여성들에게는 새로운 기회가 주어졌다. 전쟁에서 목숨을 잃은 남성들의 비율이 현저히 높다는 사실은 실로 안타깝지만, 한편 그로 인해 여성들은 남성 고유의 직업이라 여겨졌던 많은 일들에 몸담으며 남성만큼이나 잘해낼 수 있음을 증명하는 기회를 얻었다. 이처럼 전쟁이 지나간 자리는 마냥 폐허만은 아니었다. 전쟁을 겪고 어느 정도 상흔이 가신 다음, 사람들은 일말의 긍정적인 시선으로 미래를 바라보게 되었다.

변신

Die Verwandlung

모든 학생들을 충격과 공포에 빠트린 문제작

프란츠 카프카Franz Kafka는 인간적으로 무척 안타까운 사람이다. 지나치게 엄격한 아버지와 좋은 관계를 맺지 못했으며 내내 불화를 겪어야 했다. 평생 지루한 사무직에 매여 있었고, 그러다가 병을 얻어 오랜 투병 끝에 이른 나이에 세상을 떠났다. (여기에서 누군가는 차라리 그렇게 떠난 것이 행운이라고 할지도 모르겠다. 고향인 프라하Praha를 나치Nazi가 정복하기 전에 죽었으니 말이다. 유대인인 그가 더 오래 살았다면 이미 불행으로 가득했던 그의 운명이 더욱 비극적이었을지도 모를 일이다.) 생전에 카프카는 수많은 단편을 집필했으나 출간된 작품은 몇 편에 불과했다. 미완성작을 포함한 단편 소설 원고가 상당히 많았지만, 죽기 직전 친구에게 원고를 절대 출간하지 말고 파기해달라고 부탁했다. 카프카가 세상을 떠난 다음, 친구는 유언을 어기고 카프카의 원고들을 책으로 묶어 펴냈다. 덕분에 해마다 학생들이 반드시 읽어야 하는 카프카의 작품 목록은 줄어들 줄 모른다. 그리고 우리는 모두 알고 있다. 학교에서 읽으라고 권하는 문학작품은 재미도 없고 딱히 마음에 드는 구석을 찾기도 어렵다는 것을. 특히나 어딘가 기이하면 흥미가 일지 않는다.

카프카의 작품들은 매우 낯설고 이상하다. 《변신》은 카프카 생전에 출간된 작품들 가운데 가장 긴 소설로, 다른 작품들에 비하면 여기에 담긴 카프카의 생각은 그렇게 혼란스럽거나 복잡하지는 않은 편이다. 물론 주관적인 판단에 따라 각기 달리 볼 수도 있겠지만, 적어도 《변신》은 '단순히' 거대한 벌레로 변한 인간을 그리고 있지 않은가. 예컨대 사형 집행 과정을 느리고 고통스럽게 묘사하는 《유형지에서Strafkolonie》같은 작품에 비한다면 상대적으로 부담이 덜하다.

전체적으로 보면 카프카는 머물던 시대를 충분히 누렸다고 할 수 있다. 믿기 어려운 사람들도 있겠지만, 그가 연애편지의 달인이었다는 건 공공연한 사실이다. 오랜 연인인 펠리체 바우어Felice Bauer는 카프카로부터 하루에 무려 세 통의 연애편지를 받은 날도 있다고 한다.

카프카에게도 이런 화사한 일화가 있었다는 사실을 머릿속에 꼭 담아두기 바란다. 가볍고 재미있는 이야기는 여기까지니까. 지금부터는 어두침침하고 깊은 카프카의 작품 속으로 파고들까 한다.

징그럽게 기어 다니는 벌레 그리고 속하지 못한 자

어느 날 아침, 잠에서 깬 그레고르 잠자Gregor Samsa는 자신이 거대한 딱정벌레로 변했다는 걸 알게 된다. 왜 그리고 어떻게 이런 일이 벌어졌는지는 설명되지 않는다. 하지만 이는 중요하지 않다. 딱정벌레는 '배제된 존재'의 감정과 비인간화를 은유적으로 표현한 일종의 메타포Metaphor다. 다시 말해 중요한 것은 벌레가 아니라, 인간 사이에서 발생하는 보통의 문제를 카프카만의 방식으로 극화한 대상이 단지 벌레일 뿐이라는 것이다. 가족을 비롯한 주변 사람들로부터 경계가 그어지고 일반적인 노동시장에서 쓸모없는 취급을 받는 그레고르 잠자를 표현할 만한 대상이라면, 딱정벌레가 아닌 다른 어떤 것이 되어도 상관없다. 이야기의 본질적인 핵심이 바로 이 부분이기 때문이다.

벌레로 변하기 전 그레고르 잠자는 영업 사원이었다. 직업 특성상 제대로 쉴 여가 시간이 거의 없었으며, 주변 사람들과의 관계는 언제나 지극히 피상적이어서 그 누구도 깊이 알지 못했다. 여기에 더해 상사와의 관계는 극도로 나빴다. 그러므로 그레고르에게는 가족을 제외하면 실질적인 사회적 관계가 전무했다.

그레고르 잠자가 쉴 틈 없이 일하는 이유는 아버지가 파산했기 때문이다. 아버지는 새로운 일자리를 찾으려 노력하는 대신, 아들이 자신의 빚을 갚느라 뼈 빠지게 일하는 걸 보고만 있다. 그레고르가 그동안 열심히 일한 덕에 가족은 그가 벌어온 돈을 틈틈이 모아 상당한 비상금을 비축해놓았다. 그럼에도 아버지는 아들에게 일을 조금 줄이라는 말을 단 한 번도 하지 않는다.

딱정벌레로 변한 이후, 당연히 그레고르는 더는 일할 수가 없다. 물론 이론상으로는 거대하고 똑똑한 딱정벌레로 돈을 벌어들일 방법은 무궁무진하다. 이를테면 모스Morse 부호를 통해 신문 인터뷰를 할 수도 있다. 인터뷰는 시작에 불과하다. 잘만 생각하면 돈을 벌 기회는 다양하다. 그러나 잠자 가족은 그 수많은 가능성 중 하나를 떠올릴 만큼 그리 창의적이지 못하다. 그저 주변 사람들에게 나쁜 소문이 퍼질까 전전긍긍하느라 바쁘다. 창의력을 발휘하는 대신 잠자의 가족 구성원들은 급히 일자리를 구하기 시작한다. 더불어 집 안에 남는 방을 세로 내놓는다. 애초에 그레고르는 여가 시간까지 반납하며 배로 희생할 필요가 없었던 것이다. 그가 쏟은 모든 노고가 갑절로 쓸모없어 보이는 장면이다.

하지만 그레고르는 이에 분노하는 대신, 오히려 가족을 순순히 이해한다. 그러면서 더는 가족을 물질적으로 도울 수 없고 그저 그들에게 짐이 된 현실에 죄책감을 느낀다. 벌레로 변신하기 전 그레고르는 분명 현관 앞 '신발 털이'와 같은 존재였을 것이다. 가족이 그를 향해 수없이 많은 경멸과 혐오의 반응을 보이더라도, 그레고르는 자신이 그들을 성가시게 만들었다는 사실에 불쾌함을 느낄 뿐이다. 벌레가 된 그를 가족이 함부로 대할 때에도 그레고르는 이성적인 태도로 그들 입장에서 이해하려 한다. 심지어 그는 여동생이 먹을 걸 챙겨주러 방으로 들어올 때, 가능한 한 자신의 모습을 보지 못하게 하려고 애쓰기도 한다.

마침내 그레고르의 가족은 그의 방 안에 있던 가구들을 치우기로 한다. 그사이 그레고르가 진짜 벌레처럼 벽과 천장을 타고 기어 다니는 데 큰 재미를 발견했기 때문에, 어차피 더는 가구를 쓰지 않을 거라 판단한 것이다. 하지만 그레고르는 방 벽에 걸린 그림 액자 하나만은 꼭 간직하고 싶어 한다. 더는 인간의 언어로 뜻을 전달할 수 없으니, 액자에 단단히 매달려 의사를 표현한다. 이를 본 어머니는 까무러치듯 놀라고 만다. 새로 구한 직장에서 일을 마치고 돌아온 아버지는 그레고르가 난동을 부린다고 여기며, 액자에 붙은 아들에게 사과를 마구 던진다. 그중 하나가 그레고르의 등껍질에 들어가 박혀 깊은 상처를 남긴다.

그레고르는 가족의 지나친 반응에 화를 내는 대신, 부상으로 가족의 태도가 조금 달라지자 오히려 만족하며 기뻐한다. 등에 깊숙이 박힌 사과 때문에 그레고르는 한 달이 넘도록 앓고, 양심의 가책을 느낀 가족은 이전까지 굳게 닫아두었던 그의 방문을 저녁마다 잠깐 동안이라도 열어둔다. 그 덕에 그레고르는 가족이 함께 모여 앉은 모습을 바라볼 수 있게 된다. 그는 방문이 열리는 이 짧은 시간을 내내 기다리며, 가족을 지켜보는 순간을 기쁨으로 삼는다.

그러나 시간이 흐를수록 가족이 점점 더 그를 소홀히 하고 청소도 제대로 해주지 않아 방 안이 온통 오물투성이가 되자, 그제야 그레고르는 일말의 분노를 느끼며 이를 어떻게 드러낼까 고심한다. 그가 고심 끝에 떠올린 분노 표출 방식은 '수동적 공격성'을 띤다. 이를테면 일부러 더러운 방구석에 누워, 방을 치우러 들어온 어머니나 여동생의 마음을 조금 찔리게 하는 식이다. 그것도 생각만 할 뿐 직접 행동에 옮기지는 않는다. 어쩌면 그는 저장고에 몰래 들어가 음식을 훔치는 방법도 떠올렸을지 모른다. 물론 그랬더라도 성격상 실행에 옮기지는 않았을 것이다.

　마지막에 가서 그레고르는 방이 더러워지다 못해 아예 창고처럼 사용되는 상황까지도 감수한다.

　어느 날 저녁, 그는 여동생의 바이올린 연주에 감동하여 저도 모르게 방에서 기어 나오고 만다. 거실에서 연주를 듣던 하숙인들은 기어 나온 그를 보고, 집안의 불결한 위생 상태에 불만을 표하면서 지금까지는 물론이고 앞으로도 방세를 낼 수 없다며 계약 해지를 요구한다. 이를 계기로 여동생은 이 딱정벌레를 더는 오빠라 생각하지 않으며, 집에서 내쫓아야 한다고 확실하게 선을 긋는다.

　그레고르는 여동생의 뜻에 조용히 동의하며 밤중에 홀로 죽음을 맞이한다.

　그가 사라지자 가족의 분위기는 돌연 전환되어 한결 편안해진다. 이들은 모처럼 하루 날을 잡아 함께 나들이를 떠난다. 그레고르라는 짐에서 해방된 가족은 이제 모든 일이 잘될 거라며, 미래를 긍정적으로 내다본다.

정신의학적 관점으로 살펴본 변신

그레고르 잠자와 프란츠 카프카에게는 몇 가지 공통점이 있다. 우선 두 사람 모두 직업에 만족하지 못했으며, 가족과의 관계 또한 친밀하고 애정 어린 유대와는 거리가 멀었다. 언뜻 보아도 그레고르 잠자는 카프카 본연의 모습을 상당 부분 담아낸 인물이다. 어쩌면 그레고르는 우리가 생각하는 이상으로 카프카의 내면이 깊이 투영된 인물일지도 모른다. 하지만 여기에서 우리는 카프카를 상담 의자에 앉히는 대신, 그가 그린 인물들을 다룰까 한다. 무엇보다 우리의 주인공을 면밀히 들여다볼 생각이다.

그레고르 잠자 – 의존성·회피성 인격 장애
영업 사원인 그레고르 잠자는 가족을 위해 헌신하는 인물로, 고유의 욕구를 확실하게 드러낼 처지가 아니다. 오로지 다른 사람들을 위해 살며 그들을 위해 모든 걸 한다. 말똥구리처럼 생긴 크고 딱딱한 벌레로 변하기 직전까지는 말이다.

　엄하게 꾸짖고 체벌을 가하는 아버지를 보며, 우리는 그레고르가 어떤 어린 시절을 보냈을지 짐작할 수 있다. 그레고르는 부모가 원하는 대로 행동하며 '제 기능'을 할 때에만 사랑받았을 것이다. 그가 있는 모습 그대로 사랑받았을 가능성은 지극히 낮다. 부모가 그의 존재 자체를 사랑했다면, 벌레로 변신한 다음에도 단지 동정심을 표하는 것을 넘어 현상황에서 최선을 끌어내는 방법을 함께 고민했을 것이다. 어느 날 집안에 생긴 거대한 딱정벌레는 학술 분야뿐 아니라 쇼 비즈니스Show business, 즉 연예 공연 분야에서도 충분히 관심을 가질 만하다. 하지만 이런 창의력도 없는 그의 가족은 옹졸하고 틀에 박혀 있어, 다름과 사회적 소외를 몹시 두려워한다. 어린 그레고르는 일찍부터 뭔가 성과를 내야 비로소 가치 있는 존재가 된다고 학습했을 것이다. 성과를 내지 않으면 부모에게서 거절당할 거라는 두려움이 강력한 동기로 작용한 것이다. 딱정벌레가 된 그레고르는 더는 아무런 성과를 올릴 수 없으므로 숨겨야만 하는 존재가 된다. 여기에서 그는 치욕을 경험한다. 그가 만약 사고를 당해 몸이 흉하게 일그러졌거나 정신질환에 걸렸더라도, 마찬가지로 가족들은 수치스러워하며 그를 숨겼을 것이다. 원하는 이상에 들어맞지 않는 모든 것은 일단 남들 눈에 띄지 않게 구석으로 치워둔 다음, 나중에는 아예 처리해버리는 식이다. 그레고르는 아버지에게 상처를 입고, 어머니에게는 홀대받으며, 여동생은 그가 죽기를 바란다. 그리하여 결국 그는 죽음에 이르고, 그가 죽자 모두 홀가분해 한다. 가족 내에서 그는 단지 제 기능을 하는 도구일 뿐이며 사랑받는 가족 구성원은 아니었기 때문에, 누구도 그의 죽음을 슬퍼하지 않는다.

여기에서 카프카는 지극히 나약해진 구성원을 야만적으로 다루는 어느 가족의 모습을 여실히 그려낸다. 잘 생각해보면 카프카가 《변신》을 집필한 시기는 알프레드 호헤Alfred Hoche와 카를 빈딩Karl Binding의 저서 《살 가치가 없는 생명의 말살에 대한 허용Die Freigabe der Vernichtung lebensunwerten Lebens》이 출간된 시기와 맞물린다. 정신과 의사인 알프레드 호헤와 법학자 카를 빈딩은 '텅 빈 인간 껍데기'와 '치유 불가능한 백치' 그리고 '밥벌레'들은 모두 죽여야 한다고 선포한다. 다시 말해 신체적·정신적으로 장애가 있어 경제 가치를 만들어내지 못하는 '짐만 되는 생명'은 내던져야 한다는 주장이 이른바 지식인들 입에서 나올 정도니, 시대적 맥락에서 보면 소설 속 가족의 태도는 극히 현실적이고 평범한지도 모른다. 이로부터 15년 뒤, 장애 아동을 가진 부모들은 양육 걱정을 할 필요가 없었다. 장애가 있다는 이유로 아이를 버려도 아무런 문제가 되지 않았기 때문이다. 다들 알다시피 나치는 유대인뿐 아니라, 자신들이 정한 '우월한 인종'의 표상에 들어맞지 않는 모든 인간을 강제 수용소로 보냈다. 독일 민족이라도 아프거나 장애가 있으면 가스실에 넣어 죽였다. 그렇게 목숨을 잃은 독일인만 수천이 넘는다. 죽이지 않은 경우에는 대개 불임으로 만들었다.

거대한 딱정벌레 모습을 한 그레고르 잠자는 어딘가 예언적인 면이 있다. 훗날 장애나 병이 있다는 이유로 버려진 사람들처럼, 그레고르 또한 '쓸모없는' 존재로 변하면서 가족에게 버려진다. 다만 그는 더는 인간의 모습을 띠지 않기 때문에, 버려지더라도 주변 사람들에게 비교적 부담이 적다. 벌레의 형상을 한 덕에, 가족은 인간이 아니라 '텅 빈 껍데기'를 버린다고 생각할 수 있다. 그러나 그의 껍데기 안에는 지극히 인간적인 감정이 남아 있다. 그사이 수년간 이어진 전쟁으로 잔혹해진 세상에서, 그런 인간적 감정에 관심 있는 사람은 거의 사라진다.

그러므로 그레고르는 이런 가혹한 시대에 소리 없이 희생된 모든 사람을 대리한다. 온몸을 바쳐 헌신했으나 사랑이나 도움을 요구조차 할 수 없었던 이들을 말이다.

정신의학적 관점으로 살펴본 그레고르 잠자의 가족

그레고르의 부모와 여동생을 자세히 들여다보면, 이들 모두가 애정 가득한 관계를 맺기 어려운 상태임을 확실히 알 수 있다. 이기적이며 자기 자신 외에는 관심이 없다. 한편 그레고르는 이런 특성과 무관하다. 그의 가족은 공감 능력이 결여되어 있다. 벌레로 변한 아들 그리고 오빠에게 감정 이입을 하지 못한다. 우리는 질문을 하나 던질 수 있다. 이들은 원래부터 그랬을까, 아니면 제1차 세계대전을 비롯해 이어지는 고난의 시기를 극복하느라 모든 공감 능력을 써버린 걸까. 언제부터인가 수많은 사람의 마음속에 있던 공감은 서서히 사멸했고, 고통의 시대가 남긴 결과물은 짧고 서늘한 한마디로 대변된다. "아버지가 진 빚이 너무 많은데⋯⋯."

　이러한 공감의 결여는 그저 살과 피만 지니며 목숨을 부지하기에 바빴던 당시 세대를 선명하게 드러낸다. 타인을 향한 연민이 부족했던 이들 세대는 또 한 차례의 세계대전으로 빠져들어 갔으며, 공감 능력을 되찾는 데 실패한 이들은 전쟁의 책임을 내부가 아닌 외부에서 찾았다. 《변신》이 묘사한 시대상은 오늘날에도 여전히 유효하다. 현재 우리 사회에서 타인에게 연민을 느끼지 못하며, 공감 능력을 잃어가는 사람 수가 갈수록 늘어나니 말이다.

바람과 함께 사라지다
Gone with the Wind

미국 남북전쟁에서 드러난 의사소통의 문제

소설 《바람과 함께 사라지다》의 작가 마거릿 미첼Margaret Mitchell은 할머니를 비롯해 고령의 친척들로부터 미국 남북전쟁과 관련된 일화들을 들으며 성장했다. 그러나 작가는 열 살이 되어서야 처음으로, 이 전쟁에서 남부 연합군이 패했다는 사실을 알았다. 남부 연합군에 속했던 노병들은 각 전투의 상세한 이야기는 흔쾌히 전하면서도 결과적으로 패전했다는 사실은 좀처럼 시인하려 하지 않았다.

특히 어머니에게 전해 들은 이른바 '셔먼의 대행진'은 작가에게 깊은 인상을 남겼다. 1864년 북부군 장군이었던 윌리엄 테쿰세 셔먼William Tecumseh Sherman은 군대를 이끌고 남부를 향해 진격하며 주요 도시들을 모두 초토화했다. 셔먼의 북부군은 남부의 군사 시설뿐 아니라 산업 시설, 도로나 철도와 같은 기반 시설, 그리고 민간인의 사유재산까지도 모조리 파괴하며 남부 연합의 패배에 크게 기여했다. 미첼의 어머니는 셔먼의 대행진으로 폐허가 된 집에서 유일하게 잔존한 벽난로를 가리키며 당시 이야기를 들려주었다. 어머니는 당시 이곳 남부 사람들이 아늑한 세상에서 안정감을 느끼며 살아가다가, 하루아침에 그 세상이 붕괴되는 경험을 했다고 소회를 전했다. 그러면서 어머니는 미첼을 둘러싼 세계 또한 언젠가 무너질지 모른다며, 늘 미리 대비해야 한다는 말을 덧붙였다고 한다.

바로 이 이야기를 토대로 마거릿 미첼은 소설 《바람과 함께 사라지다》를 완성했다.

이 외에도 작가 미첼은 여러 면에서 흥미로운 사람이다. 당대 사회 분위기에 비해 성과 사랑에 매우 개방적이었으며, 심지어 같은 시기에 다섯 남자를 만나며 동시에 여럿과 약혼한 적도 있다. (이에 대해 미첼은 이 중 누구에게도 거짓으로 대하지 않았다고 단언했다.) 따라서 작가를 조금이나마 알고 나서 《바람과 함께 사라지다》를 읽으면 아주 심하게 놀랄 일은 없을 것이다.

이례적인 이유로 결혼을 결심하는 한 여성에 대한 이야기

소설의 중심인물인 스칼렛 오하라Scarlett O'Hara는 아일랜드 이

민자의 딸로, 아버지는 미국 남부 조지아Georgia주에 대규모 농장을 소유했다. 그녀는 눈부시게 아름답지는 않지만, 남다른 매력으로 주변 남성들을 마음대로 쥐락펴락한다. 그녀가 마음에 둔 남성 중 하나로 애슐리 윌크스Ashley Wilkes가 있다. 어느 날 그녀가 사랑을 고백하자, 애슐리 또한 그녀에게 마음이 있음을 시인한다. 그러나 스칼렛의 기질을 잘 아는 애슐리는 그녀와 결혼하면 행복해지지 않을 거라 판단한다. 그리하여 스칼렛이 아닌 그녀의 사촌 멜라니 해밀턴Mela-nie Hamilton과 결혼하겠다는 뜻을 밝힌다. 이에 스칼렛은 크게 분노하며 그의 판단이 틀리지 않았음을 몸소 증명한다.

두 사람의 이 대화를 본의 아니게 엿듣게 되는 사람이 하나 있으니, 바로 레트 버틀러Rhett Butler다. 부유한 명문가 출신으로, 불미스런 일을 저질러 집안에서 추방된 인물이다. 고백을 하고 차인 스칼렛이 불같이 화를 내는 장면을 목격한 레트는 그녀의 다혈질적인 성격에 매력을 느낀다. 하지만 스칼렛은 곧바로 레트에게도 여지없이 화를 낸다. 동일한 행동인데도 레트는 애슐리와 전혀 다르게 받아들인다. 이들의 낭만적인 사랑 이야기는 바로 여기에서부터 시작된다.

그러나 스칼렛은 '일단' 멜라니 남동생의 청혼을 받아들인다. 마치 십 대들 사이에서 이루어지는 관계와 유사하다. 누군가에게 거절당하자마자 주변을 맴돌던 다른 사람에게 마음을 줘버리는 십 대 청소년처럼, 스칼렛은 '홧김에' 첫 번째 결혼을 한다.

곧이어 남북전쟁이 벌어지는데, 한편으로 그녀에게는 다행스런 일이 아닐 수 없다. 반항심에 저지른 결혼을 후회하기도 전에, 남편은 전쟁터에서 폐렴을 얻어 사망한다. 부부 사이에는 아들 하나가 남았으나 스칼렛은 아이에게 별다른 애정을 느끼지 못하며, 남편의 죽음에 크게 슬퍼하지도 않는다. 처음부터 친밀한 애정으로 맺어진 관계가 아니기 때문에, 아내로서 어머니로서의 의무는 부담스러울 뿐이다.

스칼렛은 애슐리와의 재회를 소망하며, 죽은 남편의 누이인 멜라니가 있는 애틀랜타Atlanta에 가서 머물며 남부 연합군을 위한 봉사 활동에 동참하기도 한다. 애틀랜타에서 열린 어느 자선 무도회에서 스칼렛은 레트 버틀러를 다시 만나고, 전쟁을 기회로 삼아 밀수업을 하며 막대한 부를 쌓은 그는 경매로 춤 상대를 정하는 자리에서 높은 값을 불러, 그녀와 춤추게 된다. 미망인인 그녀는 검은 리본을 매단 채로 그와 춤추며 세간을 떠들썩하게 한다.

1863년 겨울, 애슐리는 성탄절을 맞아 전쟁터에서 잠시 집으로 돌아오고 이때 멜라니는 둘의 첫아이를 임신한다.

1864년 9월 애틀랜타는 진격하는 북군에 거의 완전히 포위되고 손쓸 수 있는 모든 의사는 부상당한 군인들을 치료하느라 바빠, 출산이 임박한 멜라니는 누구의 도움도 받을 수 없는 상황에 처한다. 멜라니 곁에는 스칼렛뿐이었기에, 출산을 도울 사람도 스칼렛이 유일하다. 엄청나게 부담스러운 상황임에도 스칼렛은 모든 과정을 무사히 해내고 산모와 아이 모두 별 탈 없이 출산을 마친다. 하지만 그사이 애틀랜타를 지키려던 남부 연합군은 끝내 패배하고, 퇴각하는 길에 남부군 스스로 무기와 폭약을 터트리는 바람에 애틀랜타는 불바다가 된 채로 북군에게 넘어간다.

이에 스칼렛은 레트 버틀러를 찾아내어, 자신을 비롯해 멜라니와 그녀의 아이 그리고 어린 하녀까지 모두 아버지 농장으로 데려가달라고 간청한다. 레트는 스칼렛의 부탁을 들어주며, 마차를 구해 함께 애틀랜타를 탈출하여 농장으로 향한다. 그러나 레트는 끝까지 함께하지는 않는다. 가던 도중 그는 문득 남부군에 합류하기로 결심한다. 여태까지 남북전쟁을 마냥 의미 없이 여기던 그에게 갑자기 영웅적 용기가 생겨났는지, 레트는 남부의 패전을 목전에 두고 군대에 자원한다. 그리하여 스칼렛은 홀로 일행을 이끌고 나머지 여정을 무사히 마무리한다.

부모님의 대농장에 돌아온 스칼렛은 처참한 현실 앞에 선다. 전쟁이 훑고 지나간 고향은 더는 예전처럼 풍요롭지도 아늑하지도 않다. 그동안 어머니는 사망했고 여동생들은 티푸스Typhus를 앓고 있으며, 아버지는 어머니를 잃은 슬픔에 정신을 놓은 상태다. 농장에서 일하던 노예들은 모두 도망갔고, 농장의 목화는 북군의 방화로 죄다 불타버렸으며, 집 안은 쓸 만한 물건 하나 없이 텅 비었다.

스칼렛은 현실에 굴하지 않고 집안을 다시 일으키기 위해 분투한다. 그러는 와중에 그녀의 사유지를 털어가려고 홀로 빈집에 들어온, 북군 탈영병을 총으로 쏘아 죽이기도 한다. 살아남고자 그리고 가족을 건사하고자 그녀가 추진하는 모든 행동을 보면, 무능함이나 결단력 부족 같은 단어가 끼어들 틈이 없다. 멜라니 또한 스칼렛이 꾸리는 작은 공동체의 든든한 일원이 되어 의연하고 용감하게 제 몫을 담당한다. 스칼렛이 멜라니의 남편에게 지속적으로 눈길을 주지만 않았다면, 아마 두 사람은 서로에게 버팀목이 되는 룸메이트이자 각기 굳건한 여성으로 자리 잡았을지도 모른다. 남성의 위대한 우정은 문학에서 많이 다뤄지는 반면, 여성 사이의 우정은 찾아보기 힘들 정도로 극소수다. 또한 문학 속에서 여성의 우정은 종종 남성들에 의해 망가지곤 한다.

그래서인지 멜라니의 남편 애슐리도 마침내 전쟁터에서 다시 돌아와 두 사람 사이에 놓인다.

전쟁이 끝나고 상황은 차츰 나아졌으나 스칼렛은 또 다른 난관 앞에 서게 된다. 북군의 군정이 시작되면서 남부 도시에 막대한 세금이 부과되고, 특히 노예제도가 폐지되면서 남부의 농장주들은 경제적으로 과도한 부담을 안게 된다. 세금을 내지 않으면 농장을 빼앗길 위기에 처한 스칼렛은 레트 버틀러에게 돈을 구할 생각으로 애틀랜타로 향한다. 그녀를 도와줄 만큼 부유한 사람은 그가 유일하다고 판단했기 때문이다. 하지만 그는 마침 북군에게 잡혀 수감된 상태인 데다, 교수형에 처해질지도 모르기에 자신의 돈에 도저히 손을 댈 수 없는 상황이다. 그럼에도 스칼렛은 방법을 찾는다. 여유롭

지 않은 살림에 커튼을 뜯어다가 옷을 만들어 입은 스칼렛
은 그를 사랑하는 척하며 유혹하여, 혹시나 교수형에 처해지
더라도 그가 유언장에 자신의 이름을 남기기를 바란다. 레트
는 스칼렛의 유혹에 넘어가는 듯하다가 결국 속내를 간파한
다. 농장에서 일하며 거칠어진 그녀의 손으로 정황을 파악한
것이다. 뜻대로 되지 않자 스칼렛은 분노를 표하고, 두 사람
은 다시 크게 싸운다. 사랑 이야기가 너무 뻔하고 단순하게
흘러가면 재미 없지 않은가.

빈손으로 나온 스칼렛은 대신 프랭크 케네디Frank Kennedy
와 마주친다. 여동생과 약혼한 사이인 프랭크와 이런저런 이
야기를 나누던 도중, 스칼렛은 그가 레트 못지않게 적잖은
부를 축적했음을 파악하고 계획을 바꾼다. 스칼렛은 여동생
이 프랭크와 결혼하더라도 집안을 도와주지 않고 떠날 거라
확신하며, 그를 자신이 차지하기로 한다. 그러면서 스칼렛은
여동생에게 다른 남자가 있으며, 사실 프랭크와의 결혼을 원
치 않는다고 거짓말한다. 그리고 여기에서 프랭크는 스칼렛
의 매력에 빠지게 된다. 얼마 뒤 두 사람은 결혼을 하고 프랭
크는 자신의 돈으로 농장의 세금을 부담한다. 그녀가 결혼하
는 이유의 수준이 차츰 높아지고 있다.

이후 스칼렛은 남편 프랭크 케네디의 사업을 일부 넘겨
받아 제재소를 운영하며, 다소 무분별하고 가차없는 경영 방
식으로 사업을 크게 촉진시킨다. 사방으로 발품을 팔며 사업
에 열을 올리던 스칼렛은 두 번째 임신을 한다. 경영 일선에

서 밀린 가엾은 남편은 임신 소식에 그저 기쁘기만 하다. 그녀가 어떤 사람인지 몰랐던 프랭크는 임신한 그녀가 보다 차분하고 조용해질 거라 기대한다. 하지만 그 기대는 사정없이 무너지고 또 하나의 비극을 낳는다.

애틀랜타 변두리에는 노예에서 해방된 흑인들이 무리를 이루어 백인 여성들을 공격하곤 했는데, 영업을 하러 백방으로 뛰어다니던 스칼렛은 이들 무리에게 걸려 금품을 빼앗기고 성추행을 당한다. 이에 프랭크는 새로 조직된 KKKKu-Klux-Klan, 백인 우월주의 비밀 단체와 함께 보복을 감행한다. 그러나 이 과정에서 프랭크는 목숨을 잃는다. 스칼렛은 두 번째 남편 또한 결혼한 지 얼마 되지 않아 잃는다. 아무래도 남편 수명과 관련해선 복이 없었나 보다.

그녀가 남편의 관 앞에서 울고 있을 때, 그사이 사형 집행에서 간신히 벗어난 레트 버틀러가 위로하기 위해 찾아온다. 더불어 그는 마침내 사랑을 고백한다. 처음 만났을 때부터 늘 마음속에 품었던 사랑을 토로하는 데, 무려 47장章이나 걸렸다.

스칼렛은 그를 사랑하지 않는다 말하며 다시는 결혼하지 않을 거라 밝힌다. 하지만 뜨거운 입맞춤 한 번에 마음이 바뀌고, 그러면서도 그녀는 프랭크 케네디와의 결혼이 이성적인 판단하에 내려진 결정이었다고 주장한다. 첫 번째 결혼은 홧김에, 두 번째 결혼은 돈 때문에 하지 않았느냐 지적하는 레트를 향해 나름의 반론을 제기한 것이다.

결국 스칼렛은 레트의 청혼을 받아들이고, 이번에는 분명 자신의 의지로 결정했다고 말한다. 그녀는 결정을 후회할 틈도 없이 곧바로 부유하고 여유로운 생활을 누린다. 여기에 더해 생애 세 번째 임신을 하고, 레트와의 사이에서 생긴 첫 아이를 낳는다. 이번에도 그녀는 아이에게 남다른 애정을 가지지 않지만, 레트는 첫딸을 극진히 아끼고 사랑하며 정성을 다해 돌본다.

그러는 동안 스칼렛은 애슐리에게 다가가 자신이 운영하는 제재소를 관리해달라 설득한다. 그녀에게 애슐리는 변함없이 위대하고 유일한 사랑이었다. 어느 날 그와 대화를 나누던 스칼렛은 그가 자신의 감정을 알고 있으며 그 또한 같은 감정일 거라 믿는다. 그녀의 세계관 속에서 자신을 거절한 남성이란 존재할 수 없다. 즉 그녀는 누군가 자신을 거부했다는 사실을 쉽게 받아들이지 못하며, 자신의 이상적 세계관 안에 애슐리가 들어오기를 바란다. 이로 인해 그녀는 레트 버틀러와 점점 멀어진다.

스칼렛은 제재소에서 애슐리와 마주 앉아, 전쟁이 벌어지기 전 옛이야기를 나누다가 눈물을 흘린다. 그리고 애슐리는 그녀를 위로하며 안아준다. 이 장면을 목격한 애슐리의 여동생은 두 사람이 부적절한 관계에 있다며 동네방네 소문을 낸다. 소설을 통틀어 여성들의 우정을 조금이나마 드러내는 데 기여하는 유일한 인물 멜라니는, 다행히 이 소문을 귀담아들으려 하지 않는다.

그러나 레트는 소문을 믿는다. 이를 두고 스칼렛과 격렬하게 싸움을 벌인 이후에도, 레트는 마지막으로 한 번 더 여전히 그녀를 사랑한다고 말한다. 그럼에도 이미 금이 가기 시작한 둘의 관계는 끝내 휘청거린다. 스칼렛이 다시 임신을 하자 레트는 그 아이가 애슐리의 아이일지도 모른다는 식으로 말하고, 두 사람은 또 한 차례 치열한 말다툼 끝에 계단에서 구르고 만다. 이 사고로 스칼렛은 배 속의 아이를 잃고, 레트는 끔찍한 죄책감을 얻는다.

이후 둘의 결혼 생활은 어느 정도 나아진다. 스칼렛은 자신이 언제부터인가 남편을 꽤나 의지하고 있음을 깨닫는다. 그리고 두 사람은 보다 좋은 관계를 유지하기 위해 서로의 위치에서 나름대로 노력한다.

하지만 둘의 노력에도 상황은 이들을 도와주지 않는다. 부부의 첫딸이 불의의 사고로 세상을 떠나고, 뒤이어 멜라니가 아이를 출산하다가 사망하기에 이른다. 이로써 스칼렛이 진정한 우정을 얻을 마지막 기회까지도 사라진다. 문학사에 남을 만한 여성들의 위대한 우정을 제대로 완성하기도 전에 끝나고 만 것이다.

레트는 스칼렛에게 오랜 사랑인 애슐리에게 가라고 말하며 별거를 요구한다. 하지만 스칼렛은 마침내, 자신이 애슐리가 아닌 레트를 진심으로 원한다는 사실을 깨우친다. 지금까지 소설에서 벌어진 그 모든 일이 바로 이 순간을 위해 존재했는지도 모르겠다. 궁극의 지점까지 오느라 너무 오래 걸려서인지, 그사이 그녀를 향한 레트의 사랑은 바닥까지 고갈된다. 결국 레트는 딸아이의 죽음을 이겨내고자 그들이 함께 머물던 곳을 떠난다. 둘의 부부 관계가 다시금 회복될 수 있을지는 열린 결말로 남는다. 레트가 떠나고 홀로 남겨진 스칼렛은 부모님의 농장이자 자신의 정신적·육체적 고향인 타라Tara를 떠올린다. 그녀는 거의 전 생애를 바치며 건사하기 위해 씨름했던 타라에서 새로이 시작해보기로 마음먹는다. 어찌되었든 그녀에게는 성공적인 결말인 셈이다.

정신의학적 관점으로 살펴본 바람과 함께 사라지다

이 소설은 작품 자체로도 재미있지만, 소설이 세상에 나오기까지의 과정부터 무척 흥미롭다. 자신의 전기에서 작가는 이 부분을 크게 할애한다. 전쟁으로 그녀의 가족이 겪은 지대한 상실과 고통, 패전과 그로 인한 무력감, 언제든 인간은 모든 걸 다시 잃을 수 있다는 불안감 등을 작가는 이 소설을 통해 말하고 싶었다. 물론 다소 과장된 면이 있기는 하나, 소설 속에서 주인공이 남성과 관계를 맺는 방식은 작가 고유의 세계관을 또렷이 드러낸다. 또한 스칼렛과 멜라니는 작가 미첼이 지닌 양면을 형상화한 인물이라 추정할 수 있다. 거침없고 다혈질적이며 양심 없는 스칼렛과 신중하고 현명한 멜라니는 서로 상반되면서도 균형을 이룬다. 서로 대립하는 이들 두 면을 자세히 들여다보면 작가의 내적갈등이 여실히 드러난 결과물임을 알 수 있다. 두 여성은 친구지만 스칼렛은 지속적으로 이를 인정하지 않으려 한다. 하지만 (작가의 이성적 부분을 담당하는) 멜라니는 두 사람이 친구라는 사실을 끊임없이 떠올리며 스칼렛을 향한 신뢰를 결코 저버리지 않는다.

그럼 이쯤에서 초점을 소설 속 인물들에게 맞춰볼까 한다. 주요 인물 하나하나를 한층 깊이 분석해보도록 하자.

스칼렛 오하라 – 원하는 바를 얻으려 하지만, 모든 것을 취할 수 없는 여성

이야기 초반에서부터 스칼렛은 까다롭고 제멋대로인 소녀로 나온다. 열정적이고 감정적이며 욕망을 감추지 않는다. 그녀는 원하는 것을 모두 얻지만, 단 하나 예외가 있다. 그 예외가 바로 애슐리 윌키스다. 살면서 그녀는 무언가를 얻기 위해 씨름할 필요가 없었다. 원하면 언제나 절로 손에 들어왔기 때문이다. 그리하여 스칼렛은 손에 넣을 수 없는 대상에 매료된다. 그리고 그녀의 모든 갈망과 그리움은 오로지 애슐리를 향한다. 그를 사랑해서가 아니라, 그녀가 가질 수 없는 유일한 존재가 그이기 때문이다. 또한 가질 수 없으므로, 유난히 더 귀중하며 선망할 가치가 있는 사람으로 여겨진다. 스칼렛은 진정한 사랑이 무엇인지 전혀 알지 못한다.

어린 시절 스칼렛은 부모님의 아늑한 집에서 극진한 보

호를 받으며 성장했다. 이는 그녀에게 어마어마한 자원으로, 지극히 건강한 자존감을 지니게 된 이유기도 하다. 마음을 먹으면 대체로 다 이루어진다. 언제나 예외로 남아 있는 애슐리는 스칼렛에게서 벗어날수록 그녀의 관심을 더욱더 끌어당긴다.

스칼렛의 전 성장 과정을 관통하며, 막대한 영향을 미치는 진정한 사랑은 타라다. 고향이자 부모님의 농장인 타라를 몹시도 아끼는 스칼렛은 몰락과 붕괴의 위기에서 그곳을 수차례 지켜낸다. 타라에서 스칼렛은 동원 가능한 모든 힘을 얻으며, 이곳에서 결혼을 하고 싸우고 거짓말을 하고 감언을 하고 심지어 한 번은 사람을 죽이기도 한다. 여기에서 그녀의 생에 있어 참된 열정은 사람이 아니라 하나의 이상을 향한다는 걸 알 수 있다. 어떤 면에서 보면 애슐리를 향한 마음도 유사하다. 그녀는 애슐리를 남성으로서 갈망하는 게 아니라, 도달할 수 없는 이상적 표상으로서 사랑한다. 스칼렛이 그를 가졌다면, 아마 그녀의 결혼 생활은 불행에 빠졌을 것이다. 애슐리는 애초부터 매우 현실적으로 이를 파악한다. 그는 정서적으로 민감하고 나약한 사람이기에, 이런 감수성을 보호해줄 여성이 필요하다.

결과적으로 보면 스칼렛을 오래도록 참고 견뎌내는 남성은 없다. 레트 버틀러의 사랑도 끝내 고갈되어 바닥이 난다. 레트 또한 감정적이고 다혈질이지만, 사랑할 줄 모르고 그저 소유하려고만 하는 스칼렛과는 상대가 되지 않는다. 그녀는 더는 아무것도 남지 않을 때까지 그의 사랑을 소모한다. 위대한 사랑에 대한 환상을 모조리 박탈당한 데다, 사랑했던 딸의 죽음으로 심한 충격을 받은 레트 버틀러는 산산이 부서진 채로 그녀와 머물던 곳에서 벗어난다. 레트에 비해 스칼렛은 딸의 죽음을 비교적 수월하게 감내한다. 그녀는 아이들을 가슴 깊이 담은 적이 없다.

이쯤에서 스칼렛에게 사이코패스 성향이 있는 건 아닌지 의문을 품게 된다. 매번 흥분하고 쉽게 격양되며 지속적으로 모험거리를 찾으면서, 결코 깊은 감정을 느끼지 못하는 데다 양심의 가책도 잘 느끼지 않으니 말이다. 그녀는 사람들을 체스Chess 말처럼 사용한다. 여동생을 떠올려보면 과한 비유가 아니다. 스칼렛은 여동생의 약혼자를 뺏기 위해 둘 사이를 이간질하여 떼어놓는다. 여동생을 유용한 도구로 보았기 때문에 가능한 일이다. 남편이 세상을 떠나도 그리 비통해하지 않는다. 물론 첫 번째 결혼은 사랑 없이 맺어졌기 때문에 어쩔 수 없기는 하다. 미망인이 되고 나서 그녀는 이를 분명히 자각한다. 양심이 없는 덕에 사업으로 성공을 거두고 결국 타라 농장도 구하게 된다. 하지만 그녀에게 다가온 위대한 사랑은 곁에 머물기를 거부한다. 그녀가 이 사랑을 스스로 파괴해서가 아니다. 체질적으로 그녀는 사랑을 어떻게 하는지 전혀 알지 못한다. 그래서 사랑이 머물지 못하는 것이다. 더불어 스칼렛은 타인에게 감정 이입을 하지 못한다. 즉 한 걸음 뒤로 물러나 다른 사람들이 무엇을 느끼는지 고심

할 여지가 없다.

이러한 정서적 결함은 그녀의 양육 과정에 어느 정도 책임이 있다. 그녀는 노예를 소유한 가정에서 자라났다. 이런 환경은 공감 능력을 형성하는 데 방해가 되었을 것이다. 타인의 입장과 기분을 바꾸어 생각할 줄 아는 사람은 애초에 노예를 부리지 않는다. 만약 스칼렛이 남성이었다면 긍정적인 평을 받는 주인공이었을 것이다. 그녀는 모든 남성적 미덕을 동시에 지녔지만 여성인 까닭에 그저 규범에서 벗어난 인물로 여겨진다.

애슐리 윌키스 – 비겁한 겁쟁이

애슐리는 굉장히 예민하고 불안정한 인물이다. 그는 누구에게도 상처를 주지 않으려 한다. 그래서 타인의 감정을 해치지 않으려고 명확한 표현을 기피한다. 갈등을 싫어하며 논쟁이 벌어지면 발을 떼고 비켜선다. 애슐리는 스칼렛과 완전히 반대된다. 어린 시절에 실내에서 키웠던 귀한 식물들을 일일이 기억하며, 종류에 따라 각기 다르게 물과 거름을 주는 방법도 세심하게 떠올린다. 그러나 스칼렛은 이를 이해하지 못한다.

애슐리의 가장 큰 장점은 자기 자신을 잘 안다는 것이다. 그가 스칼렛을 거부한 이유도 바로 이 때문이다. 그가 아무리 다정한 태도를 보이더라도, 거절은 거절이므로 스칼렛은 거절에 분노한다. 따라서 훗날 그는 자신의 뜻을 또렷하게 말하는 걸 극도로 조심스러워한다. 그리고 그의 다정함은 스칼렛에게 오해의 소지를 제공한다. 애슐리는 타인에게 매달리는 의존적 인격 장애의 특징을 지닌다. 거절과 갈등을 두려워하며, 동시에 독립적으로 결정 내리는 걸 어려워한다. 그리하여 타인에게 전권을 맡기려 한다. 결단을 내리는 문제만 놓고 보면 스칼렛이 그의 단점을 충분히 보완할 수도 있을 듯하다. 하지만 누구도 다치지 않기를 바라는 애슐리에게 만약 스칼렛 같은 아내가 있었다면, 그는 평생을 부끄러워하며 살았을지 모른다. 다행히 그는 스스로의 결함을 제대로 인지하고, 자신에게 어울리는 여성을 아내로 선택할 정도로 충분히 성숙한 인물이다. 그의 성품에 아주 적합한, 멜라니 해밀턴을 골랐으니 말이다.

멜라니 해밀턴 – 전략적 수완과 자제력으로, 장점을 만들어내는 강인한 여성

멜라니 해밀턴은 언뜻 나약하고 전통적인 여성으로 보일 수 있다. 스칼렛을 감당할 용기가 없는 애슐리가 결혼하기로 마음먹은 여성이 바로 멜라니이기 때문이다. 그러나 자세히 들여다보면 스칼렛보다 멜라니가 더 강하다는 걸 확실히 알 수 있다. 스칼렛과 달리 멜라니는 처음부터 자신이 정말 무엇을 원하는지 안다. 이에 더해 목적을 달성하는 데 여성이라는 위치를 노련하게 활용한다. 사회 공동체에서 신망 높은 여성으로 자리 잡으며, 원하는 바를 비교적 수월하게 획득한다. 언제나 친절하고 호의적이며, 수다를 떨거나 남의 말을 쉽게 옮기지 않는다. 늘 균형을 잡으려 하며, 사람들과 갈등을 벌이는 대신 타협점을 찾아 서로 화목하게 지내려 노력한다. 멜라니는 스칼렛에게서 종종 긍정적인 면들을 발견하곤 하는데, 스칼렛 본인조차 인지하지 못하는 장점을 바라보면서 항상 스칼렛을 신뢰한다. 멜라니는 스칼렛이 남편을 앗아갈까 두려워하거나 질투심을 느끼지 않는다. 멜라니는 인간에 대한 이해도가 매우 높기 때문에, 스칼렛이 애슐리를 단지 '도달할 수 없는 이상'으로서 갈망한다는 걸 알고 또 이해한다. 사실 애슐리와 스칼렛이 실제로 불륜을 저지를 위험은 거의 없다. 멜라니는 남편 또한 신뢰하는데, 그를 잘 알기 때문이다. 그녀가 품은 이 신뢰는 그저 단순한 믿음이 아니라 오히려 그 반대다. 즉 인간에 대한 철저한 이해에서 비롯된 깊고 단단한 믿음이다. 이 신뢰는 멜라니의 강점이 되어, 소설이 진행될수록 그 진가가 점점 더 두드러진다. 인간의 진의에 대한 확실한 직감을 지녔기 때문에, 멜라니는 나쁜 소문에도 민감하게 반응하지 않으며 모든 인간에게서 선한 면을 볼 줄 안다. 스칼렛에게 결여된 공감 능력이 멜라니에게는 거의 초인적인 수준으로 갖춰진 셈이다.

이러한 장점들은 모든 난관에도 그녀가 만족스럽고 행복한 삶을 이끌어가도록 돕는다. 그녀는 자신이 가진 것에 만족하므로, 늘 불안하고 변덕스런 스칼렛처럼 계속해서 새로운 도전과 모험을 찾을 필요가 없다. 멜라니는 내적으로 안정된 사람으로, 스칼렛은 결코 다다를 수 없는 인격적 조화를 이룬다. 또한 그녀는 사랑할 줄 안다. 남편과 아이 그리고 스칼렛도 사랑하며, 레트와도 우정에 바탕을 둔 사랑을 주고받는다. 소설에 등장하는 온갖 흥미로운 인간 군상 중에서, 결국 가장 성숙하고 정상적인 인물은 멜라니다. 그녀는 심리치료 전문가로 일해도 손색없을 정도다.

레트 버틀러 – 섬세하면서 저돌적인 인물

얼핏 보면 레트는 스칼렛의 남성 버전으로 여겨진다. 하지만 레트는 '남자 스칼렛'이 아니다. 레트는 스칼렛에게 없는 것을 가졌다. 그는 타인에게 감정 이입이 가능하며 사랑할 줄 안다. 스칼렛처럼 다혈질이고 감정적이기는 하지만, 적어도 그는 스칼렛뿐 아니라 자신과 정신적으로 통한다고 생각되는 사람들을 진심으로 사랑한다. 물론 그의 사랑에도 한계는 있다. 레트는 스칼렛이 자신의 사랑에 제대로 응하지 못한다는 걸 깨달을 때까지 사랑한다. 그는 딸을 끔찍이 사랑하며, 스칼렛이 첫 결혼에서 얻은 아이들에게까지도 애정 가득한 아버지의 모습을 보인다. 자신이 맺은 관계에 충실히 임하며 마음을 다한다. 그가 노력할수록 그의 상처는 더욱더 덧난다. 스칼렛의 공격은 어떻게든 맞서고 저지할 수 있겠으나, 딸아이의 죽음은 도무지 견디기 힘든 충격으로 다가온다. 이에 더해 스칼렛이 아이의 죽음을 자신과 '동일한 수준'으로 슬퍼하지 않는다는 사실은 그에게 또 다른 충격을 안긴다. 다른 자녀들과 마찬가지로 그녀는 두 사람 사이에서 생긴 아이에게도 '동일한 정도'의 사랑을 줄 뿐이다. 사랑이라고 말하기 어려운 그런 사랑을. 두 사람의 딸인 보니Bonnie의 죽음을 통해, 레트는 무언가에 속았다는 깨달음을 얻는다. 스칼렛이 애슐리를 이상으로 여기며 사랑한 것처럼, 레트 또한 스칼렛을 하나의 표상으로 사랑했던 것이다. 레트는 열정적인 스칼렛에게서 열정적인 사랑을 찾을 수 있으리라 믿었다. 사랑하는 사람을 위해선 모든 희생과 위험을 감수하는 그런 사랑을 말이다. 심지어 그녀는 애슐리라는 환상에 도취되어 사랑이라 믿으며 붙들고 있으니, 레트의 시기심을 불러일으킬 수밖에 없다. 침착하고 안정적인 태도로 직감을 믿는 멜라니와 달리, 레트는 격정이 만든 감옥에 갇히고 만다. 즉 격양된 감정의 파도 속에서 허우적거리느라 사고활동을 제대로 하지 못한다.

마지막에 그는 스칼렛을 향한 사랑이 모두 고갈되었다고 말한다. 엄밀히 표현하자면 스칼렛을 이상화했던 안경이 드디어 벗겨지면서, 스칼렛의 본모습을 알아보게 되었는지도 모른다. 사랑을 동경하지만 사랑을 주는 데 무능하며, 그래서 가닿을 수 없는 목표를 향해 온 힘을 쏟는 '가여운 한 인간'의 진면목을 확인하고 만 것이다.

《바람과 함께 사라지다》의 진정한 속편이 없는 이유
마거릿 미첼은 이후 다른 작품을 남기지 않았으며, 이 소설의 연작이나 속편을 내려 하지도 않았다. 그러나 안타깝게도 유지는 지켜지지 않았다. 다른 작가들이 쓴 속편이 나왔기 때문이다. 스칼렛의 뒷이야기를 다루는 소설《스칼렛Scarlett》과 레트를 집중 조명하는 소설《레트 버틀러의 사람들Rhett Butler's People》, 이렇게 두 편의 속편이 훗날 세상에 나왔다.

레트 버틀러는 열정도 많고 마음도 넓은 평범한 남성이다. 마음이 넓기 때문에 쉽게 상처받지 않는다. 그럼에도 스칼렛은 그에게 깊은 상처를 남긴다. 그가 더는 그녀에 대해 알려고 하지 않자, 그녀는 그를 되찾으려 한다. 즉 스칼렛을 향한 레트의 마음이 돌아서자, 스칼렛은 레트를 도달할 수 없는 새로운 이상으로 삼으며 마음을 상하게 한다. 소설은 그렇게 끝난다. 이제 스칼렛에게는 다시 새로운 목표가 생겼다. 이전에 애슐리에게 그랬듯이, 그녀는 레트라는 다다를 수 없는 목표를 향해 지속적으로 손을 뻗을 것이다. 그가 다시 마음을 받아줄 가능성은 희박하므로, 새로운 이상이 손에 잡힐 '위험'은 없다. 그러므로 마음껏 이상을 추구하기만 하면 된다.

애슐리와 마찬가지로, 레트는 절대로 다시 스칼렛을 허락하지 않을 것이다. 그녀를 향한 사랑이 소진되었기 때문이기도 하지만, 그녀에게서 결코 사랑을 기대할 수 없음을 이미 알기 때문이다. 딸아이의 죽음 이후 갈기갈기 찢어진 그의 마음을 치유하려면 크고 진실한 사랑이 필요하지만, 스칼렛은 그런 걸 줄 수 있는 사람이 아니다. 바로 이런 이유에서 작가 미첼은 속편을 원하지 않았다. 레트와 스칼렛이 다시 만날 일은 없으니까. 스칼렛은 관심을 끌어당길 정도로 매력적이며 또한 거침 없지만, 동시에 인간관계에 있어선 무능하다. 자신의 땅과 자산을 위해 살며, 위험하지 않은 관계만 맺고 유지할 수 있다. 적당히 거리가 있는 부차적인 인물들은 크게 망가트리지 않고 무사히 잘 견뎌낸다. 그녀가 다른 모든 인물과 구별되는 지점이 여기에 있다. 다들 그녀를 바꾸어보려 시도하지만, 결국 그녀의 매력 속에서 파괴되며 그녀가 만들어내는 역동적인 활기 속에서 휘청거린다. 이런 스칼렛이 달라진다면 더는 스칼렛이 아니다. 그래서 다른 작가들이 집필한 속편들이 별다른 의미 없이 사라진 것이다. 스칼렛의 진짜 이야기를 담지 않았으니까. 진짜 스칼렛은 가닿을 수 없는 이상적 사랑을 영원히 갈망하며, 현실에서 손에 잡히는 사랑은 절대로 버텨내지 못하고 그로 인해 사랑이 되살아나자마자 바로 파괴해야만 하는 인물로 그려지며 이야기를 맺는다.

삐삐 롱스타킹

Pippi Langstrumpf

|

옆집에 사는 대담한 소녀

처음에는 그 누구도 《삐삐 롱스타킹》이 이처럼 성공을 거두리라 예상하지 못했다. 원래 아스트리드 린드그렌Astrid Lindgren은 작가가 될 생각이 없었다. 그러던 어느 날, 몸져누운 어린 딸이 이야기를 해달라고 졸랐고 린드그렌은 '삐삐'라는 아이가 나오는 이야기를 하나 지어냈다. 좋은 어머니들이 그러하듯이, 린드그렌은 아이에게 재미난 이야기를 들려주려고 직접 이야기를 만든 것이다.

그로부터 3년 뒤 아스트리드 린드그렌은 발목을 삐어 며칠을 꼼짝도 못하게 되었고, 집에서 머무는 동안 이 이야기를 종이에 옮기며 원고로 만들었다. 그런 다음 스웨덴 출판사 보니어Bonnier에 원고를 보내지만 거절당한다.

이후 몇 해가 지나 마침내 1945년이 되어서야, 라벤 앤드 셰그렌Rabén & Sjögren 출판사를 통해 삐삐의 모험 이야기가 출간된다.

독일에서도 이 원고는 여러 차례 퇴짜를 맞았고, 1949년 외팅어Oetinger 출판사가 관심을 가지기 전까지는 아무도 출간하려 하지 않았다. 당시 독일 사회는 전쟁이 끝난 직후라서, 수많은 남성이 전쟁에서 목숨을 잃거나 전쟁 포로로 잡힌 상황이었다. 따라서 남성이 초래한 대혼란을 수습하고 정리하는 건 여성들 몫이었다. 그로 인해 여성들은 새로운 자아 관념을 확립하고, 보다 높은 자의식을 가지게 되었다. 전후 달라진 사회에서 삐삐는 여자아이들의 새로운 본보기로 매우 잘 들어맞았다. 그사이 여러 세대가 삐삐와 함께 성장했다. 훗날 삐삐의 주제가가 연방 의회에서 불리고, 인종 차별적이라는 이유로 '검둥이Neger'라는 단어가 지워진 개정판이 나오며 시민들이 분노하는 일이 벌어지면서 작품 고유의 '쿨함'을 다소 잃기는 했다. 그러면서 삐삐의 성공 시대도 차츰 내리막을 향하기 시작했다.

모두가 외우는 기나긴 이름을 가진 소녀

보통 삐삐에 대한 글을 쓰면 적어도 그 길고 긴 이름을 모두 나열하는 것이 일종의 전통이다. 말하자면 이 대상에 대해 잘 알고 있다는 증명 방식인 셈이다. 하지만 우리는 그런 걸

하지 않을 생각이다. 대신 독자 여러분 스스로 삐삐의 이름을 떠올리며, 잠깐 동안 향수에 젖어보기를 바란다. 여전히 모든 이름을 일일이 기억하는지 한번 확인해보자.

그러는 동안, 어린 시절의 기억이 아스라한 많은 이들을 위해 삐삐 이야기를 간단하게 요약할까 한다.

빨간 머리에 주근깨가 가득한 아주 독특한 소녀가 이웃집에 이사 오기 전까지, 토마스Thomas와 아니카Annika는 무척이나 지루한 일상을 보낸다. 삐삐 롱스타킹이라는 이름을 가진 이 소녀는 작은 원숭이 한 마리 그리고 말 한 마리와 함께 어른 없이 홀로 산다. (영화에서는 몸이 작고 꼬리가 긴 다람쥐원숭이가 나오지만, 실제로 책에서는 그냥 원숭이라 소개한다.) 여기에 더해 삐삐는 관습과 규칙에 전혀 개의치 않으며, 금화가 가득 든 커다란 여행 가방을 가지고 있어 경제적으로 독립한 상태다.

삐삐의 말에 의하면 아버지는 남태평양을 항해하는 선장으로, 아버지가 바다에 빠져 실종되기 직전까지 함께 오랫동안 여행을 했다고 한다. 그녀는 아버지가 남태평양의 어느 섬에서 구조되어 그곳의 왕이 되었다고 믿는다.

바다에서 오랜 시간을 보낸 덕에, 삐삐는 모두가 당연시하는 통상적인 관습들을 제대로 알지 못한다. 종종 그녀는 자신의 이상한 행동이 여기가 아닌 다른 세계에서는 지극히 정상이라며 정당화한다.

아니카와 토마스는 그녀에게 완전히 사로잡히고, 곧이어

세 어린이는 온갖 모험을 경험한다. 이들의 모험은 어른들을 거의 절망에 몰아넣을 정도로 기상천외하다. 그러나 삐삐는 마냥 무모하지만은 않다. 그녀는 토마스와 아니카에게 어떤 사고도 일어나지 않도록 늘 주의하며, 무슨 일을 얼마나 벌이든 언제나 놀랍도록 책임감 있는 태도를 보인다. 아니카와 토마스의 어머니가 언젠가 이를 알아차려야 할 텐데 말이다.

시리즈 두 번째 책에서 삐삐의 아버지는 정말로 살아서 등장한다. 실제로 그는 그동안 남태평양 어느 섬의 왕이 되어, 삐삐를 그곳으로 데려가려 한다. 하지만 삐삐는 결국 토마스와 아니카의 곁에 머물기로 결정한다.

세 번째 책에서 이들 셋은 삐삐의 아버지가 사는 섬을 찾아간다. 그곳에서 삐삐는 삐삐로타Pippilotta 공주가 되어 원주민에게 축하를 받는다. (삐삐로타는 그녀의 기나긴 본명 중 일부로, 삐삐는 아버지가 지어준 별명이자 애칭이다.) 그리고 세 명의 삐삐 일행은 원주민 아이들과 함께 온갖 다양한 장난과 엉뚱한 짓을 벌인다.

때때로 삐삐는 공권력을 비롯한 어른들 세계와 맞서 싸운다. 이를테면 어린아이는 혼자 살면 안 된다고 생각하는 이들과 부딪히곤 하는데, 그럴 때마다 삐삐는 성공적으로 방어하며 주장을 관철한다.

이런 식으로 삐삐는 모든 아이들이 꿈꾸는 삶을 산다. 무언가를 해라 마라 요구하는 어른들도 없고, 원하는 것은 모두 할 수 있으니 얼마나 꿈만 같은가. 게다가 그녀는 자신의 금화로 말 한 마리를 사서 키운다. 이례적인 생활방식을 고수하면서도 마냥 무질서하거나 무례하지 않으며, 삶을 능숙하게 관리하면서 충분히 즐긴다. 반려 동물들도 제대로 돌보며 가사 업무도 문제없이 처리한다. 식사를 마친 그릇을 설거지하는 대신 가끔 아예 없애버리기도 하지만, 이 또한 처리는 처리니까 넘어가기로 하자. 금이 가득 든 가방이 하나 있으면 뭐든 할 수 있다. 그리하여 삐삐 롱스타킹은 어린아이다운 '무질서'와, 사회에서 통용되는 관습을 굳이 따르지 않고도 큰 마찰 없이 꾸려지는 '독립적인 삶'이 완벽하게 조화된 모습을 보여준다.

인종차별주의 문제, 또는 '왜 대부분의 것들은 시대를 초월하여 오래도록 남지 못하는가'에 대한 질문

몇 해 전 외팅어 출판사가 삐삐 시리즈 개정판을 내면서 '검둥이'라는 단어를 지우고, 남태평양 섬에 사는 '검둥이들의 왕'을 '식인종들의 왕'으로 과감히 고치려 하자, 대중 사이에선 분노와 원성이 쏟아졌다. 이를 비판하는 사람들은 원작을 고스란히 보전해야 한다며, 고치지 않는 쪽이 작가의 뜻을 존중하는 일이라고 목소리를 냈다. 그러면서 밤에 부모들이 자녀에게 이야기를 읽어줄 때, 특정 단어가 더는 시대에 맞지 않는다고 설명하면 그만이라 부연했다. 그러나 매일 밤 책을 읽어줄 때마다 '정치적 올바름'을 가르칠 수 없다는 게 반대 측 입장이었다.

단어 하나를 놓고 벌어진 열띤 논쟁은 무수한 소음을 만들어냈으나 정작 본질적인 문제는 비껴갔다. 차라리 그러는 동안 세계의 유럽인들은 책에 담긴 다소 충격적인 사고방식을 두고 머리를 맞대야 했다. 즉 밝은 피부색을 가진 사람이 남태평양 어느 섬에 떠밀려 들어가, 그곳에서 저절로 왕이 될 수는 없다. 하지만 유럽인들은 이러한 사고에 익숙해진 나머지 문제의 핵심을 지나쳤다. 놀랍게도 유럽의 문명 규범에 들어맞지 않는, 유럽이 아닌 다른 지역에 사는 사람들 또한 이런 사고를 당연시 여기며 거부감 없이 받아들인다. 심지어 수십여 년 전에는 '서양의 현명함'을 무기로 서구 민주주의를 적극 전파하는 이들도 적지 않았다. 많은 사람들은 자신의 길이 옳다고 여기며 이를 고수하기 위해 고집스럽게 분투한다. 하지만 그 길이 늘 모두에게 옳은 방향은 아니다.

유감스럽기는 하지만 실제로 《삐삐 롱스타킹》은 삐삐 아빠가 단지 백인이라는 이유로, 피부가 검은 사람들의 왕이 절로 되기에 자못 적합하다는 뜻을 내포한다. (카를 마이와 마찬가지로 아스트리드 린드그렌 역시 의도적으로 이런 사고를 담지는 않았을 것이다.) 본인의 자녀가 무슨 일이 있어도 이런 책들을 읽으며 성장하길 바란다면, 그러면서도 책에 담긴 사상을 무비판적으로 수용하기를 원치 않는다면, 삐삐 시리즈의 어떤 책을 읽든 상관없이 식민주의와 인종주의 그리고 이와 비슷한 주제들을 다루는 '특별 수업 시간'이 반드시 요구된다.

마지막으로 덧붙이자면, 70년이 넘은 책에서 오늘날의 가치관이 드러나기를 기대하는 건 무리다. 다행히 그사이에 방대한 양의 새로운 아동 도서가 출판되었으며, 심지어 이중에는 대담하고 뻔뻔한 말괄량이 소녀가 주인공인 책도 상당히 많다. 그러므로 대안이 될 선택지는 결코 적지 않다.

정신의학적 관점으로 살펴본 삐삐 롱스타킹

제2차 세계대전이 끝난 직후 세상에 나온 삐삐 롱스타킹은 그 당시보다 오늘날 시선에서 훨씬 더 공상적으로 간주되는 면이 있다. 삐삐라는 인물을 다루기에 앞서 한 가지 짚고 넘어갈 부분이 있다. 즉 언제나 어린이로 머물려 하며 절대로 어른이 되지 않겠다고 다짐하는 모습에서, 실제로 삐삐는 '진짜' 어린이라 할 수 없다. 엄밀히 말하면 어린아이의 마음을 유지하면서, 아이의 방식으로 고난의 시대를 극복하려는 책임감 있는 인간을 상징한다. (작품이 탄생한 시기를 보면 이런 해석이 충분히 가능하다.)

삐삐 롱스타킹 – 첫 번째 히피

삐삐 롱스타킹은 반고아로, 어머니는 아주 일찍 세상을 떠났다. 삐삐는 어머니가 하늘나라에서 늘 지켜보고 있다고 말한다. 매우 이른 나이에 어머니를 잃었는데도 삐삐는 발달 초기 단계에 부모와 확실한 애착 관계를 형성한 걸로 보인다. 무엇보다 어머니의 애정이 내면화된 덕에, 수많은 장난과 말썽을 부리기는 하지만 그럼에도 언제나 따뜻하고 인정 많으며 남을 잘 돌보고 책임감 있는 인물로 성장한다.

동시에 그녀에게는 바다를 항해하는 쾌활한 아버지가 있다. (아마도 그는 어머니를 일찍 여읜 딸에게 죄책감을 느낄 것이다.) 그는 딸에게 경계를 긋지 않는다. 삐삐에게 모든 것을 할 수 있다고, 심지어 아버지보다 더욱 강해질 수 있다고 말하며 적극 응원한다. 이를 통해 삐삐는 일찍이 어릴 때부터 자신이 무엇을 하든 또는 대단한 일을 해내든 말든 관계없이, 스스로 가치 있는 존재임을 학습했을 것이다. 그녀는 사랑받기 위해 애쓸 필요가 없다. 아버지는 그녀를 있는 모습 그대로 사랑하며, 그 무엇도 이 사랑을 뒤흔들지 못한다.

삐삐의 부모처럼 어린 자녀에게 '인생의 항로'를 확고히 알려주는 것만큼 중요한 일도 없다. 각기 다르면서 상호 보완적인 두 부모의 '인상'이 의식에 내면화된 까닭에, 그녀는 둘의 특징을 모두 지닌다. 즉 책임감이 넘치면서 동시에 자유분방하고, 아이 같으며 유머가 풍부한 모드가 가능하다. 이런 모드 덕분에 세상을 향해 끊임없이 질문을 던지며, 원하는 세상을 마음껏 만들어간다.

아이라는 존재는 재미에 따라 친구 관계를 맺을 수 있다.

그래서 아이의 몸을 한 삐삐는 오직 흥미를 좇아 자유로이 관계를 맺는다. 어른들의 성적인 사랑은 종종 시기나 질투와 결부되어 고통과 열병을 동반한다. 하지만 삐삐의 인생에서 질투심 같은 감정은 성가신 짐에 불과하다. 언젠가 삐삐가 어른이 된다면 그녀는 분명 결혼을 하지 않고, 대신 성적으로 함께 즐길 이성 친구들을 여럿 둘 것이다. 재미를 위해 벌이는 다양한 놀이나 장난들처럼 성생활도 그 일환으로 여길 가능성이 높다. 삐삐가 탄생한 1945년을 자세히 들여다보면, 흥미롭게도 삐삐는 당시 젊은 히피Hippie 여성들이 그대로 튀어 나온 듯한 모습을 했다. 히피들은 그 시절 다수의 어른들과 달리 자유로운 사랑을 추구했으며, 입고 다니는 옷도 삐삐의 옷차림과 흡사했다. 또한 이곳저곳을 떠돌며 여행하기를 즐겼다. 남쪽 바다나 인도나 차이점이 없지 않은가? 이국적인 정서를 찾아 그리고 다른 사람들을 만나고 경험하기 위해 떠돈다는 점에서, 삐삐 롱스타킹과 히피 운동은 일맥상통한다.

토마스와 아니카 – 삐삐의 충성스런 팬

토마스와 아니카는 지극히 평범한 보통 어린이로, 책을 접하는 아동 독자들이 동일시할 인물이다. 그러면서 둘은 판에 박힌 듯 전형적인 소년·소녀의 모습을 그대로 따른다. 아니카는 언제나 무언가를 조심스러워하며 움츠리고 걱정한다. 토마스는 대담하고 용감하다. 물론 삐삐의 과감함과 견줄 수는 없지만 말이다. 하지만 토마스와 아니카는 이웃집 삐삐와 만나 관계를 맺으면서 차츰 성장한다. 또한 삐삐를 만나면 만날수록 기존에 주입된 전형적인 성 역할의 경계가 점점 흐릿해지면서, 나중에는 '소년다움' 그리고 '소녀다움'이 더는 중요하지 않게 된다. 여성다움, 남성다움으로 규정된 성 정체성에서 해방된 둘은 그저 어린아이이자 삐삐의 친구로 지내며, 이후 누구도 이들에게 정체성을 부과하지 않는다. 각각 소년과 소녀로 머물지만 그럼에도 이들 둘은 마음에 드는 모든 일을 한다. 심지어 이들은 아직 사춘기에 접어들기 전인데도 부모에게서 해방된 삶을 산다.

여기에서 자연스럽게 흥미로운 질문이 하나 떠오른다. 그렇다면 사춘기에 접어든 토마스와 아니카는 삐삐에게서 해방될까? 사춘기가 된 친구들에게도 삐삐는 여전히 대단한 롤 모델일까? 아니면 몸을 돌려 삐삐를 외면하게 될까? 예전처럼 자유를 누리기에는 한계가 있어서, 또는 삐삐와 함께 우스꽝스런 모험을 계속하는 데 더는 크게 매료되지 않아서, 그녀를 멀리할 수도 있다. 언젠가 이들은 삐삐가 속한 '어린이 세계'에서 빠져나와 어른이 될 것이다. 가정과 사회에서 교육을 받으며 삐삐와 비슷한 맥락의 '히피 세계'로 발을 들이는 대신, 질서와 규칙이 있는 '부모의 세계'로 되돌아가 각자 가정을 이룰 것이다. 하지만 이들의 자녀는 분명히 다시 삐삐를 찾을 것이다.

삐삐 롱스타킹에서 비춰진 어른의 역할

《삐삐 롱스타킹》 시리즈에 나오는 어른들은 하나같이 모두 어린 시절의 천진난만함을 잃었다. 작품 속 어른들은 인생을 진지하게 바라보며 통제를 잃지 않으려 한다. 통제 밖에 놓인 모든 것은 이들을 두렵게 만든다. 삐삐는 통제할 수 없다. 그래서 어른들은 삐삐를 통해 오래된 불안과 두려움을 직면한다. 하지만 동시에 오랜 꿈과 희망도 마주한다. 삐삐를 대하는 어른들의 태도 역시 시대적 배경을 염두에 두고 보아야 한다. 당시 사회는 제2차 세계대전이 끝난 직후였다. 삐삐의 고향인 스웨덴이 비록 중립을 선언하며 실질적으로 전쟁에 연루되지 않았더라도 그곳 시민들 또한 틀림없이 전쟁의 영향을 적잖이 받았을 것이다. 이 역사적 사건은 인류의 마음을 심히 흔들며 깊은 충격을 남겼다. 아스트리드 린드그렌이 직접 일기에 썼듯이, 모든 것은 통제에서 벗어났고 세상은 완전히 '미쳐버렸다.' 이러한 시대적 배경에서 사람들은 오로지 엄격한 자기 통제를 통해서만 안전감을 확보할 수 있었다. 이는 깊고 선명하게 아로새겨져, 당시 사람들에게 하고 싶은 일을 주저 없이 하고 감정을 자유롭게 느끼는 것은 오늘날보다 훨씬 더 위협적이었다. 뿐만 아니라 당시에는 이 전쟁에 다시금 휘말릴까 두려워하는 감정이 만연했다. 해당 국가 사람들은 전쟁을 직접 겪었기 때문에, 폭탄과 죽음 그리고 폭력을 두려워할 수밖에 없었다. 중립국 또한 전쟁에 대한 공포에서 예외는 아니었다. 중립을 선언했더라도 중립 상태가 끝까지 지켜질지 불확실한 데다, 세계무역이 붕괴되어 생존을 위한 식량과 자원을 충분히 공급받지 못할지도 모르는 상황이었다. 말 그대로 잔혹한 시대였다. 그런 시대에 삐삐 롱스타킹이 내놓은 답은, '제멋대로 세상을 만들어가는 한 소녀가, 트라우마를 입은 모든 땅에 새로운 희망을 줄 수 있다'는 것이었다.

모모

Momo

원래 어린이책이 아닌 어린이책

《모모》는 마치 어린이책인 양 잘 꾸려놓은 사회 비판 논문이다. 이는 불행인 동시에 축복이다. 우선 작가 미하엘 엔데 Michael Ende가 지루하고 건조한 주제를 이야기 안에 훌륭하게 녹여내 베스트셀러 목록에까지 올렸다는 점에선 축복이다. 하지만 한편으로 책에 담긴 작가의 수많은 생각이 다수의 독자들에게 전달되지 않고 완전히 비껴갔기 때문에 불행이기도 하다.

소설은 우리에게 두 측면에서 영향을 미친다. 먼저 《모모》는 제목과 동일한 이름을 가진 주인공이 펼치는 흥미진진한 모험으로 읽을 수 있다. 즉 무언가를 놓치고 있다는 기분을 느끼지 못한 채, 단순히 모험의 여정을 따라가면서 읽어도 재미와 의미를 충분히 누릴 수 있다. 그런데 소설에 등장하는 회색 신사들을 다른 관점에서 보면 보다 넓은 의미에서 해석이 가능하다. 다시 말해 이들 회색 신사는 오늘날 화폐 제도와 우리 사회 노동 문제에 대한 비판으로 이해할 수도 있다.

물론 두 가지를 동시에 염두에 두고 읽으면 소설을 전체적으로 더 풍부하게 즐길 수 있다.

시간을 가로지르는 모험 여행 그리고 돈과 그 가치에 대한 고찰

모모는 평범하지 않은 조그마한 소녀. 이름을 알 수 없는 어느 커다란 도시에, 언제부터인가 나타난 모모는 폐허가 된 원형 극장에서 산다. 어디에서 왔는지 나이는 얼마인지 아무도 정확히 모르지만, 부모님이 없다는 건 확실해 보인다. 옷감을 덕지덕지 덧댄, 전혀 어울리지도 맞지도 않는 누더기만 입고 다닌다. 말이 그리 많지 않지만 다른 사람의 말을 귀 기울여 들어주는 재능이 있다. 너무 잘 들어주는 나머지, 사람의 공상을 자극하여 마음속에 깊이 묻어둔 이야기까지 모두 꺼내게 만든다. 그러면서 그 깊은 이야기를 흔쾌히 털어놓도록 격려한다. 이로 인해 모모는 금세 도시에서 가장 중요한 상담가가 된다.

그녀에게는 아주 소중한 친구 둘이 있다. 이야기꾼 지지Gigi

와 도로 청소부 베포Beppo다. 모모가 귀 기울인 뒤부터 지지의 이야기는 날로 발전한다. 베포는 도로를 청소하며 보고들은 모든 인상적인 것들을 모모에게 전한다. 모모에게는 그리 인상적이지 않지만, 그럼에도 기꺼이 베포의 이야기를 듣는다.

더불어 도시의 아이들 또한 모모를 만난 이후, 보다 풍부한 상상력으로 훨씬 더 재미있게 놀게 된다. 간단히 말해 모모는 실제로 존재한다고 믿기 어려울 정도로 대단히 좋은 인간이다. 일반적으로 사람들이 진심으로 바라고 원하는 친구의 모습을 하고 있다. 변함없이 한자리에 머물며 뭔가를 요구하지 않는 그런 친구 말이다. 동네 사람들은 모모가 어떻게 먹고사는지, 겨울이 되면 원형 극장에서 무엇을 하며 지내는지 정확히 알지 못한다. 또한 사람들은 그녀도 누군가에게 자신의 문제를 털어놓고 싶지는 않을지, 궁금해하지 않는다.

그럼에도 또는 그렇기 때문에 모든 건 잘 돌아간다. 적어도 회색 신사들이 나타나기 전까지는 말이다.

회색 신사들은 마을 사람들에게 다가와 시간 계산서를 보여주며, 지금 시간을 절약하면 나중에 더욱 많은 시간을 가지게 될 거라 말한다. 그로 인해 사람들은 여가 없이 시간을 쪼개어 일만 하고, 시간에 쫓기느라 매 순간을 즐기지 못하며 지나치게 된다. 더불어 사람들은 고유의 상상력과 개성을 잃고 만다. 간단하게 말하면 이들은 과로에 시달리는 전형적인 어른처럼 행동한다.

한 평론가에게 보낸 편지에서 작가 미하엘 엔데는 과도하게 돈을 아끼며 저축하는 현실을 비판하고 싶었다고 확언한 바 있다. 실제로 그는 '자유 화폐 이론'을 설파한 경제학자 요한 실비오 게젤Johann Silvio Gesell의 사상에 몰두했는데, 게젤은 '세상 모든 것이 늙어가듯이 돈도 시간이 흐르면 언젠가 그 가치를 잃게 된다'고 주장했다. 이 이론에 따르면 돈은 오랫동안 모으는 대신 써야 한다. 그렇지 않으면 돈은 노화하여 결국 죽음에 이른다. 이를 보다 넓은 시각으로 해석하면, 먼 미래를 위해 뼈 빠지게 일하기보다 지금 이 순간 가진 것을 누리며 충분히 활용해야 한다는 말이 된다.

미하엘 엔데는 왜 하필 어린이책에 경제이론의 고찰을 담으려 한 걸까? 더는 우리도 알 수 없다. 하지만 작품이 이룬 성과에 대해선 반론의 여지가 없다. 이 책이 나오기 전까지 비판적 경제이론을 담은 서적이 아동문학 시장에서 성공을 거둔 사례는 아마 없었을 것이다.

적잖은 사람들이 회색 신사들에게 설득당해 일에 쫓기게 되자, 이후 모모는 사람들을 하나하나 찾아가 이야기를 듣고 나눈다. 그녀의 경청 능력은 여전히 놀라운 힘을 발휘하여, 회색 신사들에게 홀렸던 사람들은 다시 제자리로 돌아와 편안한 일상을 보낸다. 이에 회색 신사들은 모모를 눈여겨보며 유혹할 방법을 찾는다. 먼저 이들은 장난감으로 모모를 사로잡으려 한다. 마치 과로에 지친 부모들이 아이에게 할애할 시간이 없어 장난감으로 때우는 것과 흡사하다. 모모는 이들이 건넨 인형에 잠시 관심을 보이다가, 인형이 다른 모든 걸 대체할 수는 없다고, 인형보다 친구들을 더 사랑한다고 말한다. 이 장면은 아무리 정성이 깃든 비싼 선물이라도 부모의 진실한 사랑을 대체할 수 없음을 보여주는 메타포라 하겠다. 미하엘 엔데는 사회 비판적 시선을 결코 거두지 않았다.

유혹이 제대로 먹히지 않자 회색 신사들은 모모를 없애려 한다. 다행히 모모는 때마침 나타난 거북이의 도움으로 위기를 면한다. 카시오페이아Kassiopeia라는 이름을 가진 이 거북이는 30분 후의 미래를 내다보는 능력이 있다. 모모를 구한 카시오페이아는 자신의 주인이자 시간의 주관자인 세쿤두스 미누티우스 호라Secundus Minutus Hora 박사에게 모모를 데려간다.

시간과 공간을 초월한, 호라 박사의 집에서 모모는 회색 신사들에 대한 몇몇 내막을 듣는다. 시간 도둑인 이들은 사람들의 시간을 훔쳐 자신들의 생을 위해 쓴다. 회색 신사들은 훔친 시간으로 계속해서 담배를 태우는데, 담배가 없으면 살지 못한다. 즉 이들은 사람들에게 훔친 시간으로 연명하는 존재다.

모모가 호라 박사의 집을 떠나 진짜 세계로 돌아왔을 땐, 생각보다 훨씬 많은 시간이 흘러간 데다 그사이 온 도시는 회색 신사들에게 넘어간 상태였다. 어른들뿐 아니라 아이들까지도 시간을 쪼개느라 정신없이 살면서 도시는 온통 삭막해진다. 모모는 가까스로 회색 신사들에게 벗어나고 다시 카시오페이아의 도움을 받아 호라의 집으로 피신한다.

더 큰 불행을 막기 위해 호라는 스스로 잠에 들어, 세계의 시간을 잠시 멈추는 위험을 감행한다. 그리고 모모는 호라 박사에게서 시간의 꽃 한 송이를 받는다. 한 시간을 움직일 수 있는 이 꽃 한 송이는 모든 걸 제자리로 돌려놓을 유일한 기회다. 어른들의 어리석음으로 망가진 세상은 언제나 어린아이만이 구할 수 있다는 생각과 맞닿는 지점이다.

시간이 멈추자 회색 신사들은 당황하여 어쩔 줄 모른다. 시간이 흐르지 않으면 더는 담배를 필 수 없기 때문이다. 모모와 카시오페이아는 회색 신사들의 본거지를 찾아가, 더는 시간을 쓰지 못하도록 시간 창고를 닫아버린다. 마지막까지 남은 몇몇 회색 신사들은 모모가 가진 시간의 꽃을 빼앗으려 발버둥 치다, 누구도 그녀를 넘어서지 못하고 생명줄인 담배를 하나둘 놓치면서 결국 모두 사라진다.

회색 신사들의 시간 창고를 다시 연 모모는 유리처럼 얼어 있는 무수하고 다채로운 시간의 꽃을 발견한다. 회색 신사들이 사라졌으므로 언 꽃들은 차차 녹으면서 온기를 되찾고, 각각 원래 있던 자리인 사람들 마음속으로 돌아간다. 이로써 사람들은 시간을 되돌려 받고 분주히 쫓기던 생활을 멈추며 여유롭고 활기찬 일상을 회복한다. 한편 호라 박사는 잠에서 깨어나고 시간은 다시 평소대로 흐른다.

정신의학적 관점으로 살펴본 모모

소설 《모모》는 '일차원적 기능'을 담당하는 인물들이 등장하는 일종의 실화소설Roman à clef로 보아도 손색없다. 각 등장인물이 인간의 여러 단면을 하나씩 구현하고 있기에, 사실 소설 전체를 상담 의자에 앉혀놓고 분석해야 마땅하다. 이 소설은 수많은 사람들이 인생에서 겪는 내적갈등이 고스란히 벌어지는 유기체이기 때문이다.

그러므로 소설을 하나의 인격체로 보고, 등장인물은 소설을 이루는 각 부분이라 여기며 들여다볼까 한다.

모모 – 잘못 없는, 순수한, 내면의 어린아이

주인공 모모는 우리 모두의 내면에 살고 있는 어린아이를 뜻한다. 누군가는 이 아이에게 보다 넓은 공간을 내주었을 테고, 또 누군가는 어른다운 성공 가도에 방해가 된다며 길목을 아예 차단했을 것이다.

그러면 모모가 내면의 아이라는 말은 도대체 무슨 의미일까? 모모는 이야기를 잘 들어주면서, 마음속에 있는 진정한 욕구를 끄집어내는 능력이 있다. 우리가 만약 스스로에게 귀 기울이면서 외부의 부담과 유혹을 버린다면, 자신이 정말로 원하는 것을 깨달을 수 있다. 그렇지만 우리는 마음속 진짜 욕망을 자유로이 허락할 용기가 늘 부족하다. 참된 욕망은 위험과 결부되기 때문이다. 우리가 욕망에 따라 하루하루를 그저 즐겁게 살아가면 미래에 벌어질 뜻밖의 상황들에 더는 대비할 수 없으므로, 우리 인생은 통제력을 잃는다. 욕망에 따르며 통제를 잃으면 커리어는커녕 연금도 생각할 수 없게 된다. 어차피 우리가 미래에 가할 수 있는 영향은 한계가 있다는 사실을 잘 알기 때문이다. 다음 날 아침 우리에게 무슨 일이 벌어질지는 아무도 모른다. 따라서 모모는 우리가 내일이 아닌 오늘을 살아야 한다는 걸 알려주는 내면의 아이다. 그리하여 모모는 책 속의 사람들이 자기 자신을 발견하고, 아직 오지 않은 미래가 아닌 '현재'를 누리며 행복해지도록 고무한다. 미래는 아무것도 적히지 않은 빈 종이일 뿐이니까.

회색 신사들 – 통제할 수 없는 것을 통제하려는 영원한 욕망

회색 신사들은 모모와 반대 지점에 있다. 이들은 미래를 통제하려는 욕망을 대변한다. 이 욕망은 미래를 통제함으로써 더 나은 미래가 가능하다는 희망을 내포하며, 적어도 현재보다 더 나쁜 미래가 오지는 않을 거라는 소망을 담는다. 이들은 우리 모두의 내부에 숨은 어떤 불안감을 구현한 인물이다. 인생에서 발생하는 난감한 상황에 대항하여, 완전히 지거나 속수무책으로 당하지 않으려면 지속적인 통제가 필요하다는 불안함 말이다. 그래서 인간은 무장하고 대비하려 한다. 회색 신사들은 인간에게 통제와 희망을 제공하며, 이런 불안감을 해소해주겠다고 확약한다.

그러나 이를 위해 인간이 치러야 하는 대가는, 현재를 망각하며 살아가는 삶이다. 통제란 삶의 방향이 전환되거나 위험에 빠지지 않기 위해, 꿈과 열정 그리고 희망을 매번 억누르는 것을 뜻한다. 회색 신사들에게 희생된 사람들은 통제를 유지할 수 있으므로 더는 불안하지 않다. 엄밀히 말하면 불안이나 두려움을 느낄 시간이 더는 없다. 하지만 동시에 기쁨이나 열정 같은 감정을 위한 시간도 전혀 없다. 회색 신사들의 수단이 먹히는 한, 이들은 불안감을 없애면서 동시에 사람들의 다른 모든 감정들도 앗아간다.

실제로 우리 인간의 몸에선 유사한 일이 벌어진다. 즉 두려움을 비롯한 부정적인 감정이 너무 강해지면 그 외에 다른 감정들은 약해지거나 아예 사라진다. 예를 들어 사랑하는 사람을 잃어 깊은 슬픔에 빠지면 다른 감정이 생겨나지 않는다. 이는 두뇌 신경전달물질 중 하나인 세로토닌Serotonin의 분비가 줄어들며 나타나는 신체 반응으로, 세로토닌이 지속적으로 감소하면 우울증으로 이어진다. 보통 우리는 슬픈 기분이 오래 지속되는 상태를 우울증이라 생각하는데, 전문 치료를 요하는 진짜 우울증에 빠지면 내면이 텅 빈 감정 상태에 이른다. 불안과 슬픔이 내면을 휩쓸고 지나가, 다른 감정이 모두 없어지고 공허함만 남을 때 우울증이라 진단할 수 있다. 우울증을 겪는 많은 사람들은 더는 눈물이 나지 않는다고 하소연하곤 한다. 이들은 더는 아무런 감정을 느끼지 못하기 때문에 울지 못한다. 그런데 아무것도 느끼지 못하

는 사람들은 부정적 감정뿐 아니라 기쁨, 행복, 사랑 등 긍정
적인 감정도 전혀 느낄 수 없다. 내면이 계속 비어 있으므로,
우울증이 치료되지 않은 사람들의 자살 가능성을 결코 경시
해서는 안 된다. 우리 인간은 내면의 공허함을 잘 견뎌내지
못하기 때문이다.

더불어 회색 신사들은 불안과 욕망이 완전히 통제된, 우
울증의 상징으로 이해할 수도 있다. 또한 시간의 꽃을 태우
는 행위는 세로토닌의 소모를 상징하는 의미로 해석이 가능
하다. 다시 말해 계속해서 세로토닌을 소모하며 평생 우울
증을 달고 사는 상태를 뜻한다. 물론 이들은 내면의 어린아
이를 따를 수도 있다. 생기를 지닌 내면의 아이가 아직 마음
속에 존재한다면 우울증에서 벗어날 해결책을 쥐고 있을지
도 모른다.

내면의 어린아이가 존재만으로도 해결 방안을 제시할 수
있을 때, 즉 내면의 아이가 자신이 가진 모든 에너지를 불러
낼 수 있을 때, 상징적인 의미에서 자가 치유 단계에 다다랐
다고 볼 수 있다. 하지만 우울증이 너무 심각하면 내면의 아
이도 도움이 필요한 지경이 된다.

**세쿤두스 미누티우스 호라 박사 – 항우울제 그리고 내면의 아이의 협
력자**

모모는 혼자 힘으로 회색 신사들을 물리칠 수 없는 상황이
다. 다시 말해 유기체에 발생한 우울증이라는 질병이 상당히

진척된 상태라는 뜻이다. 그녀에게는 지원이 필요하다. 그래서 시간의 주인인 호라 박사에게 도움을 받는다. 회색 신사들의 노예가 된 사람들을 해방시키기에 모모 혼자서는 역부족이라 판단한 호라는, 영향력을 행사하여 시간을 멈춘다.

호라 박사가 멈춰 세운 시간 동안, 모모는 회색 신사들의 시간의 꽃 보급로를 차단할 기회를 얻는다. 이는 걱정과 불안을 잠시 차단하여 인간의 몸이 쉴 수 있도록 도와주는, 일종의 '작전 타임'을 상징한다. 또한 얼었던 시간의 꽃이 차차 녹는 장면은 항우울제 복용으로 세로토닌 생산이 다시 활성화되어, 체내 분비량이 새로 증가하는 현상을 비유적으로 표현한 것이라 볼 수도 있다. 항우울제는 호라 박사가 잠에 빠진 것처럼 신경을 안정시키는 역할을 한다. 그러면서 세로토닌이 다시금 충분히 분비되도록 유도해, 우울증으로 인한 증상들이 사라지게 만든다. 시간의 꽃들이 다시 녹아 생기를 얻는 모습은 이 과정을 상징적으로 그린다.

생기를 되찾은 시간의 꽃이 마음속으로 돌아가자 사람들은 모두 깨어나고 제정신으로 돌아온다. 하지만 그럼에도 이들에게는 여전히 조력자가 필요하다. 언젠가 재차 이런 상황에 빠지지 않도록 막아줄 누군가의 도움이 요구된다. 물론 이들은 또다시 내면의 아이의 도움을 받아 꿈을 꾸면 된다. 소설이 아닌 현실에선 어떨까? 항우울제가 효과를 보여 심각한 우울증이 어느 정도 사라지더라도, 적당한 시기에 심리치료사를 찾아가 도움을 받아야 한다. 감정 이입 능력이 높은 심리 전문가와 더불어 각자 마음속에 살고 있는 꼬마 모모, 내면의 아이의 지원을 꾸준히 받아야 예전으로 되돌아가는 것을 막을 수 있다.

그럼에도 회색 신사들이 중요한 이유

그럼에도 우리에게는 회색 신사들이 필요하다. 하루하루를 그저 즐기기만 해선 안 된다고, 끊임없이 우리에게 경고를 날리는 회색 신사와 같은 존재는 어쨌든 있어야 한다. 약간의 통제와 일말의 예방책은 중요하다. 내면의 아이에게만 귀를 기울이면 극도로 어려운 상황에선 완전히 발이 빠져 무너질 수도 있다. 우리 안에는 순수하게 욕망에 따르는 내면의 아이가 있지만, 반면 전지전능한 부모는 없다. 의심스런 상황에서 적당히 발을 빼고 스스로를 통제하게 해주는 '내면의 부모'가 없으니, 이 부분은 우리가 직접 맡아야 한다. 어른이 되자마자 우리는 강해져야만 했다. 그러나 강함에 대해 잘 모른 채로 무조건 강해지려 했다. 모든 것에서 균형을 이룰 때 진정한 정신적 강건함에 도달할 수 있다. 다시 말해 미래에 대해 정도껏 걱정하되, 현재를 즐기는 열정을 결코 잃어버리지 말아야 한다. 우리는 두 가지를 모두 해낼 수 있다. 미래를 고민하면서 동시에 여기, 지금 이 순간을 누리는 생은 얼마든지 가능하다.

장미의 이름

Der Name der Rose

중세의 셜록 홈즈

움베르토 에코Umberto Eco의 《장미의 이름》은 세계적인 성공을 거둔 작품으로, 1980년 출간 이후 9년 동안 판매된 부수만 800만 부가 넘는다. 뿐만 아니라 1986년에는 숀 코너리Sean Connery가 주연을 맡아 영화로도 제작되었다.

이 소설은 베스트셀러에 오르며 대중의 사랑도 받았지만, 평론가들의 마음 또한 크게 끌었다. 이처럼 대중과 평단에게 골고루 호평받는 작품은 굉장히 드물다. 더불어 이 책은 수많은 문학 연구의 대상이 되었으며, 갑자기 중세 연구 바람을 불러일으켜 중세에 관심 있는 다수의 모임을 만들어내기도 했다. 여기에 더해 《장미의 이름》은 포스트모더니즘Postmodernism의 대중화에 이바지한 완벽한 사례로도 꼽힌다. 비록 작가 에코는 이런 평가에 회의적인 입장을 취했지만 말이다.

포스트모던 문학이라는 개념은 정의가 다소 모호하나, 일반 의미는 단어 자체에 이미 드러나 있다. 즉 최대한 혁신적이며 기존 전통과 인습을 향해 의문을 제기하는, '현대성'과 연계하여 이해하면 된다. 현대성을 지닌 모더니즘Modernism 문학은 새로운 문학 기법으로 실험을 감행하고, 새로운 형식과 서술 방식을 추구했다. 제임스 조이스James Joyce의《율리시스Ulysses》를 읽어보려고 한 번이라도 시도해본 사람들은 몇 쪽을 넘기자마자 혼란에 빠지는 경험을 했을 것이다. 소설 전체가 '의식의 흐름'에 따라 이어지는 내면 독백으로 이루어져, 인물이 무슨 생각을 하는지 독자가 어렴풋이 상상하게끔 만들기 때문이다. 이런 식으로 현대문학은 기존의 거의 모든 것에 물음을 제기하며 자신만의 새로운 길을 찾았다. 문학에서는 거의 모든 예술 표현이 허용되기 때문에, 모더니즘에서 새로운 시도가 있을 때마다 적응하는 시간이 필요했다.

포스트모던 문학은 모더니즘이 직면한 한계의 결과다. 새로움을 지속적으로 추구한 모더니즘은 결국 문학에서 요구하는 독창성을 더는 견지할 수 없음을 깨닫는다. 뭔가 새로운 것을 시도하더라도 곧바로 새롭지 않은 것이 되어, 문학 표현 양식에 있어 선택지가 급격히 축소되었다. 그리하여 혁신에 대한 요구를 한쪽으로 밀어놓고 무시하면서, 대신 문학 전통을 다시 중심으로 옮겨놓고 몰두하기 시작했다. 그러면서 상호텍스트성Intertextuality(다른 텍스트와 연계되어 확장되고 변형되는 것)과 메타픽션Metafiction(작품 내에서 허구의 장치가 의도적으로 그려지는 것)을 사용하되, 독자가 인지할 수 있도록 암호를 남기는 아이러니도 적용했다. 쉽게 말하면 작가가 작품 속에서 이런 암시를 주는 것이다. '나도 내가 전통적인 방식으로 쓰고 있음을 안다. 내가 안다는 걸 확실히 하려고, 이따금 사용한 진부한 클리셰Cliche들을 다시 깨트리고 있다. 그러니 나는 전통적인 방식을 빌렸더라도 여전히 독창적으로 남을 거다.'

다양한 고전 장르를 혼합해 작품으로 완성했다는 점에서 보면 《장미의 이름》은 전형적인 포스트모던 문학이다. 소설에 담긴 하나의 장르는 추리소설로, 《장미의 이름》은 《셜록 홈즈》와 매우 밀접하다. 또 하나의 장르는 역사소설이다. 이 외에도 《장미의 이름》은 고전적인 기법을 사용하는데, 예를 들어 작가는 이 이야기를 직접 창작하지 않았으며 오래 묵은 원고의 필사본을 번역했다고 주장한다. 하지만 서문에 이런 설정을 넣는 기법은 포스트모던 문학이 주로 사용하는 비꼬기, 즉 아이러니다. 이를테면 '당연히 이것은 오래된 수기手記다'라는 부제는, 작가 에코가 독자들에게 전하는 다음과 같은 암시라고 풀이할 수 있다. '당연히 이것은 오래된 클리셰다. 나도 안다. 하지만 내가 무지하거나 게을러서 이렇게 진부한 기법을 사용하는 건 아니다. 이건 일종의 비꼬기다. 이를 통해 내가 지적이고 똑똑하다는 걸 증명하려 한다. 그리고 당신, 독자 여러분도 마찬가지다. 만약 이 유머를 이해

한다면 틀림없이 당신도 명석한 인간일 것이다.'

기본적으로 포스트모던 문학은 박식한 사람들을 위한 인사이더Insider 유머의 집성체이다.

셜록 홈즈 – 치명적인 시학

1327년 11월, 베네딕트회 소속 프란치스코 수도회 대표들은 교황 요한 22세Johannes XXII의 사절단과 만나기로 했다. 이 만남에는 바스커빌Baskerville 출신으로 프란치스코 수도회 수도사인 윌리엄William과 그의 서기 겸 시자인 멜크Melk 출신 아드소Adson도 함께 한다. 쉽게 말해 두 사람은 중세 버전의 셜록 홈즈와 왓슨 박사다. 윌리엄은 날카로운 통찰력을 갖춘 뛰어난 관찰자다. (원칙적으로는 셜록 홈즈와 정확히 일치한다.) 이전에 그는 종교 재판관을 맡았으나 이단을 심문하는 과정과 방식이 마음에 들지 않아 그만두었다. 대부분 재판관들은 진실을 추구하기보다, 두려움이나 불확실함 때문에 범죄를 자백하는 이들을 이단이라 칭하는 데 만족했기 때문이다.

사절단과 대표들의 회담이 이루어지기 직전, 회담이 예정된 수도원의 수도사 한 명이 살해된다. 피해자는 책에 그림을 그려 넣는 필경사로, 유쾌하고 재미있는 그림을 그리는 데 재능이 있었다. 사건을 둘러보던 윌리엄은 해당 수도원의 노수도사, 부르고스Burgos 사람 호르헤Jorge와 사망한 필경사의 그림을 두고 웃음의 신학적 의미에 대해 논쟁을 벌인다. 엄숙함을 중시하는 호르헤는 모든 종류의 유쾌함을 증오하며 웃는 법조차 잊어버린 사람처럼 행동한다. 웃음기 없는 삶에 오래전부터 익숙해져 아예 몸에 배었기 때문인지, 그는 단 한 번도 웃지 않는다.

윌리엄의 명석함을 아는 수도원장은 윌리엄에게 사건 조사를 부탁한다. 그리고 윌리엄은 셜록 홈즈식으로 분석적인 방법을 이용해 사건을 풀어간다. 사실 당시에는 셜록 홈즈식의 분석과 추리가 아직 세간에 알려지기 전이다. 하지만 우리는 여기에서 한 가지를 염두에 두어야 한다. 즉 에코는 역사소설이 아니라 포스트모던의 '상호텍스트' 문학작품을 썼다는 것이다. 그러므로 시대에 맞지 않는 역사 무대는 차치하고 읽으면 된다.

이후 며칠에 걸쳐 사망 사건이 이어지고, 그사이 윌리엄과 아드소는 수사를 진행하면서 수도원의 거의 모든 비밀을 밝혀낸다. 삼각관계에 얽힌 수도사들도 있었고, 어떤 수도사들은 이교도와 연관되어 있었다. 한편 아드소는 농가 출신의 한 소녀에게 빠져, 해서는 안 되는 과실을 범하고 만다.

간단히 말하면 사건 해결을 위한 실마리는 아직 찾지 못한 상태다.

그러던 중 약초 전문가인 한 수도사가 윌리엄에게 단서를 제공한다. 사망한 어느 수도사의 손가락과 혀에 검은 점이 있었다며, 독살 가능성을 암시한 것이다. 여기에 더해 윌리엄과 아드소는 사망한 이 수도사가 생전에 문제의 책 한 권을 훔쳤다는 사실을 알아낸다.

계속해서 살인 사건이 벌어지자 사건을 해결하라는 교황의 명령을 받은 종교 재판관 베르나르 기Bernard Gui가 수도원에 도착한다. 하지만 냉철한 이단 심문으로 유명한 그는 모든 일을 악화시키며, 범행을 저지르지 않은 한 수도사가 거짓으로 자백하게 만들기도 한다.

윌리엄은 일련의 살인 사건이 사라진 그 책과 관련 있다 확신하고, 아드소와 함께 수도원의 도서관을 수차례 들어간다. 홈즈처럼 놀라운 관찰 능력을 지닌 윌리엄은 도서관의 내부 구조상 숨겨진 공간이 있으리라 추정한다.

이후 윌리엄과 아드소는 여러 자료를 바탕으로 추론을 펼치며 밀실로 들어가는 방법을 알아낸다. 마침내 두 사람은 밀실 안에서 살인자와 조우한다. 그곳에는 노수도사 호르헤가 앉아 있다. 그리고 두 사람이 도착했을 때에는 호르헤의 마지막 희생자가 죽음 직전의 상태로 비틀거리고 있었다. 호르헤는 도서관 사서로 오랫동안 이곳을 지킨 인물이다.

정체가 드러난 호르헤는 그 모든 이들이 죽어야만 했던 이유를 밝힌다. 살해당한 수도사들은 지금껏 행방불명되었다 여겨졌던 금서, 아리스토텔레스의 《시학》 제2권에 관심이 있거나 직접 접한 사람들이었다. 희극을 다루는 《시학》 2권은 웃음에 대해 긍정적인 입장을 취하므로 호르헤에게는 너무도 위험한 대상이었다. 그래서 그는 책장마다 독을 발랐다.

(소설을 다시 떠올려보면 호르헤가 유독 불평불만이 많은 사람임을 알 수 있다.) 책장을 더 잘 잡기 위해 손가락에 침을 묻히며 한 장 한 장 넘긴 이들은, 책을 넘길 때마다 소량의 독을 계속해서 섭취하다가 결국 죽음에 이른 것이다. (솔직히 이처럼 엄청나게 귀한 역사적 문헌에 침을 발라가며 읽는 수도사가 세상에 얼마나 될까 의문이기는 하다. 책을 사랑하는 사람들이라면 이 부분에서 반론을 펼칠 만도 하다.)

이 술수가 유일하게 먹히지 않은 사람이 윌리엄이라는 사실을 알자, 호르헤는 독이 묻은 책장을 뜯어 먹다가 나중에는 도서관에 불까지 지른다. 그는 단순한 불평가에서 그치지 않으며, 확실히 근본적으로 문제가 있는 사람이다.

윌리엄과 아드소는 불바다가 된 도서관에서 가까스로 벗어나지만, 결국 범행을 막지는 못했다. 마지막에 윌리엄은 체념한다. 그러면서 그동안 자신이 존재하지도 않는 우주의 질서를 찾으려 했다고 고백한다. '가상의 질서를 좇으며 그것만 고집했다'고, '우주에 질서가 없음을 깨닫지 못했다'고 말이다. 이를 통해 움베르토 에코는 셜록 홈즈의 모티브를 깨트린다. 다시 말해 홈즈의 합리성이 혼돈으로 가득한 현실 세계를 감당할 수 없으며, 모든 문제를 해결할 수도 없음을 선언하는 것이다. 이는 아서 코난 도일이 자신의 이야기에 깔아둔 전제와 정확히 상반된다. 에코는 소설의 끝을 그냥 놔둘 수 없었나 보다. 그래서인지 너무도 '포스트모던스러운' 특징을 재차 드러내며 끝맺는다.

정신의학적 관점으로 살펴본 장미의 이름

소설 《장미의 이름》에는 생생하게 살아 움직이는 흥미로운 인물이 몇몇 있다. 셜록 홈즈에서 모티브를 차용했어도 홈즈나 왓슨과는 전혀 다른 특성을 지닌 인물들을 들여다보는 재미가 있다.

바스커빌의 윌리엄 – 인정 있는 종교 재판관

바스커빌 출신인 윌리엄은 명민하면서도 인간애가 두드러지는 인물이다. 그래서 그는 더는 종교 재판관 자리에 머물 수 없었다. 오직 진실을 밝히고 싶었던 그는 이단을 심문한다는 명목으로 사람들을 괴롭히고 싶지 않았다. 그는 늘 진실을 추구한다. 진실을 통해 세상이 더 나아지리라 믿기 때문이다. 종교 재판관이라는 관습적인 수단으로 자신이 추구하는 바에 도달할 수 없음을 깨닫자, 그는 직책을 포기하고 다른 업무에 발을 들인다. 그는 믿음직하며 도덕적으로 고결한 성품이다. 금욕 생활에 불평하거나 반항하지 않으며, 자신의 시자인 수련 수도사가 금욕을 깨고 선을 넘더라도 비난하지 않는다. 이 젊은 수련 수도사는 자신을 유혹하는 '장미'의 이름을 끝까지 모른 채 그녀에게 넘어간다. 물론 수련 수도사가 저지른 성적인 죄는 경건함과는 거리가 있다. 그럼에도 한편으론 오히려 인간적으로 보인다.

이런 이유로 바스커빌의 윌리엄은 일종의 '인도주의적 너

드'라 할 수 있다. 수도원 생활에서 모든 열정과 욕구를 마음
껏 발휘할 수 있는 그에게 여성은 그저 방해가 될 뿐이다. 또
한 그는 성적인 것을 갈망하지도 않는다. 그는 분열적 성향
을 다수 보이는데, 한편으로 그는 공동체 일원에 속하려 하
면서도 다시 홀로 떨어져 나와 단독으로 있기를 원한다. 여
기에서 우리는 전형적인 내적갈등인 '자율성-의존성 갈등'
을 확인할 수 있다. 윌리엄은 이 갈등을 비교적 능숙하게 풀
어내는데, 즉 한 교단의 일원이 되고 한 수도회에 속하면서
동시에 다른 수도원을 방문하여 범행을 밝히는 여정을 통
해 자유를 확보하는 것이다. 평범한 가족 구성 안에 살았다
면 아마 그는 결코 행복하지 않았을 것이다. 그러므로 그는
자신의 약점을 강점으로 만든 셈이다. 한편으론 주변 환경에
융화되려 하나 다른 한편으론 혼자 독립적으로 지내려는 욕
구가 충돌하는, 그의 분열적 성격 특징은 수도원 생활에 완
벽하게 맞아떨어진다.

멜크의 아드소 – 왓슨과는 전혀 다른 앳된 동반자

어린 아드소는 수련 수도사로서 윌리엄과 동행한다. 그가 대
체 왜 수도원에 들어오게 되었는지 궁금해하는 사람들도 많
을 것이다. 아마도 그는 본인의 선택으로 수도사가 되었다기
보다 집안 사정으로 그 길을 택했을 가능성이 높다. 앞서 중
세 시대에서 다루었듯이, 모든 아들에게 기사 교육을 시킬
만큼 경제적으로 여유롭지 않은 가정은 아들을 수도원으로

보내는 경우가 많았다.

기본적으로 아드소는 다정하고 친절한 젊은 청년으로, 호기심 가득한 자세로 스승을 따르지만 젊음으로 인한 어리석은 행동을 피해가지는 못한다. 금욕 생활을 지켜야 하는데도 그는 선을 넘어 성적 경험을 하고는 스스로 사랑에 빠졌다고 믿는다. 열애와 성적 욕망 그리고 사랑을 구별하는 법을 아직 배우지 못했기 때문이다. 마지막에 가서 그는 '이름 모를 장미'라 여기는 그 소녀를 결국 놓아버리며, 좋은 경험이었다는 기록만 남기고 끝을 낸다. 그러므로 명석하고 날카로운 왓슨 박사에게 아드소를 끼워 맞추는 건 다소 무리다. 아드소는 그저 수도사가 되고자 스승 곁을 따르는 상냥한 젊은이에 불과하다. 그가 겪는 모든 위기는 지극히 평범한 사춘기 발달 과정으로 풀이된다. 훗날 그는 과거 경험을 일대기로 기록하는데, 왓슨 박사와 아드소의 유일한 공통점이라 하겠다. 이야기의 화자가 되어 글을 집필한 걸 보면 아마도 그는 수도사로서 확실하게 자리 잡은 듯하다. 더불어 그는 심리 상담이나 치료가 전혀 필요해 보이지 않는다.

부르고스의 호르헤 – 자기 파괴도 서슴지 않는 극단주의자

부르고스 출신 호르헤는 소설의 안타고니스트Antagonist, 즉 주인공과 대립되는 적대자로 종교적 광신자에 해당하는 모든 기준을 충족한다. 그는 유머가 없으며 웃음을 죄악이라 여긴다. 그리하여 자신의 세계관을 관철하기 위해 살인 앞에서도 결코 물러서지 않는다. 시종일관 모순 없는 태도를 보이다 못해, 끝에 가서 독이 발린 책장을 뜯어 먹으며 자기 자신을 파괴하기에 이른다. 이로 인해 그는 자신이 죄악시하는 작품을 파기하며 동시에 속세의 정당화에서 벗어난다. 전통적인 광신도처럼 죽음 이후 내세에서 처벌받기를 기대하는 대신, 그는 신성을 모독하는 책과 함께 파멸되는 행위가 천국에서 인정받으리라 확신했을지 모른다. 누군가 신을 조롱하는 걸 원치 않았기에, 오직 신성을 지키기 위해 모든 걸 바친다.

호르헤의 일생에 대해 우리는 잘 알지 못한다. 어떤 어려움을 겪었으며, 어떤 과정을 거쳐 사람을 죽일 만큼 광적인 종교인이 되었는지 자세히 알 수 없다. 다른 건 몰라도 그에게 아주 심각한 특이점이 있음은 이미 안다. 따라서 그가 왜 그렇게 웃음을 혐오하는지 정도는 추론해볼 수 있다. 증오와 혐오에는 종종 고유의 욕구가 투영되는 경우가 있다. 여기에서 그가 왜 그리도 격렬하고 냉혹한 광신자가 되었는지, 서로 대립하는 두 원인을 추정할 수 있다.

첫 번째로 그가 어린 시절에 조롱의 희생자가 되었을 가능성을 추측할 수 있다. 즉 남들이 자신을 조롱거리로 삼을 때 웃음을 짓는다고 생각하여, 웃음을 증오하고 자신조차 웃음을 그쳤을지 모른다. 그리하여 웃음에 맞서는 자신을 높이 끌어올려, 자신이 신의 신성함을 지킨다고 믿게 된 것이다. 웃음을 드러내면 신을 비웃는 것이며, 그러면 더는 신성하지 않을까 두렵기 때문에 웃음을 철저하게 거부하는 것이다. 이 과정에서 호르헤는 스스로 심판관이자 사형 집행관이되어, 자기 자신을 높은 위치에 올려놓는다. 신의 신성함을 지킨다는 명목으로 저변에 깔린 복수의 환상에 굴복한다. 오늘날에도 광신도들이 고유의 신앙을 지킨다며 자주 삼는 구실이다. 저열한 충동에서 비롯된 행위를 신성함과 결부시켜 정당화하는 것이다. 아마 이들은 죽은 이후 놀라게 될 것이다. 신성을 지키고자 했던 행위로 아무런 보답도 받지 못하게 될 테니까. 본인들의 행위가 오히려 이단적임을 알지 못한다. 스스로 신의 집행관이라 칭하면서도 신이 정말 무엇을 원하는지는 모른다. 나약한 수준으로 형성된 자존감을 높이려는 저열한 목표를 위해 종교를 오용한다.

두 번째로, 호르헤가 극단주의자이자 살인자가 된 원인을 정반대 측면에서도 추정해볼 수 있다. 어쩌면 어린 시절 호르헤는 내면의 잔인한 술수를 유머로 몰아내는, 밝고 유쾌한 젊은이였을지 모른다. 아마 가혹한 학대를 견디기 위해 잘 웃으며 농담도 자주 했을 것이다. 그러다가 언젠가 '공격자와의 동일시'라 불리는 방어기제가 작동한 것이다. 즉 계속되는 공격을 모면하기 위해 스스로 공격자가 되어, 성격의 일부가 될 때까지 동일화가 지속되다가 나중에는 공격적인 모습 외에 아무것도 남지 않게 된 것이다. 마지막에 그가 스스로를 파괴하는 장면에서 이 추측이 크게 틀리지 않았음을 알 수 있다. 죽음을 통해 그는 유년기와 청소년 시절에 받앉을, 오래된 상처가 파헤쳐지고 이를 재판해야 하는 부담에서 벗어났을지 모른다. 문자 그대로 독이 묻은 책장을 입 안에 쑤셔 넣음으로써 그는 오랫동안 묵과되었던, 불편한 자아의 일부로부터 달아나게 되었을 것이다.

부르고스의 호르헤는 살인 앞에서도 물러서지 않는 종교적 광신자이긴 하지만, 내밀한 깊은 곳엔 가여운 인간 하나가 들어앉아 있으며 연민을 받아 마땅한 면이 있다.

부르고스의 호르헤가 정신과 치료를 받았다면 어땠을까?

법의학 정신과 의사들도 자주 제기하는 무척 흥미로운 질문이다. 만약 호르헤가 현시대를 살았다면 어땠을까? 심각한 인격장애를 지닌 범죄자이니, 치료를 위해 법의학 정신과로 보내졌을까? 마땅한 치료 방법은 있었을까? 광적인 종교적 극단주의자를 과연 사랑스러운 인간으로 만들 수 있었을까?

마지막 질문에 대한 답은 '아니다'라고 해야겠다. 실제로 많은 판사들이 일말의 선의로, 범죄자들을 법의학 정신과 의사들에게 보내 치료를 맡기려 한다. 심각한 인격장애를 가진 사람들의 원인을 밝히면 치료가 가능하다고 믿기 때문이다. 하지만 다소 가혹하게 들리겠으나 이미 사람을 죽인 중범죄자들 대다수는 치료가 어렵다. 이들은 견디기 힘든 자신의 열등감에 대항해 완벽한 방어기제를 갖추었다. 이런 경우 타인의 삶과 죽음을 마음대로 휘두르는 일에 모든 힘을 끌어모을 수 있다. 여기에 종교적 광신까지 더해지면, 어떤 이유에서 그런 행위를 했는지 정신의학적으로 접근하는 자체가 거의 불가능하다. 극단적인 태도는 엄청난 힘과 자기 방어를 부여한다.

치료를 받으려면 두 가지를 포기해야 한다. 당사자 입장에선 얻는 게 별로 없다. 과연 자신에게 이득인지 의심스러울 수 있다. 치료에 응하려면 내면에 있는 불쌍한 인간, 진정한 나 자신과 마주해야 한다. 이때 이들은 치료를 맡은 정신과 전문의와 충돌 선상에 오르며, 치료 시간 내내 우위를 점하려 할 것이다. 그리고 모든 게 아무런 유익이 없으면 고집스레 신앙심을 불러내, 마음속으로 또는 진짜 말로 해당 전문의에게 저주를 퍼부으며 위협할 것이다. 이들은 자신의 신성불가침을 견지하기 위해 무슨 일이든 할 것이다.

실제로 마음의 문을 여는 소수 사례가 있으나, 여기에 해당하는 범죄자들은 자살 위험이 굉장히 높다. 그동안 회피했던 모든 감정이 뒤섞여 교차하기 때문이다. 호르헤의 마지막 파국에서 바로 이런 일이 벌어진다. 그가 왜 자기 파멸이라는 '치유법'을 택했는지 우리는 알 수 있다. 더는 자신의 불행과 씨름하지 않아도 되기에, 자멸처럼 유익한 길도 없었을 것이다.

제5장

세계 문학사의 다섯 번째 무대

21세기

서로 죽고 죽이는 전쟁으로 결국 얻은 것이 별로 없다는 사실을 차츰 깨닫기 시작한 뒤, 우리 인류는 이전까지만 해도 신경 쓰지 않았던 새로운 문제들에 직면했다. 환경오염과 인구 과잉은 그중 일부에 불과하다. 이에 기성세대는 '그때 우리는 어쩔 수 없었고 다들 그렇게 살았다'는 말로 현실에 안주하고, 한편 젊은 세대는 그럼에도 변화를 이끌어내려고 분주히 발을 구른다. 인류는 이런 식으로 성장해왔다. 변화를 몹시도 두려워하는 어른들이 수수방관하며 현상을 유지하는 동안, 젊은 사람들이 개혁에 착수하고 세상을 구하면서 새로운 역사를 썼다.

더욱이 21세기는 소수의 권리를 위해 그 어느 때보다 전력을 다한 시기다. 차별금지법이 생기고 동성결혼이 허용되며, 각 개인이 취향대로 행복을 추구하는 사회가 이상적 표상으로 자리 잡았다. 관용은 21세기를 대표하는 마법의 단어로, 이미 20세기 말부터 우리 사회에 깊이 새겨졌다. 관용을 향한 노력은 문학에서도 이루어지고 있다. 물론 전통적인 선악 대립이 여전히 남아 있기는 하지만, 이른바 '현대적인 악'에 초점이 맞춰지면서 진정한 악이란 없으며 모두 상황과 입장의 문제라는 사실을 인식하게 되었다.

해리 포터

Harry Potter

세계를 정복한 소년

《해리 포터》는 단순히 성공적인 시리즈물에서 그치지 않으며, 책과 영화를 통해 전 세대에 깊은 인상을 남긴 작품이다. '해리'는 책을 비롯해 영화 또는 연극 작품으로 20년 넘게 늘 대중들과 함께했다. 그러는 사이 해리 포터는 오늘날 대중문화에서 더는 빼놓을 수 없는 존재로 자리했다.

소설 《해리 포터》 시리즈는 1997년부터 2007년까지 10년 동안 일곱 편이 출판되었다. 원작 시리즈에 바탕을 둔 마지막 영화는 2011년 극장에서 상영되었다. 하지만 2018년에도 원작에서 파생된 영화 〈신비한 동물들과 그린델왈드의 범죄Fantastic Beasts: The Crimes of Grindelwald〉를 볼 수 있었다. 이 영화는 《해리 포터》에서 언급된 마법 학교 교과서에 기반을 둔, 일종의 프리퀄Prequel, 즉 속편이다. 여기까지만 이야기해도 해리가 영화 프랜차이즈Franchise로만 얼마나 많은 돈을 벌어들였는지 짐작할 수 있겠다.

아마 누구나 한 번쯤은 해리 포터에 대해 들어보았을 것이다. 더욱이 30세 이하라면 다들 영화를 적어도 한 편 이상은 보았을 것이다. 책이나 영화를 접하지 않았더라도, '호그와트Hogwarts 기숙사 배정 받기' 심리 테스트를 해본 경험은 있을 것이다. 그사이 인터넷에선 별자리보다 이 테스트를 더 중시하는 이들이 많아졌다.

《해리 포터》는 상당수 젊은이들 인생에 막대한 비중을 차지했다. 그래서 시리즈가 종결된 다음, 팬들을 위해 긴급 상담 전화인 핫라인Hotline이 개설되기도 했다. 이야기가 끝났다는 걸 받아들일 수 없는 팬들은 이 핫라인을 통해 위로받아야 했다.

왜 하필이면 《해리 포터》가 하나의 현상이 되었는지는 누구도 정확히 말할 수 없다. 기숙학교에서 마법을 배우는 사람들을 다루는 이야기는 예전에도 많았다. '해리 포터 현상'을 분석한 수많은 이론에도, 여전히 풀리지 않는 의문이 남는다.

하지만 우리가 가야 할 길은 따로 있다. 인물의 심리 말이다. 세세한 재미와 의미로 가득한 매력적인 세계를 구축하여 사람들을 푹 빠지게 한 《해리 포터》는 그 밖에도 흥미롭고 현실적인 인물들을 등장시키며, 생각보다 아동 문제와 깊이 관련된 주제들을 건드리며 많은 생각을 하게 만든다.

마법과 함께한 7년 동안의 학교생활

열한 번째 생일 때까지 해리 포터의 삶은 전혀 말랑말랑하지 않았다. 이모와 이모부 슬하에서 성장한 해리는 어린아이인데도 흡사 하위 계층처럼 다뤄졌다. 계단 밑 좁은 벽장에서 살아야 했으며, 사랑을 거의 받지 못했고 사촌 더들리 Dudley Dursley에게 괴롭힘을 당하기도 했다.

그러나 열한 살이 되는 날, 그는 마법 학교인 호그와트에서 입학 통지서를 받는다. 그러면서 그가 마법사 세계에서 이미 유명하다는 사실이 밝혀진다. 해리가 한 살짜리 아기였을 때 악당 볼드모트Voldemort가 그의 부모를 죽이고 아기인 그도 없애려 실패했기 때문에, 마법 세계에서 해리는 '살아남은 아이'로 널리 알려져 있다. 어머니의 사랑이 해리를 보호했고, 이마에는 번개 모양 흉터만 남았다. (볼드모트가 마법의 힘을 빌려 아기를 죽이려 애썼다는 건 해리에게 행운이다. 간단하게 방석으로 아기 해리를 질식시키려 했다면 어머니의 사랑이 가닿을 기회가 거의 없었을 테니 말이다.)

그래서 해리를 처음 만나는 이들마다, 심지어 해리와 동갑이면서 내내 오만하게 구는 드레이코 말포이Draco Malfoy까지 하나같이 흥분을 감추지 못한다. 말포이는 오랜 전통을 지닌 명문 마법사 가문에 속하며, 말포이 집안사람들은 이 세상에 이른바 머글Muggle 출신 마법사들을 위한 자리는 없다고 생각하는 순수 혈통 우월주의자다. 다시 말해 자식은 마법 능력이 있는데 부모는 없는, 혼혈 마법사는 인정하지 않는다. 시리즈 후반으로 가면 말포이 집안이 일찍이 '죽음을 먹는 자들'에 속했다는 사실이 밝혀지기도 한다. 죽음을 먹는 자들은 볼드모트의 추종자들로, 쉽게 말하면 마법사 버전의 '쿠 클럭스 클랜', 즉 KKK단이라 할 수 있다. 가장 큰 차이라면 하얀 법복 대신 검정 법복을 입는다는 것이다.

세베루스 스네이프Severus Snape 교수 또한 한때 죽음을 먹는 자들의 일원이었다가 이후에 전향한 이력이 있다. 보다 구체적인 이야기는 나중에 더 나누기로 하자.

기숙학교 생활에서 해리는 몇몇 진정한 친구도 만난다. 제일 소중한 친구로 론Ron Weasley과 헤르미온느Hermione Granger를 꼽을 수 있다. 론은 가난하고 자녀가 많은 가정에서 나고 자랐으며, 그의 부모는 해리에게 거의 양부모 같은 역할을 한다. 무척이나 총명한 헤르미온느는 치과 의사인 부모 밑에서 성장했으며, 호그와트에서 편지를 받기 전까지는 마법에 대해 전혀 알지 못했다. 맨 처음 두 사람은 해리와 친구가 된다는 게 무슨 의미인지 몰랐다. 해리와 함께 매 학년마다 세상을 구하게 되리라곤 상상조차 하지 못했다.

스네이프 교수가 해리와 친구들을 유난히 못살게 구는 반면, 마법 학교 교장인 알버스 덤블도어Albus Dumbledore는 세 사람에게 든든한 지원자가 된다. 학교의 명성과 안전을 확실하게 지키는 선에서 수수께끼 같은 암시를 건네는 것도 '지원'에 포함된다면 말이다. (이 학교에는 화장실을 통해 들어가는 비밀의 방이 있는데, 방과 후 수업이 필요할 정도로 뒤처지는 학생들은 몰래 이곳으로 보내졌다. 바실리스크Basilisk 같은 치명적인 괴생명체들이 가득한 어둡고 음침한 숲속에다 재능이 떨어지는 아이들을 방치한 것이다. 이 학교 교수진 절반은 정신 불안정 상태를 넘어서며 교육과정 일부는 극도로 혹독하다. 아무튼 나중에 해리는 비밀의 방에 들어가 바실리스크를 제거하고 폐교 위기에 놓인 학교를 간신히 구한다.) 물론 덤블도어는 해리에게 도움과 지원을 아끼지 않지만, 한편으론 해리가 줄곧 목숨이 위태로운 상황에 빠지도록 고무하기도 한다.

이러한 기본 배경 위에서 다음과 같은 일들이 수년에 걸쳐 계속해서 일어난다. 호그와트 마법 학교에는 어둠의 마법에 대항하는 방어술을 가르치는 새로운 교수가 하나씩 등장한다. 이전 교수에게 매년 뭔가 끔찍한 일이 벌어지기 때문이다. 새로 들어오는 교수는 늘 의심스러우며, 실제로 볼드모트 군단을 다시 학교로 데려오려고 온 힘을 기울이는 경우도 있다. 어떤 교수는 정말 선하고 친절하지만 늑대인간이고, 어떤 이는 그저 무능하며 또 어떤 선생은 볼드모트가 학교로 돌아올 수도 있다는 소문을 잠재우려 마법 정부에서 보낸 인물이다. 그리고 새로 부임한 교수는 해리의 새로운 모험에 매번 중요한 역할을 담당한다.

매해 새로이 경험하는 기상천외한 모험 속에서 해리는 볼드모트가 부활하여 돌아올 거라는 징조를 발견한다. 그러나 사람들은 주장을 터무니없다 여기며 귀 기울이지 않는다. 그리하여 학년이 끝날 무렵 해리의 인기와 평판은 바닥으로 치닫는다. 그럼에도 해리는 정말로 다시 부활하려는 볼드모트의 시도를 좌절시키며, 그의 호크룩스Horcrux 하나를 파괴하기도 한다. 호크룩스는 볼드모트가 불사를 위해 자신의 영혼을 여러 조각으로 쪼개어 담아둔 물건으로, 모든 호크룩스가 파괴되면 본래 주인도 죽는다. 이후 이야기는 이 틀 안에서 다양한 변주를 통해 진행된다. 즉 부활하려는 악의 세력과 이를 막으려는 주인공의 파란만장한 모험이다. 그리고 4편에서 볼드모트는 실제로 다시 살아 돌아오는 데 성공한다. 7편에서 해리와 론 그리고 헤르미온느는 학교에서 거의 시간을 보내지 않으며, 앞으로의 계획도 없이 대부분 일상을 숲속 텐트에서 보낸다.

시리즈 후반으로 가면 이야기 전반이 볼드모트의 호크룩스로 집중된다. 죽음에 대비해 볼드모트는 영혼을 일곱 개의 호크룩스에 담아두었는데, 이들 호크룩스는 그의 부활을 가능케 하는 수단이므로 그를 최종적으로 물리치려면 호크룩스를 하나하나 파괴해야 한다. 해리와 친구들은 이 엄청난 과제에서 큰 몫을 담당한다. 어른들은 너무도 바쁜 데다 볼드모트가 정말 살아 돌아올지 모른다는 아이들 말을 믿지 않기 때문이다. (적어도 덤블도어는 예외다. 하지만 그는 그다지 도움이 되지 않고, 도움이 될 만해지자 결국 죽고 만다.)

어른들의 불신은 5편에서 절정에 달한다. 진실이 드러날까 두려운 마법부 차관은 볼드모트가 부활할지 모른다는 소문을 저지하고자 적극 조치를 취한다. 그 일환으로 역대 가장 무섭고 지독한 교수를 호그와트로 보낸다. 바로 돌로레스 엄브릿지Dolores Umbridge다. 위아래를 분홍으로 차려입은 이 무시무시한 교수는 해리 포터 팬들 사이에선 공공연히 볼드모트보다 더 싫은 인물로 꼽힌다. 더불어 그녀는 민중 내 비판 세력에 맞서 싸우는, 일종의 독재자 역할로 활용된다. 그녀가 비록 아이들에게 거의 도움이 되지 않는 최악의 어른을 대표하는 모습으로 그려지기는 하지만, 해리와 론 그리고 헤르미온느는 크게 좌절하지 않고 외로운 투사처럼 끝까지 맞서며 버틴다. 이들은 어른들에게 기대지 않고 때로는 다른 친구들에게서 도움을 받는다.

마침내 볼드모트는 호그와트를 점령하고, 해리와 친구들이 벌이는 치열하고 장대한 전투는 당연히 아이들 승리로 끝을 맺는다.

훗날 해리는 학교를 졸업한 다음, 마법부의 경찰에 해당되는 오러Auror 사무국에서 일하며 가정도 이룬다. 이 결말은 많은 이들에게 다소 날카로운 비판을 받기도 했다. 마지막 문장은 결국 '모두가 행복하게 살았답니다'라는 뜻이기 때문이다. '판타지' 소설의 대다수 독자는 이런 '비현실적'인 내용을 원하지 않는다.

정신의학적 관점으로 살펴본 해리 포터

《해리 포터》는 마법 판타지 세계가 현실적으로 느껴질 정도로 인물들을 그럴듯하게 구현한 훌륭한 사례다. 인물들이 모두 생생하기 때문에 인물뿐 아니라 그들이 머무는 세계 또한 실존하는 양 믿게 만든다. 주요 인물은 각자 고유한 문제를 두루 지니며, 적어도 등장인물 절반은 정신과 치료를 받아야만 하는 상황으로 보인다. 외상 후 스트레스 장애PTSD를 비롯해 만성 우울증 그리고 사이코패시에 이르기까지 심각한 정신병적 장애가 나타나기 때문이다. 원칙적으로는 각 인물을 하나하나 분석하여 정리해야 하지만, 이 조그마한 책한 권에 모두 담기엔 분량의 한계가 있으므로 각 권의 중심인물에 국한하여 들여다볼까 한다.

해리 포터 – 사랑받지 못한 사랑스런 아이

해리 포터는 초기 발달 과정에서 아주 특별한 '회복 탄력성 Resilience'을 갖추었다는 점에서 굉장히 흥미로운 인물이다. 1편에서 해리는 한 살배기 아기일 때 이모와 이모부, 즉 더즐리Dursley 부부에게 맡겨지는데, 그때 해리는 이미 육체적으로나 정신적으로 상당히 발달된 상태였을 것이다. 이야기의 뒤로 가면 부모님과 함께 살던 시절, 꼬마 해리가 장난감 빗자루를 타고 날아다녔음을 알 수 있다. (장난감 빗자루는 마법세계 판 '붕붕카'라 생각하면 된다.) 다시 말하면 해리가 전형적인 유아 발달 과정을 훨씬 앞질렀다고 이해할 수밖에 없다. 일반적으로 갓난아이는 붕붕카도 어린이용 마법 빗자루도 자유자재로 다룰 수 없으니 말이다. 이를 바탕으로 해리가 일찍이 어린 시절에 부모에게서 극진한 사랑과 보살핌을 받았으리라 추측할 수 있고, 덕분에 변함없이 견고한 성품을 유지하며 훗날 위탁 가정의 멸시와 홀대에도 아무런 인격장애 없이 성장했음을 알 수 있다. 해리의 무의식에는 단 하나의 트라우마가 자리한다. 볼드모트에게 해리의 목숨을 살려달라고 애원하던 어머니의 절규와 간청, 그리고 그를 보호하면서 목숨을 잃은 어머니에 대한 기억이 무의식에 깊이 남은 것이다. 하지만 해리는 이 약점을 결국 강점으로 바꾸는 데 성공한다. 그는 자신이 두려움을 두려워한다는 걸 파악하고는 두려움이라는 감정을 통제하는 방법을 배운다. 이 과정에서 해리 부모의 오랜 친구이자, 해리에게도 아버지 같은 친구 역할을 하는 리무스 루핀Remus Lupin 교수가 마치 심리치료사처럼 상당한 도움을 준다.

여기에 더해 해리는 관계와 애착 형성에 능한 모습을 보인다. 더즐리 집안에서 그다지 안정적이지 않은 아동기를 보냈기에 대인 관계 장애나 애착 장애가 생겨났을 만도 한데, 그런 문제가 전연 나타나지 않는다는 건 실로 주목할 만하다. 또한 그 모든 굴욕을 견디고도 해리의 내면이 복수심 같은 감정에 사로잡히지 않았다는 점도 매우 인상적이다. 오히려 그는 원한이나 복수심이 엄습하려 할 때면 확실한 자아

성찰을 바탕으로 휘둘리지 않으려 애쓴다. 해리가 불행을 모면한 것도 어머니의 성숙한 영혼이 일부 전해져서일지 모른다. 사실 해리는 볼드모트 영혼의 일부가 담긴, 마지막 호크룩스이기도 하다. 해리의 부모를 죽이던 날, 볼드모트가 자신도 모르는 사이에 해리를 호크룩스로 만든 것이다. 그럼에도 다행히 해리는 볼드모트 특유의 악한 면을 하나도 받지 않으며, 도리어 유용한 능력 몇 가지를 얻는다. 그가 뱀의 언어를 구사하는 것도 이 때문이다.

정신의학적인 관점으로 해리의 발달 과정을 들여다보면 '살아남은 아이'라는 명칭만큼 적절히 들어맞는 표현도 없는 듯하다. 조금 더 정확하게 말하자면 '정신적으로' 살아남은 아이다. 그는 하나의 온전한 인간으로 존재하며, 치명적인 수준의 정신적 외상에 시달리지도 않는다. 또한 옳고 그름 앞에서 절대 흔들리지 않는 강인한 성격을 지닌다. 그리하여 해리는 친구들 사이에서 늘 도덕적 나침반 역할을 한다. 부도덕한 일은 결단코 저지르지 않기 때문에, 친구들은 해리가 향하는 방향을 기꺼이 따른다. 그에게 부도덕한 일은 생각조차 불가능하다. 해리는 사촌 더들리를 향해 시기심 한번 느끼지 않는다. 주어진 상황을 의연히 받아들인다. 어쩌면 그는 더들리가 근본적으로 자신보다 훨씬 더 가엾다고 생각했을지 모른다. 아무런 제약 없이 오냐오냐하며 자란 더들리는 꿈도 목표도 없으며, 그로 인해 스스로의 좌절감에 통째로 삼켜져버렸기 때문이다. 해리의 어린 시절은 불우하지만 그럼에도 그에게는 여전히 꿈과 목표가 있다. 즉, 지금보다 더 나아질 일밖에 없다. 반면 더들리에게는 꿈도 희망도 목표도 없다. 이는 그를 공격적이고 심술궂게 만든다. 해리 포터를 통해 우리는 엄격한 제약 없이 자녀가 원하는 바를 즉각 채워주는, 반권위적인 교육 방식 또한 행복한 인간을 만들어내지 못한다는 사실을 또다시 분명히 확인할 수 있다. 행복하려면 일의 가치를 알아야 하며, 일을 통해 끝내 목표에 도달했을 때 스스로의 성취에 자랑스러움을 느낄 수 있다. 해리는 적어도 이런 걸 꿈꿀 수 있었다. 하지만 더들리는 전혀 그러지 못했다. 그에게 인생은 그저 더욱 나빠질 뿐, 더 나아질 기미가 없는 것이었다.

헤르미온느 그레인저 - 야심가

헤르미온느는 태어날 때부터 열심과 야심을 타고난 인물이다. 부모가 모두 치과 의사이기 때문에 이는 불가피하다. 일반적으로 의대와 치대 과정은 특별한 노력과 철저한 체계를 전제로 한다. 다시 말해 이 과정을 성공적으로 마치려면 마지막에 고난도 시험을 통과해야 하며, 그러려면 수많은 것들을 달달 외워가며 공부해야 한다. 두 치과 의사가 결합하여 자녀를 낳으면 두 가능성이 있다. 양 부모의 유전자를 완벽하게 복제한 아이가 나와 교과서에 나오듯 모범적인 학생이 되거나, 아니면 부모에게 반기를 들며 철학 같은 쓸모없는 걸 전공하면서 30학기 넘게 대학을 다니는 아이가 나올 수도

있다. 신비스런 명상 용품을 파는 잡화점을 부업으로 하면서
말이다.

그러나 헤르미온느는 이를 넘어서는 상황에 직면한다. 즉
부모님처럼 그저 치과 의사의 길을 가거나 또는 비슷한 수
준으로 평가되는 다른 전공을 공부하는 대신, '진짜 마녀'가
될 기회가 주어진 것이다. 향초나 부처상을 파는 가게에서
일하는 마녀는 치과 의사의 자녀라면 누구나 꿈꾸는 일이
아닐 수 없다. 학교에 들어간 그녀는 너무도 당연하게 타고
난 학구열을 불태우며, 학기 초반에 모든 책을 섭렵하고 죄
다 끝까지 읽어버린다. 책에 담긴 모든 내용을 파악하여, 때
론 교수들을 능가하기도 한다. 하지만 이는 헤르미온느가 일
부러 과시하려고 나서는 게 아니라 그런 능력을 물려받았기
때문에 어쩔 수가 없다. 그녀는 마치 스펀지처럼 지식을 흡
수하며, 유대 관계 형성에도 뛰어난 재능을 보인다. 물론 처
음에는 약간의 마찰을 빚으면서 사회적 관계를 맺는 일에 어
려움을 겪기도 한다.

천부적인 재능을 타고난 많은 사람들이 그렇듯이, 그녀
도 처음 한동안은 타인이 자신만큼 빠르게 사고할 수 없음
을 이해하지 못하는 모습을 보인다. 여기에 더해 그녀는 규
칙에 매우 순응적이다. 규칙이 존재하는 이유는 지켜지기 위
함이며, 규칙이 있어야 삶을 통제할 수 있다고 생각한다. 하
지만 1편에서 헤르미온느는 규칙이 있다고 해서 반드시 준수
할 필요는 없다는 걸 배운다. 아주 중대한 이유가 있다면 규

칙을 깨도 되며, 돌에 새겨지듯 절대적인 것은 어디에도 없음을 알게 된다. 이 교훈을 배운 다음 그녀는 훌륭한 인간이 갖추어야 하는 기본적인 모든 것을 숙지한다. 그러면서 그녀는 공동의 위대한 문제들을 함께 다루며, 규칙을 깨트리더라도 무조건 의지할 친구들을 발견한다. 이에 더해 헤르미온느는 다른 이들 역시 자신에게 기댈 수 있음을 배운다. 마침내 그녀는 익숙한 친구 무리 안에서, 자신과 '상반된 상대에게 끌리는' 사랑을 하게 된다. 여러 면에서 정반대지만, 대가족 안에서 성장하며 감성 지능이 유독 발달하여 그녀의 부족한 부분을 채우는 한 친구에게 빠져든 것이다. 그 주인공인 론 위즐리에 대한 이야기는 다음 단락에서 이어진다.

론 위즐리 – 다자녀 가정에서 자란 아이

론은 '삼두마차' 친구들 중에서 유일하게 특별한 점이 없는 인물이다. 이웃집 소년 같은 전형적이고 평범한 소년이다. 아이들이 많아 물질적으로 풍요롭지는 않으나, 대신 사랑과 온기가 넘치는 가족이 우리 이웃집에 산다면 말이다. 많은 형제자매들 틈에서 종종 욕구가 충분히 채워지지 않지만, 그럼에도 론은 자신이 사랑받고 있음을 알며 언제나 가족을 믿고 의지한다. 다자녀 가정 안에서 성장한 그는 사람들과 다투어도 되지만 미워해서는 안 되며, 다만 다시 화해하면 된다는 걸 학습했다. 하지만 동시에 그 안에서 질투심이 무엇인지도 배웠다. 그리고 이 질투심이라는 동기가 삶을 관통한다. 헤르미온느와 해리는 질투를 모른다. 따라서 이들은 론의 몇몇 행동 양식을 이해하지 못한다. 인생에서 론이 맞서 싸워야 하는 단 한 가지는 바로 질투심이다. 그리고 결국 이를 극복한다. 일찍이 어린 시절에 주변환경을 통해 충분한 신뢰가 형성되었기에 가능한 일이다.

론은 굉장히 현실적인 인물이다. 그리하여 론은 해리와 헤르미온느라는 두 '너드' 또한 현실에 발을 디딘 인물들처럼 보이게 하는 효과를 내며, 덕분에 둘의 능력을 높이 평가하게 만든다. 론은 이들에게 평범한 가정의 세계를 비추는 창문과 같은 역할을 한다. 즉 헤르미온느와 해리는 각자의 가정에서 겪을 수 없는 '보통'의 가족 상황을 론을 통해 알게 된다. 또한 타인에게 사랑받기 위해선 특별할 필요가 없으며, 오직 진실한 감정만이 중요하다는 걸 보여준다. 우정과 신의 또한 마찬가지다. 그러므로 론은 그가 살던 시대를 기준으로 지극히 평범한 소년이라 하겠다.

드레이코 말포이 – 가족의 마음에 들고 싶은 소년

드레이코 말포이는 유난히 불쌍한 인물이다. 어떤 면에서 보면 더들리의 '영혼의 동반자'라 해도 무방하다. 하지만 다른 점이 있다. 더들리가 원하는 모든 것을 얻은 반면, 드레이코는 가족이 짜놓은 계획에 따라 제 기능을 할 때에만 사랑받는다.

드레이코 말포이는 죽음을 먹는 자들의 가문 출신으로,

소위 순수 혈통인 말포이네 집안은 보다 나은 위치를 고수하기 위해 일찍이 볼드모트와도 밀접한 관계를 맺었다. 볼드모트는 혼혈이기 때문에 말포이 집안이 대개 낮추어 보는 부류에 속한다. 그러나 그는 막강한 영향력을 지니고 있기에 혈통은 더는 아무 역할도 하지 못한다. 드레이코 말포이는 어려서부터 마법사 가문에도 우열이 있음을 배운다. 말하자면 순혈 집안이더라도 머글로 인해 어질러진 경우에는 '열등한' 집안에 속한다. 가령 위즐리네 집안처럼 말이다.

가문에서 인정받으려면 드레이코는 가문의 규칙을 따라야 한다. 꼬마일 때부터 그는 가족의 인정을 비롯해 이와 결부된 애정과 사랑을 잃고 싶지 않으면, '열등한' 집안이나 인간에게 휘둘려서는 안 된다는 사실을 학습한다. 특히 아버지 루시우스Lucius가 이 같은 태도를 부추긴다. 이런 식으로 어린 드레이코는 존재만으로 사랑받는 것이 아니라 집안의 일원으로서 제 몫을 할 때 사랑받을 수 있음을 배우며, 전통적인 나르시시즘을 형성한다.

그럼에도 그의 양육 과정에는 한 줄기 희망의 빛이 있다. 다행히 어머니는 드레이코를 있는 모습 그대로 사랑하며, 그로 인해 마지막에 가선 볼드모트의 몰락에 기여하기도 한다. 그래서 드레이코는 부분적으로 건강한 성격을 이룰 수 있었고, 집안에서 강요하는 특정 행위를 거부하기에 이른다. 이를테면 덤블도어를 살해하라는 집안의 요구를 무의식적으로 회피한 이유를 여기에서 찾을 수 있다. 끝으로 드레이코는 잘못된 교육 방식이 본래 선한 인간을 이기적인 망나니로 만들 수 있음을 보여주는 사례기도 하다. 천만다행으로 드레이코는 이야기의 끝부분에서 제때 방향을 틀어 옳은 길로 들어선다.

세베루스 스네이프 – 비극적인 영웅

세베루스 스네이프는 '해리 포터 세계'에서 가장 다층적이고 흥미로운 인물이다. 일곱 편의 이야기를 따라가다 보면 그의 과거와 어린 시절에 관한 꽤나 많은 내용들을 접하게 된다. 세베루스 스네이프는 순혈 마녀인 어머니와 머글인 아버지 사이에서 태어난 아들로, 아버지는 아내가 마법 능력을 지녔다는 사실을 받아들이지 못하고 폭력을 행사한다. 그리하여 어린 세베루스는 일찍부터 부모에게 홀대받으며 혼자 힘으로 삶을 꾸려간다. 이 시기에 그는 (나중에 해리의 어머니가 되는) 릴리Lily를 알게 된다. 두 사람은 이미 어려서부터 소꿉친구로 지내며 깊은 우정을 맺는데, 이 우정은 청소년기에 접어들어 세베루스 측에서 사랑의 감정으로 발전한다. 하지만 릴리는 여전히 그를 단지 친구로만 여긴다. 동시에 세베루스는 해리의 아버지인 제임스 포터James Potter와 그의 친구인 시리우스 블랙Sirius Black에게 연신 조롱과 괴롭힘을 당한다. 한번은 릴리가 세베루스를 보호하려 시도하는데, 여기에서 어린 세베루스는 일종의 굴욕감을 경험한다. 스스로 더욱 유약해지는 기분을 느꼈기 때문이다. 이처럼 정신적으로 극히 예외적인 상황에서, 그는 자신을 도우려는 릴리에게 도리어 모욕적인 말을 뱉고 이후 둘의 우정은 눈에 띄게 식어간다. 이때부터 릴리는 제임스 포터 쪽으로 마음이 기울고 결국 사랑에 빠진다. 이는 세베루스에게 강렬한 상심으로 남는다. 크고 오랜 사랑을 하필이면 철천지원수에게 잃었다는 치욕을 안기면서 말이다. 그래서 어쩌면 그는 앙심을 품고, 죽음을 먹는 자들에 가담했는지도 모른다. 그러면서도 내내 릴리를 보호하려 애쓴다. 볼드모트가 자신의 사랑인 릴리를 죽이는 걸 경험한 세베루스는 완전히 바닥까지 치닫고, 동시에 볼드모트를 향한 복수를 다짐한다. 이 지점에서부터 그는 모순되는 이중적인 행동을 감행하기 시작하며, 볼드모트를 없애는 데 모든 에너지를 쏟는다.

그는 평생 해리 포터와 양가 관계를 맺는다. 해리는 한편으로 증오하는 원수 제임스 포터를 상기시키지만, 다른 한편으론 릴리와 눈이 닮아 오랜 사랑을 떠올리게도 한다. 겉으로 그는 해리를 부당하게 대우하며, 못되게 굴고 차별을 일삼는다. 하지만 실상 세베루스는 첫날부터 은밀히 해리를 보호한다.

릴리와의 관계로만 보면 세베루스는 실로 비극적인 인물이다. 감정이 단순한 우정을 넘어섰다는 사실을 적절한 시기에 그녀에게 분명히 밝혔다면, 또 다른 관계로 이어지는 기회를 얻었을 수도 있다. 그러나 부모를 통해 긍정적인 부부관계를 전혀 경험하지 못했기 때문에, 그의 이 시도는 실패로 돌아가고 만다. 릴리가 제임스 포터에 맞서 그를 보호할 때 드러난 세베루스의 태도는 이 (관계) 무능을 경화시켜, 릴리가 궁극적으로 다른 이에게 가도록 밀어낸다. 그럼에도 세베루스에게는 사랑하는 마음을 오래도록 지키는 능력은 있다. 이 능력이 없었다면 결코 볼드모트를 물리치지 못했을 것이다. 그러므로 세베루스 스네이프는 해리 포터 세계에서 위대한 영웅으로 꼽힌다. 스스로 영웅이 되기 위해 애써서가 아니라, 사랑을 추구하며, 오래된 실수를 만회하기 위해 진력을 다했기 때문이다.

그러나 성격에 담긴 몇몇 부정적인 면은 세베루스 자신도 결국 극복하지 못했다. 해리가 아버지 제임스를 상기시킨다는 이유 하나만으로, 세베루스가 해리를 다룬 방식은 비극적인 어린 시절로도 변명이 되지 않는다. 뿐만 아니라 그는 좋은 선생이 아니었다. 소수의 자기 학생만 눈에 띄게 두둔하고 아끼면서, 반면 다른 아이들을 끊임없이 비난하고 몰아세운다. 그럼으로써 자신이 어렸을 때 경험해야 했던 굴욕을 그 아이들에게 가한다. 여기에서 그는 '공격자와의 동일시'를 나타내며, 언젠가 자신이 혐오했던 바로 그 존재가 되고 만다. 세베루스 스네이프는 엄청난 이중간첩이다. 그런데 왜 교장 덤블도어가 아이들을 그에게 맡기는 편이 좋을 거라 판단했는지는 여전히 수수께끼로 남는다.

시리우스 블랙 – 결코 어른이 되지 못한 대부

시리우스 블랙은 제임스 포터의 절친한 친구로, 해리가 태어나자 대부가 된다. 그러나 안타깝게도 시리우스는 해리를 돌보고 신경 쓸 시간이 충분하지 않았다. 해리가 태어난 지 얼마 되지 않아 마법부에 체포되어, 수년 동안 무고하게 아즈카반Azkaban의 감옥에 수감되었기 때문이다. 별다른 근심 없이 청소년기를 보내다가 곧바로 끔찍한 교도소 세계로 보내진 시리우스에게는 성숙해지고 어른이 될 기회가 전혀 없었다. 아즈카반에서 그는 이성을 지키려고 갖은 노력을 들였다. 감옥살이라는 극한의 조건에서 이성을 온전히 지킬 수 있는 사람은 그리 많지 않다. 그럼에도 그는 삶의 의욕을 계속해서 유지하며, 나중에는 해리 포터에게 커다란 본보기가 된다. 해리에게 그는 친구 이상인 존재이면서 동시에 어른의 눈높이로 해리가 가야 할 방향을 안내한다. 어른으로 여무는 시기를 감옥에서 잃어버렸지만 그럼에도 멈추지 않고 생을 이끌어가고자 꾸준히 노력한 덕에, 해리가 의지할 만큼 괜찮은 인간으로 성장한 것이다. 해리는 시리우스가 자신에게서 아버지 제임스를 발견하는 모습에 놀라움을 금치 못하며, 그래서인지 더욱 가깝게 느끼면서 가족처럼 의지한다. 그런데 시리우스는 이따금 제임스와 해리를 분간하지 못하는 듯한 행동을 보인다. 친구에게 하듯 해리에게 무모한 행동을 부추기거나 해리를 제임스라고 부르는 등 다소 성숙하지 않은 태도를 드러낸다. 특히나 비극적인 죽음 직전에 이런 모습이 두드러진다. 즉 해리를 구하기 위해 죽음을 먹는 자들에 맞서 열정적으로 전투를 벌이는 과정에서, 시리우스는 해리를 또 한 번 제임스라 부른다.

이처럼 시리우스가 온전히 성장하지 못한 이유는 길고 긴 수감 생활 때문이다. 그리고 성숙한 어른이 되지 못한 까닭에, 무모하게 싸움에 뛰어들어 자만하고 방심하다 죽음에 이르며 끝내 해리에게 새로운 상실감을 안기고 만다. 시리우스가 생물학적 나이에 걸맞은 정신 연령을 지녔다면, 세베루스 스네이프와의 갈등도 원만하게 풀었을 것이다. 예전에 제임스와 함께 그랬던 것처럼 여전히 아이 같은 수준으로 스네이프를 조롱하는 대신 성숙한 태도를 보이면서 말이다. 둘의 갈등이 제대로 풀리지 않은 덕에 해리는 스네이프를 믿지 못하며, 이는 결국 재앙으로 이어진다. (거짓 환영을 보고) 시리우스가 위험에 처했다고 믿게 된 해리는 이를 스네이프에게 털어놓는 대신 홀로 처리하겠다며 길을 나선다. 그러다가 해리가 오히려 위험에 처하고, 그를 구하려는 기사단에 시리우스가 합류하면서 비극으로 끝난 것이다. 시리우스 블랙은 인생을 제대로 겪지 못한 경솔한 십 대 청소년처럼 생을 마감한다. 수감자의 정신적 파멸을 겨냥하는, 비인간적인 구조를 갖춘 아즈카반에서 그는 어른으로 자라날 기회가 없었다. 마법 세계에서 갱생이나 사회 복귀는 낯선 개념이다. 정신과 치료도 마찬가지다. 우리 주인공들이 마법 세계 병원의 정신과를 찾았다면 어땠을까? 우리 머글 세계에서 정신과 치료는 마냥 나쁘지만은 않은데, 마법 세계에선 또 어떨지 모르겠다.

알버스 덤블도어 – 죄책감에 잠식된 인물

해리 포터 이야기가 시작될 때부터 우리는 알버스 덤블도어가 현명한 노인일 거라 확신하게 된다. 자신이 무엇을 해야 하는지 정확히 알고, 인생에 통달하여 모순 없는 현자처럼 보이기 때문이다. 그런데 이야기 속으로 깊이 들어가면 들어갈수록 알버스 덤블도어가 왜 그렇게 사랑의 힘을 중시하는지를 보다 선명하게 알 수 있다. 사랑에 있어 그는 언제나 불운했다. 그리고 여동생의 죽음에서 비롯된 커다란 죄책감은 그의 삶을 잠식하고 만다.

젊은 시절 그는 자신의 만족과 즐거움만을 생각하며, 가족의 필요는 거의 신경 쓰지 않는 무모한 청년이었다. 그러면서 자신이 진심으로 사랑하는 마법사 그린델왈드Grindelwald와 여기저기 돌아다니는 일을 훨씬 더 좋아했다. 책에서 덤블도어의 동성애가 공개적으로 다뤄지지는 않지만, 그의 창조자인 작가가 한 인터뷰에서 이를 인정한 바 있다. 즉 덤블도어에게 그린델왈드는 연인이었다. 그린델왈드와의 복잡 미묘한 관계는 덤블도어 일생에 유일한 사랑으로 보인다. 그 이후 또 다른 사랑이 더는 언급되지 않는 걸 보면, 단 한 번의 사랑이 그를 지속적으로 변화시키며 동시에 여러 면에서 깊은 정신적 외상을 남긴 모양이다. 이 모든 사랑과 상처를 덤블도어는 말할 수 없었다. 그리고 어쩌면 그는 가슴속 깊이 숨겨진 이 고뇌로 인해, 다른 중요한 것들을 공개적으로 말하는 법을 차츰 잊어버렸는지 모른다. 수수께끼 같은 암시와 일상의 지혜에 국한한 덕에 현자라는 명성을 얻게 되나, 비밀의 방이 열려 괴생명체가 출현하는 사태를 막지는 못한다.

여기에서 덤블도어가 무엇을 두려워하는지 질문을 던질 필요가 있다. 덤블도어는 사람들이 그 역시 결함을 지닌 '인간'이라는 걸 알고, 그를 더는 신뢰하지 않는 상황을 두려워할까? 아니면 고통스런 경험을 지닌 자신의 '지금까지의 존재'와 직면하여, 통제를 잃고 더는 아무런 결정을 내리지 못하게 되는 순간이 두려울까? 그는 오랜 트라우마를 끝내 극복하지 못하는데, 즉 (젊은 시절 그가 가족을 소홀히 하여 비롯된) 여동생의 죽음을 이겨내지 못하고 남동생과도 제대로 화해하지 못한다. 다시 말해 인생에서 정말로 중요했던 모든 것들을 스스로 망치고 만다. 어쩌면 바로 그래서 덤블도어는 자신의 정보를 해리에게 건네는 데 그토록 조심스러웠는지 모른다. 짐작하건대 지식을 모두 공개적으로 넘겨주면 다시금 모든 걸 망칠까 두려웠는지도 모르겠다. 그리고 어쩌면 그는 해리가 스스로 조금씩 깨달으며 충분히 성장하기를 원했는지도 모른다. 하지만 이는 공론에 불과하며 진의는 아무도 모른다.

덤블도어가 실제로 무엇을 바라고 원했는지는 대부분 불확실하게 남아 있다. 또한 볼드모트가 악당으로 발전하는 데 덤블도어가 어떤 영향력을 미쳤는지도 미제로 남았다. 덤블도어는 볼드모트가 어린 소년일 때 호그와트로 데려왔다. 볼드모트를 교육하는 과정에서도 덤블도어는 일말의 실패를 경험한 건 아닐까? 부모를 일찍 여의고 고아원에서 자란, 정서적으로 불안정한 이 소년에게 무슨 일이 있었는지 면밀히 알았어야 하지 않을까? 안타깝게도 덤블도어와 어린 볼드모트 사이의 관계는 알려진 내용이 그리 많지 않다. 결점을 지닌 덤블도어는 어린 볼드모트가 어둠의 마법사가 되는 데 의도하지 않게 촉매제가 되었을지도 모를 일이다. 따라서 그의 죄책감은 이 지점에서도 연유했을지 모른다. 몇 해 뒤 덤블도어 연구가 조금 더 진척을 보여, 내막이 밝혀질 때까지 기다리고 볼 일이다.

분명한 사실은 덤블도어가 무거운 죄책감에 시달린다는 것이며, 이 만연한 죄책감은 그의 내면을 마비시켜 우리가 진정한 덤블도어를 이해하지 못하도록 방해한다. 그는 온화하고 관대하며 현명한 멘토라는 껍데기 뒤에 숨어 있지만, 내면에 자리한 두려움은 해리가 절체절명인 상황에서 그의 도움을 필요로 할 때 거부하게 만든다. 그리고 마침내 그는 목숨으로 마지막 죗값을 치른다. 그를 죽이려다 차마 죽이지 못한 드레이코 말포이의 영혼을 지키고, 볼드모트의 저주에 걸려 이미 시한부인 자신을 죽여달라 스네이프에게 부탁하며, 스네이프의 영혼 또한 지키면서 최후를 맞이한다. (원래 덤블도어를 죽이는 일은 드레이코의 임무였다. 그런데 덤블도어는 드레이코를 지키기 위해 스네이프에게 이를 맡아달라 부탁한다. 이중 스파이인 스네이프는 거짓 연기를 하며 그가 정말 덤블도어를 죽인 것처럼 확실하게 위장한다. 하지만 사실은 학생들을 보호하려던 덤블도어의 의도와 동의 아래 이루어진 죽음이었다. 다들 덤블도어처럼 '음험한' 생각을 전혀 하지 못하므로, 모두 스네이프의 행동을 곧이곧대로 믿고 만다.) 자신의 이런 죽음으로 애제자인 해리가 겪을 트라우마는 덤블도어에게 그리 중요하지 않다. 해리를 향한 연민은 덤블도어보다 오히려 스네이프가 더 크다. 실제로 덤블도어는 볼드모트를 없애기 위해 해리를 철저하게 훈련시키며, 심지어 해리를 미끼처럼 사용하여 목숨이 위태로울 지경까지 내몬다. 이에 스네이프는 아이를 '도살당할 돼지'처럼 키운 거냐며 덤블도어에게 비난을 퍼붓기도 한다.

다른 한편으로 보면, 죽음으로 해결책을 마련한 덤블도어의 비상한 판단력은 어쨌든 높이 살 만하다. 이를 통해 그는 죗값을 치를 수 있었고 동시에 모든 이에게 좋은 기억으로 남는다. 그의 내막을 들여다보고 나면 생각했던 것처럼 그다지 훌륭하지는 않지만, 적어도 스네이프와 비등하게 몇몇 흠결이 있음에도 아주 심각한 문제를 가진 인물은 아니라는 사실을 알 수 있다.

톰 리들, 일명 볼드모트 – 사랑받지 못한 아이

볼드모트는 악의 화신이다. 영혼이 텅 빈 존재인 그가 왜 파괴를 위해 전력을 다하는지는 결코 정확히 알 수 없다. 그저 추정하기론, 스스로 파괴되지 않기 위해 그런 일을 벌인다고 생각해볼 수 있다. 일반적으로 볼드모트의 행위에서 우리가 찾을 수 있는 유일한 동기는, 파멸에 대한 두려움이 전부다.

그러면 볼드모트의 어린 시절이 나오는 6편에서부터 시작해보자. 시리즈 6편에는 덤블도어와 해리와 관련된 그의 과거가 비교적 상세하게 담겼다. 볼드모트의 어머니는 순혈 마녀로, 외모가 출중한 머글 청년 톰 리들Tom Riddle 1세에게 반해 사랑하게 된다. 그리 아름답지 않은 그녀는 그의 마음을 사로잡지 못하고, 짝사랑에 빠져 열병을 앓는다. 그리하여 그녀는 사랑의 묘약을 사용해 자신이 선택한 남성이 그녀의 사랑에 응하도록 만든다. 둘은 결혼을 하고 그녀는 아이를 갖지만, 묘약 사용을 중단하자 사랑의 효과가 사라지면서 리들 1세는 아내와 아이를 버리고 떠난다. 이 장면에서 그의 행동을 나쁘게 해석할 수만은 없다. 전적인 의지로 동의한 관계가 아니기 때문에, 엄밀히 따지면 그는 몇 년 동안 강제로 폭력을 당한 거라 볼 수 있다. 사랑의 묘약은 무시무시하다.

어린 볼드모트는 이미 일찍이 누구도 자신을 원하지 않음을 경험했다. 그의 아버지는 가족을 버렸다. 그는 기만당하여 생긴 아들에게 책임감을 느끼지 않았다. 그리고 볼드모트의 어머니는 남겨진 아들과 고작 몇 시간도 보내지 못하고 세상을 떠났다. 어머니는 사랑하는 이가 떠나고 관계가 끝난 이후, 삶의 의욕을 완전히 상실하여 몸과 마음이 피폐한 상태가 되었나 보다. 그래서인지 아이를 위해 살아보려는 의지는 찾아보기 어렵다. 삶에 대한 아무런 투지 없이 그녀는 마냥 시들어갔으며, 그런 그녀에게 아이는 별로 중요하지 않았다. 이를테면 볼드모트는 해리 포터와 상반된 경험을 한 셈이다. 그는 누군가가 자신을 위해 죽을 만큼, 극진한 사랑을 받아보지 못했다. 더불어 누군가 자신을 위해 어떻게든 삶을 이어갈 정도의 사랑을 받지 못했다. 그리하여 죽음은 그의 영원한 동반자가 된다. 나중에 볼드모트는 복수심에 아버지도 죽인다. 물론 그렇게 되기 전까지는 고아원에서 지낸다.

고아원에서 그는 자신에게 특출한 재능이 있음을 깨닫는다. 하지만 이로 인해 '아웃사이더'로 머문다. 그는 이 재능을 다른 사람들을 지배하고 괴롭히는 데 사용한다. 그러면서 자신을 좋아하지 않는 이들이 있을 때, 어쨌든 학대를 가하면 기분이 한층 나아진다는 걸 배운다. 그러던 어느 날 덤블도어가 등장하여 그를 호그와트로 데려간다. 그리고 바로 여기에서, 다정한 멘토로서 실패한 덤블도어를 보여주는 모종의 상황들이 벌어진다. 손버릇이 좋지 않은 열 살짜리에게 겁을 주려고, 아이의 소소한 소유물이 보관된 옷장을 태워버리는 일처럼 말이다. 이후 덤블도어는 곧바로 '원래 위치'로 돌아가지만, 이 과정에서 그는 어린 볼드모트에게 '강자의 법칙'과 '강자의 자비'를 보여준다. 이는 볼드모트에게 절대로 잊을 수 없는 교훈으로 남는다. 그는 이내 강자 밑에서 제 위치를 바로잡고 순응하지만, 어디까지나 자신이 충분히 강해질 때까지 전열을 가다듬는 것에 불과하다. 그는 비밀스런 정보를 얻기 위해 선생을 교묘하게 다루며, 자신을 보호하기 위해 일찍부터 온갖 방법을 시도한다. 무엇이 그의 무결한 영혼을 이렇게 망가트린 걸까? 핵심은 그가 죽을 수 없다는 것이다. 어차피 누구도 그를 있는 그대로 사랑하지 않았으므로, 그에게 자신의 영혼은 아무런 의미가 없다.

볼드모트는 오직 자기 자신만 믿고 의지할 수 있음을 스스로 안다. 그는 진정한 우정과 사랑을 단 한 번도 겪지 못했으며, 덤블도어는 볼드모트에게 이런 감정들을 전수하는 데 아무 노력도 들이지 않았다. 그러는 대신 덤블도어는 훗날 이렇게 이야기한다. 톰은 매우 뛰어나긴 했지만, 점점 더 다루기 힘든 아이가 되었다고 말이다. 덤블도어는 이 아이의 마음을 제대로 들여다보려 하지 않았다. 그는 해리와 마찬가지로 볼드모트의 마음도 그냥 내버려둔다. 차이가 있다면 해리는 이른 시기에 사랑을 듬뿍 받으며 안정적인 애착을 형성할 수 있었다. 그러므로 해리와 볼드모트는 각각 동전의 양면과 같다. 처음부터 볼드모트가 해리에게 끌리며, 그와 운명적으로 연결되어 있다고 느끼는 이유가 여기에 있다. 해리와의 관계는 볼드모트가 맺은 그 어떤 관계보다 강렬하다. 두 사람은 문자 그대로 '영혼의 동반자'다. 볼드모트 영혼의 한 조각이 해리 안에 살고 있으니 결코 틀린 말은 아니다. 진정한 친구를 어떻게 만드는지 배운 적이 전혀 없기에, 볼드모트는 진정한 적인 해리를 통해 어쨌든 우정과 비슷한 '강도'의 관계를 경험한다. 그는 여러 이유로 해리를 죽이지 못한다. 하지만 볼드모트가 자인하지 않은 숨은 이유가 하나있다. 즉 누구도 그의 곁에 해리만큼 그렇게 가까이 있지 않았다. 다시 말해 아무런 관계도 맺지 않는 것보다 충실한 원수 하나가 차라리 더 낫다는 뜻이다. 볼드모트는 해리로 인해 성장할 수 있었으며 결국은 해리 때문에 좌초한다.

저지할 수도 있었던 일이 발생할 때 우리는 비극과 마주한다. 덤블도어가 사랑을 계속 말로만 떠벌리지 말고 실제로아이에게 참사랑을 선사했다면, 꼬마 톰 리들은 정말로 위대한 인간이 되었을지도 모른다. 그러나 덤블도어는 이를 대수롭지 않게 여긴다. 그는 처음부터 자신이 썩은 씨앗을 진작알아보고 한쪽으로 골라냈다 믿는다. 해리가 시리우스 블랙의 죽음에 책임을 느끼며 극도로 힘든 시기를 보낼 때에도덤블도어는 한발 물러서며 방관한다.

사랑받지 못한 모난 아이가 지속적인 사랑과 보호를 받아들이며 성장하기는 어렵다. 반면 절대 악으로 자라나기는비교적 수월하다. 다루기 까다로운 인간을 조건 없이 사랑하는 것보다, 그저 악으로 치부해버리고 미워하는 일이 훨씬쉽고 간단하기 때문이다. 언제부터인가 볼드모트는 더는 아무 감정도 느끼지 못할 정도로 굉장히 냉담해졌다. 내면에는오직 권력에 대한 욕망만이 불탔으며, 이는 내면의 공허와 고독에 맞서는 데 어느 정도 도움이 되었을 것이다. 하지만 세력을 확장하면서도 그는 전혀 행복하지 않았다. 어쩌면 그는 해리 포터와 '인간적인' 교류를 원했을지 모른다. 물론 현실에서는 그럴 수 없었지만 말이다. 마지막에 볼드모트 곁에 있었던 사람들이 그에게 손을 내밀었다면 그리고 그가 그 손을 잡았다면, 그래도 너무 늦었다고 해야 할까?

트와일라잇
Twilight

숲속에서 무언가가 반짝일 때

《드라큘라》장에서 이미 언급했듯이, 스테프니 메이어의《트와일라잇》시리즈는 분명 고유의 새로운 '하위 장르'를 확실하게 구축했다.

그러나 동시에 이것은 완전한 사실은 아니다. 엄밀히 따지면 초자연적인 판타지 요소와 연애 이야기가 결합된, 이른바 패러노멀 로맨스Paranormal romance는 적어도 아메리카 대륙에서는 오래전부터 있었다.《트와일라잇》이전의 패러노멀 로맨스는 주로 〈사랑과 영혼Ghost〉같은 방식을 의미했다. 영화에서 남자 주인공은 극 초반에 세상을 떠나고, 육체 없는 영혼으로 연인 곁을 떠돌며 악한 음모로부터 그녀를 지켜준다. 뿐만 아니라 예전의 패러노멀 로맨스는 시간 여행이라는 요소도 자주 사용했다. 예를 들어 여주인공이 과거로 시간 여행을 떠나, 멋진 이집트 남성이나 기사 또는 바이킹Viking과 사랑에 빠지는 식이다.

하지만 《트와일라잇》은 틈새시장에 있던 이 장르를 대중적으로 끌어올렸다. 무엇보다 이 시리즈는 일반적으로 몬스터라 여겨졌던 존재와의 사랑 이야기를 다루면서도 널리 받아들여질 수 있었다. 이전의 모든 동화와 전설에서 수 세기 내내 위협적으로 간주되던 존재가, 이 시리즈로 인해 갑자기 특별하게 즐길 수 있는 대상이 된 것이다. 주된 이야기는 흔히 아는 뱀파이어지만, 《트와일라잇》은 하나의 수문을 열었다. 중세의 주류 소설들은 '악마적' 존재와 성적 관계를 맺는 이야기를 절대로 다루지 않았다. 그러면서도 그 시대에는 '천일야화' 같은 구전이 있었다. 또한 요정의 존재와 세계를 그리더라도 인간이 따라 들어가서는 안 되는 위험한 대상으로 다루었다. 그들의 음식을 먹고 그들과 함께 춤추면 안 된다고 엄포를 놓는 이야기가 대다수였다. 다들 예상하듯이 그 사이 여러 부지런한 작가들은 행복한 결말에 이르는, 인간과 비인간의 연애소설을 상당수 집필했다. 더불어 성경의 계시록에는 천사가 인간 여성과 관계를 맺으면 어떤 참담한 결과가 야기되는지 경고하는 몇몇 이야기가 담겨 있다. 이런 금기와 경고들은 우리의 호기심을 자극하며 새로운 물꼬를 트게 한다.

이제 우리는 늑대인간이나 용 그리고 이와 비슷한 것들도 망설임 없이 다룰 수 있게 되었다. 단 여기에서 가장 중요한 기준은, 이런 의심스런 존재들이 외적으로 아름답고 육체적으로 막강하며 잠재적으로 '치명적'이어야 한다는 것이다.

여기서 당신은 눈을 의심할 것이다.

그러나 맞다. 잘못 읽은 게 아니다. 오늘날《트와일라잇》류의 장르에서 초자연적이고 신비로운 사랑의 대상은 이론적으로 (여성) 주인공에게 치명적인 위험을 가하는 것으로 묘사된다. 그럼에도 또는 그로 인해 '강렬하게 가지고 싶은' 대상이 되어 주인공을 끌어당긴다. 위험한 존재가 사랑의 도움으로 길들여지고, 다른 모두에게는 위험하지만 유일하게 여자 주인공에게는 해가 되지 않는 모습으로 그려지며 '여성적 힘'의 판타지를 드러낸다. 이 같은 판타지에서 대부분의 남성들은 몬스터를 죽이기 위해 길을 나선다. 반면 여성들은 자신의 판타지 안에 들어온 사랑스런 몬스터를 다정하게 바라본다. 여성에게 길들여진 몬스터는 악으로부터 그녀를 보호하고, 그녀의 눈에 비친 욕망을 읽어낸다.

다시 뱀파이어 이야기로 돌아가보자.《드라큘라》에서 명시했듯이, 뱀파이어는 여성적 섹슈얼리티를 상징적으로 나타낸다. 여성의 성적 욕망은 오랫동안 금기시되었으며, '얌전한' 소녀라면 거부해야 마땅한 위험한 것으로 치부되었다. 여성해방 운동은 여성들의 머릿속에 박힌 이런 생각들을 천천히 뒤흔들어 스스로 떨치게 만들었다. 그러나 여성해방은 아직 완결되지 않았으며 여전히 진행 중이다. 그래서 누군가는《트와일라잇》을 좀처럼 가볍게 볼 수 없을지도 모른다.

에드워드 컬렌, 전문 스토커

소설《트와일라잇》시리즈의 1인칭 화자인 벨라 스완Bella Swan의 말에 따르면, 그녀는 지루한 일상을 보내는 지극히 평범한 십 대 청소년이다. 그녀는 자신이 특별히 예쁘지도 않고 매사에 서툴다며, 자기비하적인 태도로 일관한다. 이로 인해 벨라는 거의 모든 십 대 소녀들이 동일시하기에 완벽한 인물로 자리한다.

부모님의 이혼 후 어머니와 살던 벨라는 어머니가 재혼하자, 두 사람이 더 많은 시간을 함께 보내길 바라며 아버지가 있는 포크스Forks로 온다. 포크스는 미국에서도 가장 낙후된 지역으로 나오는데, 비가 자주 내리며 작고 황량하다는 특징 외에 이 마을은 그다지 특별할 것이 없다.

새로 전학 온 학교에서 벨라는 '신입' 취급을 받으며 친구를 사귀는 데 다소 어려움을 겪는다. 그중에서도 뛰어난 외모를 지닌 에드워드 컬렌Edward Cullen은 한번은 무척 친절하고 다정하다가 나중에는 다시 차가운 태도를 보이며, 유독 그녀를 혼란스럽게 한다.

시간이 흐르면서 그녀는 에드워드가 이례적으로 엄청나게 강하다는 사실을 알게 된다. 동시에 그와 관련된 여러 가지가 어딘지 모르게 이상하다는 사실을 발견한다. 이 모든 것들을 종합하여, 결국 그녀는 그가 뱀파이어라는 결론에 이른다. 이렇게나 자명한데 뱀파이어가 아니면 무엇이겠는가? 이후 벨라와 대면한 에드워드는 자신이 뱀파이어임을 순순히 인정하며 자기네 집안이 '채식주의' 뱀파이어라고 설명한다. 즉 동물의 피만 마신다는 것이다. 뿐만 아니라 이들은 햇빛을 견딜 수 있는데, 단 햇빛을 받으면 피부가 반짝거리며 빛난다. 이들이 걸핏하면 비가 내리는 포크스로 옮겨 온 이유가 여기에 있다. 그래야 눈에 띄지 않으니까.

에드워드는 1917년에 뱀파이어로 변했다. 다시 말하면 벨라보다 거의 100살 가까이 나이가 많은 것이다. 그러나 이는 누구에게도 방해가 되지 않아 보인다. 다른 건 몰라도, 위장을 위해 그 나이가 되도록 계속해서 고등학교에 다닌다는 사실보다는 덜 거슬린다. 학교 다니는 게 지루해서라도 그 사이에 한 번쯤은 정말 '죽고 싶다'는 생각을 하지 않았을지 궁금하다.

어쨌든 벨라는 그의 매력에 사로잡힌다. 하지만 그는 자신이 벨라의 현재 상황을 망각하고 그녀를 다치게 할까 끊임없이 불안해한다. 그래서 아예 '스토커 모드'로 변한다. (물론 부정적인 의미가 아니라 그녀를 보호하려는 의도가 다분한 스토커다.) 그러면서 자신의 존재가 그녀에게 위험할 수 있으므로 거리를 두어야 한다고 확신한다.

1권의 마지막에서 에드워드는 다른 뱀파이어로부터 벨라를 구한 다음, 스토커 모드를 접고 다시 그녀와 함께한다.

그러나 2권에서 에드워드는 '그녀의 안위를 위해' 다시금 떠나는 쪽을 택한다. 당연히 벨라의 의견은 묻지도 않고, 자기 마음대로 이런 결정을 내린다. 어쩌면 벨라 또한 둘의 관계가 위험하다는 걸 인정하며 에드워드의 선택을 받아들였을 수도 있다. 하지만 소설 속 벨라는 그저 어리석고 여러 모로 서툰 소녀로, 반드시 보호가 필요한 존재로 나온다.

2권에서 벨라는 줄곧 에드워드를 그리워하며, 대부분의 시간을 슬픔에 빠져 보낸다. 그러면서 동시에 늑대인간인 제이콥Jacob과 아주 친밀한 관계를 유지한다. 그렇지만 이 우정은 슬픔에 빠진 벨라의 자살 시도를 막아내지는 못한다. 에드워드를 절실히 그리워한 벨라는 그의 환청을 듣겠다며 절벽에서 뛰어내리고, 다행히 제이콥이 도와 그녀를 물에서 구한다. 하지만 잘못된 정보를 들은 에드워드는 벨라가 정말 죽었다고 믿으며, 그녀를 따라 자신도 목숨을 끊으려 한다. 100년 넘게 살았으니 그도 언젠가 한 번쯤은 《로미오와 줄리엣》을 읽었을 테고 거기에서 분명 교훈을 얻었을 것이다. (물론 수십 년 동안 학교를 다니면서도 수업에서 아무것도 배우지 못하는 사람들도 있기는 하다.)

목숨을 건진 벨라는 에드워드의 자살을 가까스로 막지만, 그 과정에서 이탈리아의 막강한 뱀파이어 가문인 볼투리Volturi의 레이더에 잡힌다. 볼투리가는 뱀파이어의 비밀을 알고 있는 벨라를 없애려 하고, 에드워드는 그녀 또한 조만간 뱀파이어로 만들겠다고 약속하며 무사히 풀려난다. 에드워드는 벨라가 뱀파이어가 되는 걸 반대하지만, 벨라는 이를 크게 거부하지 않는다. 차츰 독립적인 모습을 보이는 벨라는 뱀파이어가 되어 그의 일방적인 보호에서 벗어나고 싶어 한다. 유일하게 안타까운 점이 있다면, 뱀파이어와 늑대인간이 불구대천의 원수라는 것이다. 뱀파이어로 변신하면 벨라는 절친한 친구인 제이콥을 잃게 된다.

다음 권에서 두 사람은 여러 갈등을 겪는다. 우정 이상의 감정으로 벨라를 사랑하는 제이콥은 그녀의 거절을 온전히 받아들이지 못하고 주변을 맴돈다. 그리하여 에드워드뿐 아니라 제이콥 또한 뱀파이어가 되려는 벨라를 만류하며 불평을 토로한다. 여기에 더해 제이콥은 왜 벨라가 유약하기 짝이 없는 에드워드를 계속해서 만나는지 의아해하며 껄끄럽게 여긴다. 이 무렵 벨라와 에드워드는 결혼을 계획하는데, 에드워드는 일단 결혼을 한 다음에 성관계를 맺으려 한다. (1900년대에 태어난 사람과 사랑에 빠지면 이 정도는 이해해야 한다.)

그러다가 새로 설립된 뱀파이어 군대가 대거 등장하면서 이야기는 극적으로 전개된다. 1권에서 에드워드가 죽인 어느 뱀파이어에 대한 복수로 만들어진 이 신생 군대는 에드워드의 집안과 전면전을 펼친다. 이를 계기로 에드워드 집안은 늑대인간들에게 도움을 구하고, 결국 두 집단은 공동으로 힘을 합해 위험에 맞선다. 한편 이 전투는 제이콥이 벨라의 감정을 뒤흔드는 기회가 되기도 한다. 제이콥은 신생 군대와의 전투에 나가기 직전 벨라에게 입맞춤을 요구하며, 이를 들어주지 않으면 가서 장렬히 전사할 거라 으름장을 놓는다. 친구를 잃고 싶지 않았던 벨라는 그가 원하는 대로 해준다.

다행히 모든 주요인물은 전투에서 살아남는다. 벨라와 제이콥은 서로 입장을 확실히 하고, 제이콥은 그녀의 거절이 진짜 거절임을 마침내 알아듣는다. 이후 종족을 감추며 극적 긴장감을 높이기는 하지만 큰 문제를 일으키지는 않는다. 그러는 동안 벨라와 에드워드의 결혼이 차근차근 진행된다.

마지막 권에서 두 사람은 드디어 결혼식을 올린다. 그리고 오랫동안 기다려온 섹스는 특히 에드워드의 입장에선 그리 만족스럽지 못하다. 그는 막강한 뱀파이어이기 때문에 아직 인간인 벨라를 다치지 않게 하려면 계속해서 스스로를 제어해야만 한다. 둘의 첫 부부 싸움도 바로 이 지점에서 비롯된다. 그보다 그녀가 더 많은 육체관계를 원하면서 갈등이 벌어지는 것이다. 불행 중 다행인지 벨라가 임신을 하면서 이 문제는 자연스레 해결된다. 지금껏 두 사람이 어디에선가 피임에 대해 들었을 리 만무하니, 너무도 당연한 수순이다.

벨라의 임신 과정은 평균보다 훨씬 빠르게 진행되고 산모의 목숨을 위협할 정도에 이른다. 이 소식을 들은 제이콥은 최악의 '남자 사람 친구'의 전형으로 남기를 거부하며, 그녀를 도우려 노력한다. 그녀의 배 속에 있는, 뱀파이어와 인간의 혼혈 아이가 위험하다고 판단한 제이콥 무리는 벨라를 죽이려 한다. 이때 제이콥은 자신이 속한 늑대인간 집단이 아닌 뱀파이어 편에 서서 그녀를 보호한다.

출산으로 벨라는 정말 죽음의 목전까지 가지만 결국 무

사히 아이를 낳고 목숨을 부지한다. 이 과정에서 에드워드는 벨라가 죽기 직전에 그녀를 뱀파이어로 변신시킨다. 하지만 벨라의 고통스런 출산 과정은 제이콥이 다시 '망나니 모드'로 돌아가는 결과를 초래한다. 죽음의 문턱까지 간 그녀를 보고 눈이 뒤집힌 제이콥은, 분노를 참지 못하고 갓 태어난 아기를 죽이려 한다. 그런데 그 순간 '각인'이 이루어진다. 여기에서 각인은 이 소설만의 특별한 설정으로, 늑대인간이 첫눈에 꽂힌 단 한 명의 이성을 절대적으로 사랑하며 모든 희생을 불사하는 현상을 뜻한다. 다시 말해 제이콥은 사랑하는 사람에게서 갓 태어난 아기 르네즈미Renesmée에게 각인되어, 자신을 위해 예정된 상대라 여기며 밀접한 애착 관계를 형성한다.

르네즈미의 존재를 알게 된 볼투리가는 인간과 뱀파이어의 혼혈인 그녀가 종족에 위해를 가할 '불멸의 아이'라 판단하고, 벨라와 에드워드 집안에 전쟁을 선포한다.

몇몇 첨예하고 극적인 순간들이 지나가고, 볼투리는 르네즈미가 뱀파이어 종족에게 전혀 위험하지 않다는 걸 인정하고 물러난다. 그리고 모두 집으로 돌아가 행복하게 살게 된다.

내주장內主張을 하는 사람

이 소설은 여성들도 얼마든지 유혹에 빠지고 또 응할 수 있음을, 뱀파이어라는 매개를 통해 선명하게 그려낸다. 이로 인해 소설 속 여성 인물들은 한 걸음 더 나아가게 되었으나, 여성해방이 최적으로 이루어졌다 보기에는 아직 미흡하다. 에드워드와 벨라는 건강한 관계와는 다소 거리가 있다. 에드워드는 끊임없이 벨라의 경계를 넘어가면서도 그녀의 소망과 욕망을 받아들이지 않는다. 초반에 그는 벨라 혼자서는 오롯이 살아남을 수 없다고 생각하며 몰래 스토킹을 한다. 나중에 에드워드는 그녀가 '명백하게' 원치 않는 일도 '그녀를 위해 최선'이라 여기며 감행한다. 또는 그녀의 소망에 완강히 반대하는 입장을 취한다. 벨라는 내내 뱀파이어가 되기 위해 분투하는데, 그녀가 고유의 성적 자유를 위해 분투한다는 상징적 의미로 해석할 수도 있다. (더 많은 육체적 관계를 맺고 싶어 한다는 뜻이 아니다.)

에드워드는 자신의 보호와 안내가 필요한, 순진하고 서툰 소녀에게 빠졌다. 그런 그녀가 자신처럼 뱀파이어가 될 수 있다는 건 '보호자'로서의 그의 전통적 (남성) 성역할에 의문을 제기한다. 실제로 그는 벨라가 뱀파이어로 변하자마자 더는 그리 많은 것을 이뤄내지는 못하며, 주도권은 벨라에게 넘어간다. 바로 이 지점에서 스테프니 메이어는 많은 남성의 잠재의식에 깔린 두려움을 근본적으로 건드린다. 여성의 성적 해방은 더는 남성이 필요 없게 된다는 의미이며, 또는 적어도 남성이 지배권을 잃는다는 뜻이 된다.

진정한 평등과 건강한 상호 존중은 두 사람 관계에선 아직 생각하기 힘든 수준이다.

정신의학적 관점으로 살펴본 트와일라잇

《트와일라잇》은 기본적으로 여성해방 이야기를 다루지만,
무슨 까닭인지 단순히 해방에서 끝나지 않고 목적지를 훨씬
벗어나 '남성의 굴복'에까지 이르러 끝을 맺는다.

벨라 스완 - 아름다운 백조가 된 미운 오리 새끼
어머니가 새로운 사람을 만나 재혼하자, 벨라는 아버지의 집
으로 떠밀린다. 새 남편과 여유로운 시간을 보내고 싶은 어머
니는 떠나는 딸을 붙잡지 않는다. 아버지는 되찾은 딸을 기
쁘게 맞이하며 정성껏 돌본다. 심지어 그는 딸에게 자동차도
한 대 선물한다. 물론 오래된 픽업트럭Pickup truck이기는 하지
만 말이다.
　　여기에서 우리는 일찍이 벨라가, 여성은 고유한 욕구를
따르는 반면 남성은 지키고 보호하는 존재라는 걸 학습했음
을 알 수 있다. 어머니는 딸을 멀리 보내버리고, 아버지는 돌
아온 딸을 애지중지 여기며 비위를 맞춘다. 이러한 배경으로
인해 그녀는 자신을 정성스레 보살피는 에드워드의 태도에
쉽게 적응하며 높이 평가하게 된다. 사실 에드워드의 태도는
그녀의 '증조할아버지' 세대에서 유래한 것으로, 당대 남성들

은 아주 어릴 적부터 (여성에 대한) 보호를 철저하게 몸으로 익혔다. 그래서 때론 에드워드의 보호와 돌봄이 지나치다 싶을 정도로 과할 때가 있다. 아버지 세대와 증조할아버지 세대의 가치에는 분명 차이가 있다.

비록 부모는 이혼을 했지만 벨라는 이미 초기 발달 과정에서 부모라는 '애착 대상'과 확고한 애착 관계를 형성할 수 있었다. 따라서 그녀는 새로운 관계를 맺는 데 어려움이 없으며, 그 관계 안에서 원하는 바를 얻으려 분투한다. 그녀는 에드워드와 '눈높이'를 맞추려 한다. 하지만 에드워드는 일단 합리성을 내세우며 그녀의 바람을 거절한다. 즉 뱀파이어로 변하는 것이 그녀에게 결코 좋지 않을 거라는 이유를 들어, 그녀의 눈높이가 자신과 동일해지기를 거부한다. 기본적으로 벨라는 상대방 소망의 일부를 수용함으로써 타협을 이뤄내는 성격을 지닌다. 예를 들어 먼저 결혼을 하고 그다음 육체 관계를 맺는, 에드워드의 바람이자 그녀 아버지의 마음에도 들 만한 것을 취하면서 자신의 소망을 쟁취한다. 이를 통해 벨라는 인생에서 가장 중요한 두 남성에게 이중으로 확인받으며, 자신의 요구가 보다 쉽게 수용되도록 한다.

벨라에게 성적 각성은 긍정적인 경험으로 여겨지나, 반면 에드워드는 이를 두려워하며 유보적인 태도를 보인다. 구식 교육에서 배운 '신사도 정신'을 다시금 떠올리게 하는 대목이다. 증조할아버지 세대에서 배운 대로, 에드워드는 사랑하는 사람을 다치지 않게 하려고 애쓴다. 물론 여기에서는 뱀파이어라는 극적 요소가 접목되어, 인간과 달리 엄청난 체력을 가진 그가 성적인 흥분에 도취되면 통제를 잃고 그녀를 정말 죽일 수도 있다는 이유가 붙는다. 그리고 바로 이 이유 때문에 그는 첫날밤 이후에도 벨라와의 관계를 종종 거부한다. 성적으로 이제 막 눈을 뜬 여성과의 육체관계는 그에게 더욱 부담이 되었을 것이다. 벨라가 임신을 하면서 둘은 또 다른 갈등에 직면한다. 이때 에드워드는 역시나 그녀의 안위를 위한다는 합리적인 구실로, 벨라에게 낙태를 강요한다. 그러나 이미 벨라의 내면에는 강한 모성이 자리하여, 아이를 지키려는 투지가 무섭게 자라난 상태다. 그녀는 에드워드의 의사에 반하면서까지 아이를 지키려 한다. 그러면서 그녀는 이전엔 서로 이해하지 못하고 불편해 했던 가족 구성원과 연대한다. 즉 에드워드의 이복동생인 로잘리Rosalie와 힘을 합해 아이를 지킨다. 원래 두 사람은 아이 때문에 미묘한 갈등 관계를 유지했다. 아이를 낳을 수 없는 로잘리는 아이를 갖기보다 뱀파이어가 되기를 갈망하는 벨라를 이해하지 못하며 그리 좋아하지 않았다. 하지만 결국 아이를 통해 두 여성 사이에 긴밀한 연대가 생겨난다. 여기에서 우리는 서로 간의 유대가 느슨하더라도, 위기 속에서 여성의 우정이 성장할 수 있음을 확인하게 된다.

임신은 하나의 전환점이 되어, 벨라는 최종적인 성장 단계에 다다른다. 그녀는 이상적인 어머니상이자 태고의 여신상이 된다. 그리고 에드워드는 고민에 빠진다. 그녀의 충실한 동반자 겸 추종자가 되거나 아니면 그녀를 영영 잃거나, 둘 중 하나를 택해야 한다. 이번에는 진짜로 잃을 수 있다. 출산 직전 죽음의 문 앞에 서 있는 그녀를 여태까지 그랬듯이 뱀파이어로 변신시키지 않고 버티면, 그녀는 죽고 만다. 그리하여 에드워드는 끝내 굴복하고 벨라를 구하며, 자신과 동일한 수준으로 그녀를 끌어올린다. 두 사람 사이에서 생겨난 유일무이한 존재인, 공동의 딸을 통해 '여성 우위'가 강화된 셈이다. 이제 에드워드는 그저 남편으로서 아내의 인생을 안락하게 만드는 기능만을 담당하게 된다. 뱀파이어가 된 아내에게는 더는 그의 보호가 필요하지 않다. 벨라는 완전하며, 심지어 그녀가 두 번째로 중요하게 여기는 친구는 미래의 사위가 될 예정이다. 이로써 가정에서 그녀의 위치는 점점 더 확고해진다. 반면 에드워드는 가타부타 말을 할 수 없다. 미래의 사위에 대한 반론이든 또는 가정과 관련된 그 어떤 주제든 더는 큰 목소리를 내기 어렵다. 20세기에 세상에 나와 21세기까지 발을 들였으니 달라진 세상에 적응하기 힘들 만도 하다. 그러나 서양 사회에서 21세기는 성별 구분이 점차 희미해지는 시기니, 에드워드도 변화하는 시대에 익숙해질 것이다.

이와 달리 벨라는 여성으로서 자아 발견의 정점을 찍는다. 전부터 그녀가 갈망했던 타협안이 이루어지면서, 그간 뒤처져 보였던 모든 것들이 한껏 끌어올려진다. 그리하여 그녀는 심리치료가 전혀 필요 없는, 매우 건강한 인간(또는 뱀파이어)으로 자리매김한다. 삶을 꾸리는 데 반드시 필요한 거의 모든 것들을 손안에 넣고 자유자재로 구사하기 때문에, 그녀가 정신적 문제에 빠질 일은 없다. 간간이 소소한 우울증이 생기더라도 그녀는 자가 치유를 통해 혼자서도 제어가 가능하다.

에드워드 – 불안에 시달리는 남성

에드워드는 1917년에 대유행한 스페인 독감으로 어머니를 잃는다. 그리고 그 또한 독감에 걸리지만 죽기 직전에 뱀파이어로 변하면서 죽음을 면한다. 그리하여 소년 에드워드는 사춘기가 채 끝나기도 전에 어머니 없이, 새로 변신한 존재로서 전쟁과 불확실성이 가득한 시대로 빨려 들어간다. 그를 뱀파이어로 만들어 살리고 양아들로 삼은 대체 가족은 애정이 가득했으나, 에드워드는 한창 '혈기' 왕성한 사춘기를 연쇄살인으로 거칠게 보낸다. 마음을 읽는 능력이 있는 그는 자살을 목전에 둔 사람들만 죽이면서 스스로 위안을 삼는다. 자신의 욕망을 잠재울 권한이 자기 손안에 있는데도, 그는 어차피 죽을 사람을 죽였다는 합리화를 통해 스스로 도덕적 결함이 없는 몬스터로 남으려 한다. 하지만 그가 청년기를 보낸 20세기 전반부 사회에서, 그의 행위는 나름대로 시대에 걸맞은 최선이었을지 모른다. 대량 학살과 세계대전으로 그렇게 많은 사람을 그토록 효율적으로 죽인 세기는 어디에도 없었으니까.

　그럼에도 에드워드는 불안과 두려움에 사로잡혀, 언제나

자기 통제를 생각하는 남성이다. 어린 나이에 경험한 어머니의 상실은 마음에 깊은 상처를 가했고, 이후 자신에게 중요한 무언가를 언젠가 잃을지도 모른다는 생각에 끊임없이 전전긍긍한다. 그가 벨라를 한편으론 과잉보호하면서도, 그녀의 욕구를 감지하자마자 곧바로 뒤로 물러서는 이유를 여기에서 찾을 수 있다. 그는 마지막 내밀한 '정'을 그녀에게 줄 준비가 되지 않아 연신 주저한다. 자기 통제를 놓아버리고 상대방을 상하게 할까 두려운 감정이 너무도 크기 때문이다. 그는 자신의 취약성을 벨라에게 투영하는 방어기제를 사용한다. 다시 말해 (자신이 아니라) 그녀가 보호를 필요로 하는 나약한 존재라고 계속해서 이야기함으로써, 자기 스스로 강인하다 느끼며 내적 통제를 유지한다. 사실 그의 깊은 내면에는 어머니를 그리워하는 어린 소년이 여전히 자리한다. 어머니의 죽음 당시 열일곱이라는 적지 않은 나이였지만 말이다.

자신의 성적 욕구만큼 벨라의 성욕 또한 그에게는 아주 위협적이다. 그녀의 강렬한 욕망 속에서 그는 자기 통제를 상실하지 않기 위해 재차 조심해야 한다. 벨라가 임신을 하고 그의 내면은 한층 더 불안정해진다. 그에게 중요한 의미를 가지는 또 하나의 존재가, 위험 부담이 높은 임신으로 인해 벨라와 함께 잃을 위기에 놓이기 때문이다. 이 시기 동안 에드워드는 극도의 두려움을 경험하는데, 동시에 이 두려움은 그가 성장하도록 돕는다. 이때 그는 자신이 사랑하는 걸 지키려면 통제를 포기해야 한다는 사실을 깨닫는다. 더는 홀로 모든 것을 이겨낼 힘이 없다. 따라서 벨라를 자신과 동등한 힘과 권리를 지니는 동반자로 끌어올리는 위험을 감수해야만 한다. 그렇지 않으면 자신까지도 완전히 무너지므로. 더불어 에드워드는 그녀가 자신을 진심으로 사랑한다고 믿으면서, 자신을 그저 강인하고 존경스런 부양자로만 바라보지 않는다는 걸 받아들여야 한다. 20세기 초반에 학습한 사회화를 버려야 할 때가 온 것이다.

마침내 그는 자신이 벨라에게 쾌락을 안기는 연인이자 아이를 돌보아주는 남편으로만 남아, 그녀의 삶을 안락하게만 해주어도 충분하다는 걸 자각한다. 그러면서 그는 부담을 내려놓는다. 이제 그는 더는 존재를 증명할 필요가 없으며, 어려운 결정들 또한 얼마든지 그녀 혼자서 내릴 수 있다. 마지막에 에드워드는 통제를 포기하고 권력을 내주며, 이를 통해 보다 자유로워질 수 있음을 배운다. 앞으로 이어질 100년은 벨라가 모든 걸 챙기고 보살펴도 부족함이 없음을 에드워드는 깨닫는다. 지금부터 그는 보호와 통제에 대한 부담을 내려놓고, 100년이든 200년이든 앞으로의 시간을 여유롭게 즐기면 된다. '여자는 짐이야. 다행히 나는 짐을 들 만큼 건강하지.' 뭐 이런 구시대적 발언으로부터 자유로워진 채로 말이다.

제이콥 – 영원한 친구

제이콥은 사회적으로 억압받는 두 소수 집단에 동시에 속한다. 하나는 인디언으로, 이들은 오늘날까지도 미국에서 '이등 시민'으로 간주된다. 인디언은 말 그대로 '아메리카 원주민'이지만, 이 가운데 장관직 또는 대통령 자리에 앉은 사람은 하나도 없다. 높은 자리를 차지하기는커녕 인디언 보호 구역에 산다. 또한 제이콥은 늑대인간에 속한다. 보다 정확히 말하면 형체가 '변신하는 존재'로, 달과 상관없이 변신할 수 있으며 몸이 변하더라도 기억을 계속 간직한다.

늑대인간은 동물적인 야생성 때문에 '교양 있는' 뱀파이어처럼 문명화된 계층으로 취급되지 않는다. 인디언이자 늑대인간인 제이콥의 이미지는 야만인 또는 야수로 남는다. 문명사회에서 야생성은 배제 대상이다. 늑대인간에 대한 이런 이미지는 무의식적인 편견으로 작용하여, 야수인 이들이 정장을 입고 정치인이나 변호사처럼 문명화된 직업에 몸담는 이야기가 나오면 왠지 모르게 어색해진다. (주제에서 살짝 벗어나기는 했지만 틀린 말은 아니다).

흥미롭게도 제이콥이 벨라 아버지의 사위였다면 어땠을까? 원래 제이콥의 아버지와 벨라의 아버지는 오랜 친구였다. 따라서 벨라의 아버지는 제이콥을 가까이서 지켜보며 장점과 매력을 파악했을 것이다. 어쩌면 벨라의 아버지는 그가 열정이 충만한 '진짜' 청년임을 알아보고 사윗감으로 생각했을지 모른다. 아직 길들여지지 않아, 젊은이로 위장한 노인인 뱀파이어처럼 고리타분하지도 않고 한결 유연하며 정열적이라는 걸 느꼈을 것이다. 교양을 갖춘 에드워드는 양식이 있기는 하나 뜨거운 열정을 학습해야만 하는 처지다.

한편 제이콥의 이런 격렬한 야생성은 벨라를 놀라게 하며, 뒤로 물러나 주춤거리게 만든다. 제이콥은 상대방의 거절이 진짜 거절을 뜻함을 곧바로 이해할 만큼 충분히 사회화되지 않아, 관계에서 종종 혼선을 겪는다. 물론 벨라의 어리석은 행동도 여기에 한몫한다. 그녀가 선을 넘어 입을 맞추는 바람에 제이콥은 한동안 골머리를 앓는다. 벨라는 에드워드와의 관계에서는 보기 힘든, 다소 도발적인 모습을 제이콥에게 드러낸다.

야성의 제이콥은 고삐 풀린 망아지처럼 자제력이 없다. 늑대인간으로서 자기 훈련 과정을 거치기는 했으나 이것만으로는 부족하다. 한 여성에게 어울리는 연인이나 배우자가 되려면 먼저 사회화 교육을 비롯한 학습이 필요하다. 그가 르네즈미에게 각인되어 훗날 연인이 된다는 설정은 그가 르네즈미처럼 길들여지지 않은 순순한 아이라는 뜻이자, 조만간 그녀와 함께 이 학습 과정을 밟게 되리라는 상징을 내포한다. 성적인 것과 무관하게, 제이콥은 르네즈미와 함께 성장하며 오빠로서 나중에는 연인으로서 역할을 찾아갈 것이다. 각인으로 인해 완전한 통제가 이루어져, 앞으로 그는 둘의 관계에서 더는 자유의지를 펼칠 수 없을 것이다. 어려서부터 완벽하고 순종적인 애인이 주어지면 대부분 여성은 또 다른 남성을 찾으려 하지 않는다. 따라서 두 사람은 매우 온전한 관계를 지속할 가능성이 높다. (물론 현실이 아니라 판타지 세계라 가능한 일이며, 판타지라서 오히려 다행이라고 해야겠다.)

트와일라잇 유니버스Universe라는 완전한 세계

《트와일라잇》이 이전 연애소설과 다른 점은 어리석은 오해나 실수가 발생하더라도 주인공들이 로미오와 줄리엣 또는 베르테르처럼 파국으로 치닫지 않고, 서로 충분히 대화를 나누며 재앙을 미연에 방지할 정도로 똑똑하다는 것이다. 20세기 전반부에 겪은 온갖 공포는 20세기 후반을 사는 인류에게, 서로 의사소통해야 한다는 크고 명료한 교훈을 하나 남겼다. 그리하여 우리는 소통을 통해 냉전을 끝냈고, 지금까지도 세계대전이나 냉전처럼 특별히 심각한 과실을 저지르지 않고 있다. 다른 사람과 입장을 바꾸어 생각해보는, 이른바 역지사지는 현대인이라면 갖추어야 할 당연한 삶의 양식이 되었다. 그사이 정신과 치료는 신분의 상징이 되었고, 더는 수치스러움에 치료를 숨길 필요가 없어졌다. 오히려 그 반대로 문제를 혼자서는 도저히 풀 수 없다고 생각되면, 빠르게 정신과를 찾아 호소하는 이들이 무척 많아졌다. 한편 《트와일라잇》은 정신과의 존재에 의문을 제기한다. 즉 정신과 치료가 언제나 반드시 필요하지는 않다는 걸 보여준다. 서로 대화를 주고받고, 타협하고, 불안과 두려움을 자각하고, 이런 감정들에 확실한 이름을 붙이는 것만으로도 충분히 치유가 된다. 이런 과정은 진정한 친구들과 대화를 나누며 얼마든지 경험할 수 있다. 그러면 심리치료사나 정신과 의사는 필요없다.

《트와일라잇》의 주인공들 또한 모든 문제를 이런 식으로 푼다. 그저 서로 이야기를 하면서 길을 찾아낸다. 특히 4권에서 볼투리와의 갈등을 풀어가는 장면은 대단히 인상적이다. 갈등이 벌어지자 볼투리가는 일단 상대의 말을 귀담아듣는다. 막강한 세력을 가진 가문이기 때문에 귀담아들을 기회는 이들에게 우선적으로 주어진다. 하지만 우리의 주인공들도 귀 기울여 듣고 말하는 일을 결코 소홀히 하지 않는다. 그리하여 양 진영의 분쟁은 더는 죽음 없이 화해로 종결된다. 대화를 통해 갈등을 해소하려는 시도는 카를 마이에서부터 시작되어 《트와일라잇》에서 한층 확장된다. 드라큘라는 죽어야만 했지만 에드워드는 결혼을 한다. 이 소설을 향한 시선들이 마냥 곱지만은 않으며 여러 면에서 문제점이 드러나기도 하지만, 옳은 방향을 가리킨다는 점에선 이론의 여지가 없다. 소설의 지향점은 지구화의 미래를 낙관적으로 전망하게 한다. 이상적인 세계는 우리가 어떤 존재이든 상관없이 받아들여지며, 서로 경계 없이 대화할 수 있어야 한다. 피부가 검든 하얗든 붉든, 이성애자든 동성애자든, 뱀파이어든 인간이든 늑대인간이든 또는 그 외에 무엇이든 관계없이 말이다. 각 개인은 우연히 타고난 특징이 아니라, 고유의 행위로 판단되어야 한다. 무엇을 타고났는지가 아니라 무엇을 행하는지가 중요하다. 인간에게는 자유의지가 있으므로, 더는 선천적인 악을 끌어들일 필요는 없다. 악은 없으며 대신 악한 행위만 있을 뿐이다. 악행은 누구든 저지를 수 있다. 무슨 일을 범하고 어떤 인간이 될지는 각자의 손에 달려 있다.

그레이의 50가지 그림자

Fifty Shades of Grey

왜 베스트셀러가 되었는지 아무도 모르는 베스트셀러

지금까지 다룬 주제의 연장선에서, 마지막으로 《그레이의 50
가지 그림자》를 들여다볼까 한다. '그레이의 그림자' 시리즈
는 《트와일라잇》의 팬 픽션에서 시작되었기 때문에 앞의 이
야기와 자연스레 연결된다.

'팬픽'이라고도 불리는 팬 픽션은 책이나 TV 시리즈 또는
영화의 팬이, 해당 세계관이나 주요 인물들을 바탕으로 창작
한 새로운 소설을 말한다. 수많은 팬들은 원작에서 마음에
들지 않았던 부분을 '개선'하기 위해 팬픽을 활용한다. 예컨
대 작품 속 A라는 인물이 B와는 전혀 어울리지 않으며 차라
리 C와 만났으면 좋겠다고 생각하면, A와 C가 연결되는 내
용의 팬 픽션을 집필하여 관련 온라인 포털에 올린다. 또는
특정 상황에서 A가 보인 행동이 결코 A의 본모습 같지 않다

고 여겨지거나, 작품에서 비교적 간단하게 취급된 특정 문제를 보다 풍부하게 다루고 싶을 때에도 팬픽이 이용된다. 이를테면 원작에서 육체관계가 부족하다 싶으면 팬픽을 통해 더 많은 관계를 묘사하는 식이다. 다들 알다시피 《트와일라잇》에는 벨라의 애정에 비해 섹스 장면이 상당히 적게 나온다. 이를 안타깝게 생각한 많은 팬들 가운데 하나가, 이 결점을 '고치기' 위해 팔을 걷어붙인 결과가 '그레이의 그림자' 시리즈다.

그나저나 억만장자 크리스천 그레이Christian Grey는 십 대(의 모습을 한) 뱀파이어 에드워드와 무슨 관계가 있는 걸까? 《그레이의 50가지 그림자》에는 지극히 평범한 '인간'들만 나오며, 초자연적이거나 피부에서 빛이 나는 존재는 어디에도 없지 않은가?

답은 아주 간단하다. 상당수 팬픽 작가들은 그저 인물에만 관심이 있거나, 두 인물 사이의 역학 관계에만 꽂히곤 한다. 그리하여 이들은 유독 끌리는 인물이나 역학 관계를 따로 빼내어, 자신이 만든 고유의 세계에 옮겨 심는다. 이를 대체 우주, AUAlternative Universe라 칭한다. 말하자면 크리스천 그레이는 대체 우주에 이식한 에드워드라 할 수 있다. 대체 우주에서 그레이는 뱀파이어가 아닌 평범한 인간이며, 십 대가 아닌 이십 대 중후반이다. 벨라와 아나Ana의 관계도 동일하게 이해하면 된다. (아나의 원래 이름은 아나스타샤 스틸Anastasia Steele이지만 보통은 줄여서 아나라고 부른다.)

그럼에도 인물들의 기본 특징과 두 주인공 사이의 역학 관계는 그대로 남아 있다. 얼마나 동일한지 바로 살펴보자.

또다시 등장한 스토커

흡사 벨라처럼 아나는 매사에 서툴고 소심하며, 스스로 특별히 예쁘지 않다고 생각하는 이십 대 초반 여성이다. 대학 졸업을 앞둔 아나는 아픈 룸메이트를 대신해, 졸업식에 초대된 크리스천 그레이라는 남성과의 인터뷰를 맡는다.

크리스천은 성공한 기업가이자 억만장자다. 에드워드와 마찬가지로, 크리스천도 아나에게 한번은 관심을 보이다가 이내 물러서고 선을 긋는다. 그는 아나에게 수차례 경고를 날린다. 즉 자신은 그녀에게 어울리는 남자가 아니라고 누차 말한다. 그러면서도 결국 크리스천은 아나와 거리를 두지 못하고 점점 가까워진다.

무엇보다 크리스천 그레이는 스토커다. 그는 아나에게 선물을 보내기 위해, 그녀가 어디에 사는지 알아낸다. 또한 아나가 어디에서 일하는지 알아내어, 첫 만남 이후 며칠 뒤 곧바로 그곳에 '우연히' 나타나 밧줄과 케이블 타이Cable tie 그리고 이와 비슷한 종류의 물건들을 사며 강렬한 암시를 건넨다. (모두 '신체 결박'에 필요한 물건들로, 작가의 의도가 또렷하게 담긴 장면이다.) 둘의 관계가 전개되는 뒷부분에 가면 크리스천은 아나의 휴대전화 위치를 추적하기까지 한다. 물론 그녀의 안전을 위한다는 구실이 붙는다. 또한 그는 아나가 업무상 관계를 맺는 사람들까지 하나하나 세세히 알려고 한다. 그러면서 그녀가 누군가에게 조금이라도 관심을 주면 지나칠 정도로 질투심을 드러낸다.

여기까지는 두 사람이 본격적으로 연인이 되기 전까지 했던 일들이다. 나중에 그는 아나가 졸업 후에 취직한 출판사를 사서, 그녀의 의지와 상관없이 상사와 출장을 떠나지 못하도록 가로막는다. 이처럼 스토커이자 통제광인 면모를 보여주는 행동들이 소설 곳곳에 나타나지만, 그럼에도 아나는 그를 스토커라 여기지 않는다. 그의 행동을 그저 감수한다. 그와 사랑에 빠졌기 때문이다. 또한 이런 행위는 아나를 향한 크리스천의 '걱정'이라며 종종 정당화된다. 그러나 그의 태도가 개선되어야 한다는 주제는 절대 논의되지 않는다.

한편 크리스천 그레이가 연인에게 (육체적) 고통을 가하고 지배하려는 이유는, 오직 이런 방식으로만 어린 시절의 여러 트라우마를 견뎌낼 수 있다고 믿기 때문일지도 모른다.

일반적으로 BDSM(신체 결박Bondage과 훈육Discipline, 지배Dominance와 복종Submission 그리고 사디즘Sadism, 가학 성애과 마조히즘Masochism, 피학 성애의 약자)은 크게 문제가 되지 않는다. 현실에서 BDSM을 은밀히 즐기는 사람들은 적지 않으며, 이들은 참가자들의 안전을 보장하기 위해 엄격한 규칙을 정하여 실행한다. 하지만 크리스천은 이런 규칙의 다수를 깨트리는데, 이 소설이 비난받는 이유가 되기도 한다.

BDSM 실행에서 중요한 한 가지는 모든 참가자가 서로 무엇을 행하는지 정확히 알아야 한다는 것이다. 그러나 아나는 아직 성 경험이 없는 처녀인 데다, 여태까지 성적 욕구를 풀고 싶은 열망을 경험한 적도 없다. 다양한 행위에 동의한다는 내용이 담긴 계약서를 크리스천이 건넬 때 아나는 과중한 부담을 느낀다.

크리스천은 이 상황을 아나와 동침을 하며 단순하게 정리해버린다. 이로써 성적 경험이 전혀 없는 그녀는 첫 경험을 한다. 그런 다음 크리스천은 나머지 문제는 절로 풀리리라 생각한다. 자신이 제안한 계약서 내용을 아나가 구글링 Googling으로 알아서 검색하도록 내맡긴다. 두 사람이 다시 만나 계약에 대해 논의할 때, 그는 미리 와인을 주문해 함께 마신다. 그녀가 보다 '의미 있는' 결정을 내리는 데 취한 상태가 훨씬 도움이 될 거라 판단한 것이다.

그러면서 작가는 크리스천 그레이가 BDSM에 빠진 이유를 하나둘 설명한다. 즉 그는 진정한 사랑을 모르며, 스스로 사랑받을 수 없다고 생각하기 때문이라는 것이다. 이야기가 진행되면서 차츰 크리스천의 과거가 밝혀지는데, 친어머니는 약물에 중독된 매춘부였으며 어린 시절 그는 어머니의 손님들에게 학대당했다. 어머니가 세상을 떠나고 나서 그는 그레이 집안으로 입양된다. 그리고 그 집에서 양어머니의 친구와 첫 경험을 한다. 누가 봐도 그보다 나이가 훨씬 많은 그녀는 십 대 소년에게 BDSM을 털어놓으며 성적 학대를 가한다. 이로 인해 BDSM은 평범하고 건강한 사람들과는 거리가 있으며, 크리스천 그레이 또한 힘든 어린 시절로 인해 BDSM으로 기울게 되었다는 식의 인상을 준다. 시리즈 3권의 마지막에 가면 그의 이런 성향은 아나의 사랑으로 결국 '치유'된다. BDSM 취향을 가진 집단이라면 이를 개인적으로 받아들여, 《그레이의 50가지 그림자》를 극도로 싫어할 만도 하다. BDSM이 사랑으로 치유될 수 있는 '문제'로 간주되니 말이다.

하지만 크리스천 그레이의 태도를 이해하기에는 아직 충분하지 않다. 이 외에도 그는 감정을 조작하는 모습을 보인다. 아나가 무언가를 거절하면 다시 들어줄 때까지 화를 내거나, 아니면 역시나 그녀가 거절을 철회할 때까지 의기소침한 모습으로 일관한다. 계속해서 그는 BDSM 없이는 그녀와의 관계를 유지할 수 없다고 말한다. 아나는 그를 잃고 싶지 않아서, 자신이 원치 않는 것들도 동의해준다.

아나가 잠시나마 그를 떠나는 상황이 딱 한 번 있는데, 놀랍게도 이는 그의 잘못 때문이 아니다. 1권 끝에서 그녀는 크리스천에게 때려달라고 요구한다. 얼마나 아픈지 한번 알아보고 싶었던 그녀의 요구에 크리스천은 순순히 응한다. 이에 아나는 처참한 기분을 느끼지만, 그녀는 세이프 워드Safe-word를 쓰지 않는다. 즉 BDSM 행위 도중에 그만하라는 뜻이 담긴 신호를 제때 건네지 않은 것이다. 그런 다음 아나는 그를 괴물이라 칭하며 관계를 끝낸다.

그렇게 헤어진 둘은 다들 예상하듯이 2권 초반에서 다시 만나 관계를 이어간다. 2권에서 작가는 두 사람 사이에 약간의 이야기를 덧붙인다. 아나의 상사인 잭Jack은 그녀에게 흑심을 품고 추근거리며, 이에 크리스천은 그녀가 일하는 출판사를 사서 잭을 해고하고, 잭의 자리는 아나가 차지한다. 이후 잭은 끊임없이 등장하여 위험한 상황을 유발하면서, 크리스천이 아나를 보호하고 돌본다는 이유로 그녀의 자유를 제한하는 기회를 제공한다. 여기에 더해 크리스천의 과거 성적 파트너가 나타나 아나를 위협하면서, 동일한 효과를 내기도 한다.

계속해서 아나는 자유를 위해 씨름하지만, 그럼에도 결국 2권 마지막에 크리스천의 청혼을 받아들인다. 평소 결혼을 염두에 두지 않던 그는 그녀를 잃을까 두려운 마음에 마침내 결혼을 결심한다. 이 지점에 이르기까지 두 사람은 기껏해야 세 달 정도를 함께 보낸다. 계약서에 명시된 기간이 세 달이었으니 이런 추정이 가능하다. 세 달은 결코 긴 시간이 아니지만 그래도 로미오와 줄리엣보다는 낫다고 하겠다.

시리즈 3권에선 계획에 없던 임신이 추가되면서 문제는 한층 복잡해진다. 크리스천은 망가진 어린 시절을 상기하고 싶지 않아, 스스로 아버지가 되는 걸 꺼린다.

후반으로 가면 크리스천이 맺은 첫 번째 관계를 건드리면서 이야기를 풀어간다. 끝내 그는 아나에게, 양어머니의 친구인 엘레나Elena가 가한 일들을 자세히 설명한다. 그가 15살일 때 그녀와 첫 관계를 경험했으며, 그를 BDSM으로 이끈 그녀는 둘의 BDSM 관계에서 지배자Dominatrix 역할을 하면서 수년 동안 이 관계를 유지했다는 것이다. 그러면서 크리스천은 엘레나와의 이 관계가 자신을 보호해주었다고 말한다. 친어머니처럼 타락하지 않도록 도와주고, (어느 정도) 정서적 안정을 보장해주었다는 것이다. 동시에 그는 BDSM으로 맺어진 이 관계가 자신에게 해로웠다는 사실을 이제야 깨달았다고 털어놓는다. (너무 어린 나이에 그런 관계를 맺어서가 아니라, 그저 BDSM이라는 관계가 문제였다는 식으로 말한다.) 더불어 그는 그사이에 과거를 크게 깨우친다. 낮은 자존감으로 인해 누구도 자신을 사랑하지 않을 거라 믿었기 때문에, 그는 맞고 제압당하는 일이 당연하다고 생각했다. 그리고 그 역시 누군가를 결코 사랑할 수 없었다.

이 지점을 통해 작가는 아나가 그를 구하고 치유했음을 보여준다. 아나가 크리스천의 상처를 끌어안고 크리스천 또한 상처를 극복하려고 애쓰면서, 치유라는 정점에 도달해 모든 문제가 풀어졌음을 암시한다. 이전의 여러 다른 파트너들과 달리, 아나가 크리스천에게 어떤 면에서 유독 특별했는지 명확히 드러나지도 않은 채로 말이다.

그렇게 얽힌 실뭉치가 풀린 아나와 크리스천은 함께 행복하게 살며, 아들 하나에 이어 딸 하나를 또 얻는다. 크리스천이 자칭 치유되었다고는 하지만, 두 사람은 여전히 '변태적인' 성관계를 계속한다. 물론 예전과 완전히 다르기는 하다.

바이런적 영웅, 그리고 수많은 여성이 그를 구하고자 하는 이유

크리스천 그레이는 '바이런적 영웅Byronic hero'이라는 문학적 원형에 정확히 들어맞는다. 영국 시인 바이런 경Lord Byron의 시적 특성을 지닌 인물을 문학에서는 바이런적 영웅이라 한다. 다시 말해 우울하면서도 정열적이고 사회에서 소외된 '아웃사이더'지만, 그래서 오히려 대다수 다른 사람들보다 뭔가 더 나은 면을 지닌 남성 주인공을 뜻한다.

바이런적 영웅들은 종종 냉소적이고 오만하며, 그들의 이런 태도는 대부분 어두운 비밀에 토대를 둔다.

현대 연애소설의 남성 주인공은 이런 유형에 부합하는 경우가 빈번하다. 앞서 우리는 사랑의 힘으로 '괴물을 길들이는' 여성적 힘의 판타지를 확인했다. 이를 조금 희석해서 표현하면, '망나니를 제 손으로 구할 수 있다'는 환상이다.

《그레이의 50가지 그림자》에서 아나가 하는 행동이 바로 여기에 기초한다. 자신을 비롯해 주변 사람들을 함부로 대하는 한 남성을 품으며 진지한 관계를 맺고, 오직 그녀의 사랑으로 그가 어두운 비밀을 극복하여 상당히 괜찮은 인간이 되도록 만든다. 여태껏 누구도 해내지 못한 일을 성사시키면서, 그녀는 굉장히 특별한 인간이 된다. 모든 주인공이 그렇듯이, 아나는 불가능해 보이는 일을 끝내 해내고 만다.

그러나 당연히 현실에서는 이런 일들이 쉽게 이루어지

지 않는다. 많은 여성들이 지독한 관계에서 빠져나오지 못하고 계속 머무르는 이유가 여기에 있다. 이들은 인내심을 가지고 사랑을 쏟으면, 옆에 있는 망나니를 꿈속의 왕자님으로 만들 수 있을 거라 믿는다. 안타깝게도 현실에서 이런 관계는 (의외로) 무척 안정적이다. 실제로 여성들이 심각한 학대를 당하더라도 관계는 쉽게 흔들리지 않는다. 끊임없이 이루어지는 권력 관계의 변화 때문이다. 예컨대 남성이 연인이나 배우자인 여성을 구타하면, 이제 그는 둘의 관계에서 막강한 권력을 쥐게 된다. 이후 여성이 헤어지겠다고 겁을 주면 남성은 애걸복걸하며 무릎을 꿇는다. 그러면서 자신을 떠나지 않으면 더 나아지겠다고, 달라지겠다고 약속한다. 이제 권력은 다시 넘어와, 여성이 강력한 힘을 쥐게 된다. 그녀는 관대한 마음으로 그를 용서한다. 다음 구타가 벌어지기 전까지만……. 이런 악순환은 일종의 의식처럼 행해진다. 이 여성은 이 남성을 바꿀 수 없다. 그는 나중에 자신이 '순종 의식'을 거행하기만 하면, 본인이 원하는 대로 뭐든 할 수 있음을 안다. 무릎을 꿇고 난 다음, 그는 얼마든지 그녀를 다시 구타할수 있다. 이런 남성이 달라지려면 일단 여성들로부터 여러 차례 버려지고 또 버려져 더는 무릎 꿇을 대상조차 없어야 한다. 하지만 어쩌면 이들은 결국 달라지지 못하고, '못된 여자들이 불쌍한 남자들을 억압한다'고 생각하는 극단적인 남성집단에 들어가 동조할지도 모른다.

정신의학적 관점으로 살펴본 그레이의 50가지 그림자

《그레이의 50가지 그림자》는 완전히 비틀어지고 망가진 인격이 오로지 사랑으로 치유되는 과정을 담는다는 점에서 무척 흥미롭다. 이는 독자들의 판타지 속에서만 작동하는 이상으로, 실제로 일반적인 정신과 치료에서는 일어나기 어렵다. 더불어 소설에서 다루는 크리스천 그레이는 현실적인 인물이라기보다 판타지에 포함된 일부다. 말하자면 크리스천은 주인공 아나의 비밀스런 욕망과 동경이 투사된 대상으로, 그와 관련된 모든 것들은 현실이라 믿기 어려울 정도로 설정되어 있다. 어디에도 없으며 있을 수도 없는 남성이다.

크리스천 그레이 – 욕망 투사의 대가

소설 《모모》에서처럼 《그레이의 50가지 그림자》도 인물을 바탕으로 분석하기는 어렵다. 말했듯이 이 소설은 '진짜' 인간들을 그리지 않기 때문이다. 혹여나 작가가 (사랑으로) 트라우마 극복이 가능하다는 훌륭한 가설을 전제했더라도 말이다. 물론 《모모》의 경우 소설 전체를 하나의 유기체로 보면서, 구성하는 각 요소마다 기능이 있으며 모두가 합해져 하나의 복합적인 현상이 일어난다고 분석할 수 있었다. 그러면서 인간 사회의 '우울증'을 상징적으로 묘사하는 하나의 온전한 이야기로 보았다. 반면 '그레이의 그림자' 시리즈에는 이런 지적인 하부구조가 부족하다. 오히려 여기에선 이드Id

를 다룬다. 다들 알다시피 이드란 인간의 원초적·본능적 요소가 자리하는 무의식의 영역으로, 이 소설은 우리의 깊은 내면과 금지된 욕망에 대한 이야기로 볼 수 있다. 그러므로 크리스천 그레이는 이 욕망과 판타지가 표출된 대상이다. 그는 '완벽한 파트너'라는 판타지에 속한다. 물론 처음 한동안은 전혀 완벽해 보이지 않지만, 도리어 그래서 이 판타지에 부합한다. 그 이유는 차차 확인해보도록 하자.

먼저 크리스천은 상상을 초월할 정도로 부유하다. 그는 비상한 천재로, 부를 위해 아무것도 할 필요가 없다. 돈이 절로 불어나는 방법을 찾았기 때문에 특별한 노력을 들이지 않아도 되는 것이다. 알아듣기 힘든 비즈니스 전문 용어를 쓰며 한두 사람과 전화 통화를 하거나, 회의에 참여하는 일이 전부다. 종종 회의로 바쁘다고는 하지만, 휴대전화로 아나에게 이메일을 보내느라 회의 시간 대부분을 보내는 듯하다. 취미 생활에 오로지 전념할 정도로 시간이 넉넉하다.

여기에서 우리는 현실과 환상이 갈라지는 첫 번째 틈을 발견한다. 크리스천이 현실적 인물을 모사하지 않았음을 명백하게 알 수 있는 지점이다. 보통 재산이 계속 늘어나는 사람들은 막대한 부를 물려받았거나, 아니면 부를 위해 혹독하게 일하거나 둘 중 하나다. 크리스천은 약물중독에 빠진 매춘 여성의 아들로, 나중에 부유한 가정에 입양되기는 하지만 결국 혼자 힘으로 부를 쌓았다고 소개된다. 그가 그동안 무엇을 어떻게 얼마나 열심히 했는지, 그리고 사업을 어떻게 이

끌어가는지는 의문이다. 자수성가한 억만장자의 성공 사례는 무수히 많다. 그러나 간추리면 핵심은 거의 동일하다. 이들은 오직 회사를 위해 살며, 회사에 꿈이 있기 때문에 관계를 소홀히 하는 경우가 다반사다. 진짜 자수성가 억만장자에게 회사는 영순위다. 혹시나 어떤 트라우마가 있더라도 회사가 일종의 치료법이 되어, 일에 몰두하면서 정신적 상처도 차츰 아물 가능성이 높다. 이들은 크리스천 같은 취미 활동에 보낼 시간이 전혀 없다.

하지만 현실은 중요하지 않다. 중요한 건 완벽한 남성에 대한 환상이다. 돈이 많으면서 물려받은 것도 아니고 제힘으로 벌었다는 사실은, 그를 엄청난 능력과 재력을 가진 파트너로 인식하게 만든다.

여기에 더해 이상적인 파트너는 자신이 택한 사람을 끝까지 쟁취하기 위해 많은 시간을 쏟아야 한다. 크리스천은 아나스타샤에게 정성을 들이느라 상당한 시간을 보낸다. 그러니 회사를 돌볼 시간이 없다고 해도 별로 놀랍지 않다. 일단 그는 스토킹을 하며 그녀에게 다가간다. 이런 행위는 주인공 아나의 내적갈등을 드러내는 역할을 한다. 즉 이야기 전반에 걸쳐 아나는 '자율성 대 의존성'이라는 내적갈등 속에서 경계를 오간다. 크리스천이 그녀에게 들이는 시간과 정성은 이 갈등을 지속적으로 흔든다. 아나의 내적갈등에 대한 내용은 뒷부분에서 보다 자세히 들여다보기로 하자.

세 번째로 판타지에 부합하는 완벽한 파트너는 상대방의

성적 욕구를 충족시켜야 한다. 연애소설의 이상적인 파트너가 갖추어야 하는 가장 중요한 요소기도 하다. 이와 더불어 한 가지가 더 있다. 여주인공은 반드시 '순수'해야 한다. 자의식이 강하거나 정열적인 여성이어서는 안 된다. '고상한 척하는' 미국을 포함해 다수의 문화권에서 이런 특징은 거부감을 낳는다. (어쩌면 그래서 미국이 사우디아라비아를 그토록 잘 이해하는지도 모르겠다.) 순수함을 유지하는 여주인공을 이상적 파트너가 유혹하면, 그녀는 육체관계를 전혀 갈망하지 않으면서도 '순수한 사랑'을 위해 어쩔 수 없이 스스로를 희생한다. 연애소설이 이런 식으로 구성되는 까닭에, 여기에서 BDSM은 완전히 잘못된 맥락으로 읽힌다. BDSM은 그저 유사강간의 상징이 되어, 여주인공의 (숨은) 욕구를 끌어올리며 욕망을 재정립하는 공식적인 기회로 간주된다. 시리즈의 뒤로 가면 실제로 그녀는 자신의 욕망과 정면으로 마주한다. 그리고 바로 이 지점에서 크리스천이 BDSM 성향에서 '치유'되었다고 나온다. 그러나 사실은 여주인공이 드디어 본인의 성적 욕구를 자각하면서, 육체관계에 대한 대가로 스스로에게 벌을 내리는 '굴욕적 의식'이 더는 필요없게 된 것이다. 하지만 그녀는 결코 이를 자인하지 못하며, 그저 상대 남성에게 투영될 뿐이다.

그러므로 크리스천은 하나의 인물이 아니라, 주인공 아나의 충족되지 않은 모든 성적 욕망이 거침없이 투영된 '평평한 화면'에 불과하다. 동시에 여주인공에게 열광하며 그녀를 따르는 여성 독자의 욕망이 투사된 화면이기도 하다. 그래서 진성 BDSM 팬들은 그저 고개를 내저으며, BDSM이 오용되었다고 느낄지도 모른다. 여기에서 다루는 건 진짜 BDSM이 아니니까.

아나스타샤 스틸 – 야성적 꿈속에 사는 여성

서툴고 순진한 소녀로 나오는 아나는 언뜻 보면 그녀의 전형인 《트와일라잇》의 벨라를 떠올리게 한다. 하지만 벨라와 달리 아나는 또 다른 이야기를 한다. 벨라가 얌전 빼는 에드워드와 육체관계를 두고 씨름을 벌였다면, 아나는 유혹당하고만 처녀 역할을 담당한다.

아나는 누군가의 보살핌을 향한 갈망에 사로잡혀 있으면서, 동시에 완전한 자유를 소망한다. 심리학에서는 이를 '자율성-의존성 갈등'이라 부른다. 이 내적갈등은 서로 대립하는 두 극으로 이루어져, 현실에선 영원히 양립할 수 없다. 그러므로 이런 갈등 속에서 우리는 끊임없이 절충점을 찾아야 하며, 나타나는 징후에 따라 이쪽으로 치우쳤다가 또 다른 방향으로 치우치면서 이리저리 동요한다. 그런데 아나는 두 가지를 동시에 원한다. 모든 은밀한 욕망이 채워지는 전방위적인 보살핌을 바라면서, 더불어 온전한 자유도 바란다. 그리고 꿈같은 인물 크리스천 그레이가 이를 충족시킨다. 이따금 그는 보살핌이라는 명목으로 스토커 같은 모습을 보이며 자율성을 빼앗는 듯하나, 결과적으로는 그녀가 원하는 바를 그대로 행한다. 표면적으로 그는 강인한 남성인 척하지만, 내적으로 그는 아나에게 의존하며 순종적인 '노예'로서 그녀의 내밀한 정욕을 채워준다. 그리하여 그녀는 이 욕망에 대해 책임질 필요가 없으며, 그저 그에게 전권을 넘기면 된다. 사실 둘 사이에 중차대한 갈등은 없다. 소설에서 그려지는 갈등은 대부분 별로 중요하지 않은 사소한 일을 두고 벌이는 일종의 '유사 갈등'이다. 이런 갈등은 겉으로 복잡한 관계처럼 보이도록 하며, 독자들을 착각하게 만든다. 실제로 아나는 매번 주도권을 확실히 쥐며, 크리스천이 그녀의 욕망을 새로이 채우도록 이끈다. 그 결과 아나는 그의 인생에서 중심을 차지한다. 이런 동등한 관계는 현실에 없다. 크리스천은 단지 아나를 위해 거기에 있으며, 그에게 고유한 욕구는 없다. 그의 욕구는 오직 아나의 판타지 안에 존재하며, 그녀를 드높이는 목적으로 이용된다. 즉 그를 '치유'할 수 있는 유일한 사람이 그녀라는 사실을 돋보이게 하는 수단인 것이다. 사실 이 치유는 아나의 정욕을 채우고 그녀가 권력을 획득하게 만들 뿐, 애초에 크리스천은 치유할 것이 하나도 없다. 그는 존재하는 인물이 아니며 느껴지지도 만져지지도 않는 판타지이기 때문이다. 그에게는 아나를 행복하게 만드는 일을 넘어서는, 실질 목표나 소망 또는 욕구가 없다.

《그레이의 50가지 그림자》가 이토록 대단한 성공을 거둔 이유

소설 《그레이의 50가지 그림자》의 커다란 장점은 흥미진진한 이야기 전개가 아니라, 여성들의 금기된 판타지를 '이상적인 화면'에 투영하여 그렸다는 점이다. 이 금기된 판타지 안에는 야성적인 섹스 외에 전혀 다른 종류의 판타지도 속한다. 사실 본능에 충실한 성관계는 오늘날 사회적으로 어느 정도 용인된다. 하지만 상대에게 자신을 완전히 내맡기며, 정신적·물질적으로 온전히 돌봄받는 일은 이제 쉽사리 용인되지 않는다. 따라서 소설은 현대 여성의 또 다른 판타지를 투영한다. 즉 스스로를 챙기기 위해 애쓸 필요 없이, 모든 걸 돌보고 공급해주며 여성의 모든 일을 (심지어 심기 불편한 결정까지도) 떠맡는 남성을 곁에 두는 판타지 말이다. 이는 오늘날 시대상에 크게 뒤떨어진다. 현대 여성은 유능한 실력을 발휘하며 분야에서 확실한 커리어를 쌓아야 하고, 더불어 자기주장을 분명하게 내세워야만 한다. 따라서 현대적인 여성은 성관계에서도 자기 결정권이 있으며, 본능에 따라 야성적으로 관계를 맺을 권리가 있다. 대략 60년 전만 해도 세상은 완전히 딴판이었다. 당시 여성은 전방위적인 보호와 돌봄을 받을 권리가 있었으며, 그 대가로 자신을 돌보는 부양자에게 순응해야 했다. 자기 결정적이고 본능에 충실한 격정적인 육체관계는 남성에게 위험으로 간주되었다. 여성의 이런 요구를 언젠가 더는 채우지 못할까, 두려움으로 작용한 것이다. 여성의 커리어는 환영받지 못했으며 딱히 필수 사항도 아니었다. 소위 부양자가 모든 물질적 필요를 조달해주었기 때문이다. 이에 대한 대응으로 여성은 부양자에게 감정적 필요를 공급해야 했다. 경우에 따라 자신의 감정적 욕구를 유보하면서까지 상대를 (정서적으로) 돌보아야 했다.

《그레이의 50가지 그림자》에서 아나는 이 갈등에서 벗어나며 두 가지를 모두 얻는다. 그녀가 거머쥔 억만장자는 물질뿐 아니라 감정으로도, 전반에 걸쳐 고루 돌보며 공급해준다. 그녀가 커리어를 쌓고 싶어 하면 그는 회사를 하나 사준다. 회사에서 그녀는 사람들을 마음껏 지휘할 수 있으며, 그럼에도 직장을 잃을 위험은 없다. 동시에 그녀는 사랑을 박탈함으로써 자신의 남자에게 벌을 내릴 수 있다. 또한 아나는 그가 그녀 없이 트라우마를 극복할 수 없음을 안다. 한마디로 요약하면 그녀는 보살핌을 받으며 커리어를 쌓는 '인형'이다. 그러면서 자기 남자의 영혼을 지배하지만, 그는 여전히 나름의 영향력을 유지한다. 소설 전체를 장식하는 BDSM과 육체관계는 사실 부속물에 지나지 않으며, 소설을 정말로 의미 있고 재미있게 만드는 부분은 따로 있다. 이 소설의 재미는 여주인공이 쟁취하는 완전한 자유와, 자율 대 의존이라는 내적갈등 해소에 있다. 이후 BDSM을 다루는 에로틱 소설들이 크게 성공을 거두지 못한 반면, 억만장자가 나오는 연애소설들은 (풍부한 선택지를 갖추며) 여전히 아마존 전자책 베스트셀러 100위 안에 머무는 이유가 있다.

소설에서 우리는 모든 여성의 완벽한 판타지를 확인했다. 여성은 보살핌을 원하면서도 지배하고 싶어 한다. 자신의 커리어에 관심이 많은 여성은 부양자가 아니라, 서로 종종 맞

부딪치기도 하는 동등한 파트너를 필요로 한다. 따라서 이들은 '그레이의 그림자' 시리즈가 겨냥하는 독자층에 해당하지 않는다. 이들은 아마 책의 단조로움에 고개를 내저을 뿐 아니라, 아나의 인생 자체에 한숨을 내쉴지 모른다. 그녀는 실질적인 목표가 없고 그저 호강을 누리길 바라며, 즉각 욕구 충족이 이루어지기를 원하는 '팔자 좋고 텅텅 빈' 여자이기 때문이다.

하지만 정말 솔직하게 말하면, 여성이든 남성이든 상관없이 누구나 가끔은 이런 환상을 꿈꿀 것이다. 그리고 마침 시의적절하게 책 한 권이 수중에 들어온다면 신경이 거슬릴 수도 있다. 정곡을 찔렸으니까. 비록 잠시뿐이더라도, 그 거슬림은 분명 우리 안의 무언가를 건드리고 지나간다.

지금까지 우리는 고대에서부터 현대에 이르는 문학의 세계를 두루 여행했다. 그리고 드디어 여행의 종착지에 도달했다. 물론 여러 여건상 한정된 선택지에 만족해야 했으며, 많은 중요한 작품을 미처 다루지 못하고 지나칠 수밖에 없었다. 여기에 더해 이른바 서양 문학에만 국한한 점에 대해서도 양해를 구한다. 안타깝게도 우리는 러시아 고전을 비롯해 아시아와 아프리카의 문학작품 그리고 오세아니아권 소설과 신화들을 참작하지 못했다. 당연히 모두 언급되기에 충분하겠지만, 우리 인간이 원래 그렇지 않은가. 아동기와 청소년기에 어쩔 수 없이 접했든 기꺼이 찾아보았든, 익숙하고 또 잘 아는 것에 먼저 눈이 가게 마련이다. 그래서 우리가 서양 문학이라는 테두리 안에서만 여행을 시도할 수밖에 없었다고 변명하는 중이다.

애초에 우리는 소위 '서양 세계'라 불리는 사회의 변화를 투영하는 문학작품들을 고르는 데 집중했다. 여기까지 읽은 독자라면 아마 다들 눈치챘을 것이다.

일반적으로 고대 그리스를 민주주의와 문명의 요람이라고 한다. 문학을 통해 우리는 그리스인들이 스스로를 엄격히 통제하며 안위를 얻기 위해 노력했다는 사실을 알 수 있다. 물론 결과는 생각과 달랐다. 그들의 민주주의는 언제부터인가 엉망으로 망가졌고 20세기가 되어서야 겨우 되살아났다. 또한 그리스인들은 문학을 통해 다양한 재앙을 새로이 만들어내면서, 동시에 모든 재앙과 불행에 대비하는 자세를 보여주었다. 어쩌면 그 힘이 오늘날까지 이어진 덕에, 지금 유럽이 여러 재앙을 무사히 이겨내고 있는지도 모른다.

중세는 '강자의 법칙'이 누차 지배한 시대였다. 당시 사람들은 확실한 신뢰를 동경했다. 지긋지긋한 재앙에 지친 중세 사람들은 재앙을 제거하면서 고귀하고도 품위 있는, 이상적인 롤 모델을 원했다. 그리하여 찬란하게 빛나며 도덕적으로 흠 없는 기사가 이상으로 자리했다. 비록 원탁의 기사들이 모든 재앙을 물리치지는 못했으며 계속해서 하나둘 재앙 속으로 빠져들어갔지만, 적어도 재앙을 막고 없애려고 노력은 했다. 우리 기사들이 압도적으로 잘한 부분도 있다. 그들은 뭔가가 잘 안 풀릴 때마다 희생양을 찾아 내세우는 데 뛰어났다. 어딘가 의심스럽다 싶으면 언제나 여성에게 책임지웠다. 남성들에게 지배당한 교회는 기사들과 마찬가지로, 재앙에서 재앙으로 끊임없이 미끄러져 들어갔다. 그리하여 당시에는 그리스도교인에게 재앙을 유발할지도 모를 모든 것에 대항해야 했고, 성전이라 불리는 십자군 운동을 생각해내어 적극 동참했다. 책임은 언제나 다른 누군가의 몫이었다. 그리고 그리스도교 남성을 제외한 모든 인간에게서 누누이 책임을 찾으려 했다. 더불어 성적 억압이 가해지면서 상황은 전혀 나아지지 않았다.

그래서 17세기는 일종의 과도기라 하겠다. 17세기 서구 사회는 아이에서 어른으로 넘어가는 사춘기처럼, 성적 자기 결정을 두고 씨름하는 단계에 접어들었다. 물론 우리 과거사를 이처럼 단순하게 말해서는 안 된다. 그럼에도 예절과 품위의 시대였다고 생각하는 사람들이 많으니까. 로미오와 줄리엣 같은 두 십 대 청소년이 오늘날까지도 영원한 사랑의 상징으로 통용되는 것만 보아도 알 수 있지 않은가. 실제로 이들 둘은 제대로 된 사랑을 이루지 못했다. 하지만 이는 중요하지 않았다. 정략결혼이 흔했던 당시에는 사랑을 향한 간절한 외침 자체가 훨씬 더 중요했다. 배우자를 스스로 찾고 결정할 수 있기를 소망하던 그 시대에, 로미오와 줄리엣은 말 그대로 공상과학소설과도 같았다.

괴테 역시 성적 자기 결정을 두고 분투했다. 그러나 시대가 아직 여물지 못하여, 베르테르도 로미오와 줄리엣처럼 좌절을 겪었다. 원하는 바를 얻으려는 사람은 끝내 죽음이라는 결론을 감수한다. 그리고 얻지 못한 이는 제 머리에 총을 겨눈다. 사랑에 있어선 그리 좋은 시대가 아니었다. 뿐만 아니라 인간 사이의 의사소통도 그리 활발하지 않았던 시대로 보인다. 17~18세기만 해도 사랑하는 연인끼리 합리적인 태도로 서로 대화를 나누고 계획을 세우는 일은 흔치 않았다. 소곤거리는 달콤한 말 이상은 환영받지 못했으니, 그런 치명적인 오해를 초래했으리라.

그래도 19세기에 들어서면서 우리 사회는 마침내, 현대적으로 그리고 본격적으로 서로 대화를 나누기 시작했다. 작품에서 카를 마이는 원수와 대화를 하며 화해를 시도한다. 이는 (매번은 아니지만) 종종 놀랍도록 뛰어난 효과를 거둔다. 19세기는 서로 간의 대화가 점점 더 중요해지는 시대였다. 무기들이 더욱더 치명적인 방향으로 발달되었기 때문이다. 미국의 남북전쟁은 살인적 무기에 대한 강렬한 첫인상을 남겼지만, 유럽은 이에 주의를 거의 기울이지 않았다. 무섭도록 끔찍한 무기가 있으면 더는 아무도 전쟁터에 투입되지 않을 거라 생각한 어느 미국 의사에 의해, 기관총 같은 획기적인 성과물이 발명될 때에도 마찬가지였다. 이 의사는 시대를 앞서갔다. 물론 관념적으로만 말이다. 그의 발명은 생각했던 바와 정반대 지점에 다다르고 말았다.

미국인들이 본토에서 서로 죽고 죽이며 수많은 목숨을 잃고 자기네 땅을 폐허로 만드는 동안(신세계 또는 신대륙은 언제나 시대를 앞서가는 경향이 있다), 표면적으로 유럽은 훨씬 품위 있고 문명화된 길로 향했다. 그러면서도 수면 아래에선 식민주의와 이방인 혐오 그리고 여성의 성적 해방 등이 부글부글 끓어올랐다. 이 모두가 《드라큘라》에 담겨 있다. 대영제국이 봉착한 첫 번째 난관이 서프러제트Suffragette, 즉 여성 참정권 운동가들의 투쟁이었던 이유는 너무나도 자명하다. 더불어 당시 유럽은 다른 인종을 열등하게 바라보았다. 억눌린 약자들은 결국 굴종에서 벗어나길 원했다. 여성은 성적으로든 직업적으로든 모든 면에서 평등한 권리를 얻고자 했다. 또한 스스로를 교육받지 못한 토착민으로 자임하며, '백인 지배자'에게 무언가를 배워야만 한다고 믿었던 식민지 사람들은 더는 현실에 만족하지 못했다. 하지만 문제를 구조적으로 접근하며 논쟁을 벌이기에는 시대가 아직 성숙하지 못했다. 반란을 일으킨 인도 사람들은 총살되었고, 서프러제트는 감옥에 가거나 정신병원으로 보내졌다. 그리고 이들과 마찬가지로 드라큘라는 제거되었다. '그리스도교를 믿는 백인 남성'이 아닌 모든 사람들에게 실로 가혹한 시대였다. 이 점에 있어서는 중세 이후로도 크게 달라지지 않았다.

셜록 홈즈는 과학이 문학으로 진입하는 시대와 거의 동시에 등장했다. 하지만 셜록 홈즈는 당시에 즐비했던 유토피아적 공상과학이 아닌, 과학으로 범죄를 규명하는 방식으로 새로운 가능성의 문을 열었다. 여기에서 우리는 지식과 정의를 향한 인류의 열망을 감지할 수 있다. 시대가 흐르며 과학이 차츰 종교와 자리를 바꾸어 앉자, 중세의 귀족 기사는 탐정으로 바뀌었다. 물론 새로 등장한 탐정도 원탁의 기사들처럼 이런저런 문제를 안고 있기는 하다. 또한 여성은 여전히 부차적인 역할을 맡는다. 《셜록 홈즈》의 아이린 애들러처럼, 멀리 떨어져 있어 그저 흠모하고 숭배할 수만 있는 존재에 그친다. 그러면서 실질적으로 아주 중요한 인물로는 나오지 않는다. 여전히 남성 중심 사회인 19세기에 여성은 단지 생물학적 번성을 위해 필요할 뿐이며, 인류 발전을 촉진시키는 일과는 무관하게 여겨졌다. 솔직히 말해서 중세 이후로 무기 기술 개량 외에 두드러지게 달라진 부분은 없는 듯하다. 다행히도 서프러제트가 '무장'하여 투쟁한 덕에 그나마 인류 발전을 만회하지 않았나 싶다!

20세기 사람들은 새로운 시대로 들어가는 문턱에 서 있다고 생각했다. 그리고 인류가 이전까지 경험하지 못한 가장 참혹한 두 번의 전쟁으로, 전 유럽과 나머지 세계의 상당 부분을 황폐하게 만들면서 실제로 이를 실현했다. 이미 전쟁을 한 차례 치른 미국만이, 드디어 먼발치에서 바라보며 비교적 덜 비참하게 이 대전에 가담할 수 있었다.

20세기 전반부의 삶은 너무도 혼란스러워서, 문학 또한 혼란스러움을 세상에 널리 던지는 방식에서 길을 찾았다. 품위가 실추된 인간이 딱정벌레로 변하는 식으로 말이다. 이처럼 상상력 가득한 짓궂은 장난이 세계적인 문학인 이유는, 인류의 완전한 분열을 적나라하게 보여주기 때문이다.

여기에 더해 미국의 남북전쟁은 이미 제2차 세계대전 이

전에, 이 전쟁 다음에 무엇이 올지 예언적 전망을 내놓았다. 즉 전쟁으로 여성이 해방되리라는 예언을 미리 한 셈이다. 실제로 전쟁은 여성을 자유롭게 한다. 전쟁으로 여성은 먼저 남성으로부터 해방되며, 그러고 나서 그들과 얽히는 관계에서 자유로워진다. 스칼렛 오하라는 전쟁을 통해 성장한다. 전쟁 속에서 여성들은 땅을 지키기 위해 결국 모든 걸 떠맡는다. 처음에는 암담한 예언만이 맞아떨어지는 듯하나, 제2차 세계대전이 끝난 다음에는 본격적으로 인상적인 변화의 모습이 드러난다. 남성들이 파괴한 것을 전 세계적으로 여성들이 재건하기 때문이다. 그리하여 20세기 후반부는 이들에게 속하며, 이때부터 진정한 해방이 시작된다. 이를 상징하듯이, 세상에서 가장 강인한 소녀 삐삐 롱스타킹이 등장한다. 물론 그녀는 식민주의 사고에서 완전히 자유롭지 않다. 아버지는 '검둥이들'의 왕이었다가, 나중에는 개정을 거쳐 '남태평양 식인종들'의 왕으로 나온다. 명칭을 바꾸었다 하더라도, 기본적으로 삐삐는 자신과 다른 부류를 억압해야 하는 집단으로 여기는 백인 여성이다.

모모는 이 연장선에 있는 또 다른 소녀다. 세상이 치유되는 데 조금 더 많은 도움을 제공하는 여성적 존재다. 비록 남성의 지원을 받기는 하지만, 폐허를 재건하는 수준에서 한 단계 더 도약했다. 그러면서 우리는 점점 더 평등에 가까워진다.

그러나 《장미의 이름》으로 다시 '포스트모던적 역행'이 이루어진다. 지위가 떨어진 백인 남성은 여전히 자신이 오롯이 지배할 수 있는 곳을 찾아 퇴보한다. 그리하여 수도원으로 들어간다. 하지만 잠깐! 그럼에도 완전한 역행은 아니다! 여기에서 일종의 식민주의 종식을 확인한다. 적어도 숀 코너리를 주연으로 한 동명 영화에서는 수도사 중 한 명이 흑인이다! 백인 남성이 있는 수도원에 유색인이라니, 고약한 농담 같지 않은가? 다들 알다시피 이 책에서 웃음은 금기시된다. 그래서인지 이 흑인도 결국 죽는다. 이로써 수도원은 다시 '새하얘'진다. 그래도 아파르트헤이트Apartheid, 즉 (흑백 분리) 인종차별은 분명 끝을 향해 가고 있다.

20세기의 끄트머리 그리고 21세기 초반, 우리 인간은 더 나은 세계를 소망했다. 그렇다면 어디에서 그런 세계를 발견했을까? 바로 판타지 속에서다. 마법 수련생 하나가 온 세상을 정복한 이유다. 이 이야기에서 우리는 또다시 악과 맞서 싸우는 주인공을 본다. 그럼에도 우리의 마법사는 주어진 삶을 충분히 즐기려 한다. 세상을 정복한 마법 소년 이야기를 통해 우리는 출신 성분이 전혀 중요하지 않다는 걸 배운다. 즉 그녀 또는 그가 어디에서 왔든 무엇이든 누구이든 상관없으며, 오직 행위로만 판단해야 한다는 사실을 깨닫는다.

이제 뱀파이어도 마침내 평등을 경험한다. 이들은 더는 죽임을 당하지 않으며 대신 결혼을 한다. 21세기를 살아가는 남성 중 일부는 이미 평등이 이루어졌다 생각하며, 상실된 특권을 안타까워할지도 모르겠다. 하지만 안타까워하기에는 아직 이르다. 이보다 더한 상황이 이어질 테니까.

우위를 점했던 남성은 이제 이빨 빠진 호랑이가 되어, 우세한 척은 할 수 있으나 실질적인 힘은 발휘하지 못한다. 그나마 우월한 척이라도 하려면 어마어마하게 부유하면서 대단히 아름다운 외모를 지니며, 거기다 연인의 눈만 보고도 모든 욕망을 읽을 줄 알아야 한다. 모든 여성은 억만장자 '반려 동물'을 원한다. 《그레이의 50가지 그림자》라는 세계에서 (판타지가 아닌) 진짜 현실의 남성은 아무런 기회가 없다. 그래서 어쩌면 많은 이들이 문학적 진보로 넘어가지 못하고 퇴보의 길에 머물려는지도 모른다. 다음 단계로 넘어가기가 두려우니까. 이러다 언젠가 〈스타 트렉〉에 나오는 가상의 공간 홀로데크Holodeck가 실제로 발명되는 날이 올지 모른다. 그러면 현대문학 속 여성 인물에게 더는 남성이 필요 없게 된다. 정자는 정자은행에 있으며, 혹시나 더는 정자가 없다 하더라도 여성들은 자신을 복제하면 된다. 남성들은 그저 욕구 충족을 도와주며 성적 판타지를 제공하는 역할을 한다. 여기에서 남성들은 흡사 그레이처럼, 인격을 지닌 인물이 아니어도 된다. 오직 맡은 역할에만 충실하면 그만이다. 애초에 이들은 성적 쾌락의 대상이기 때문이다. 문학에서 여성해방은 새로운 하위 장르를 구축하여 남성을 쾌락의 대상으로 강등시키며, 하나의 공간을 확보하면서 이루어진다. 어쩌면 이 공간의 모퉁이에서 전통적인 남성 포르노그래피Pornography의 흔적을 발견할 수도 있다. 그리스어 포르노그라포스Pornographos

에 어원을 둔 포르노그래피는, 원래 '창부Porno에 관해 쓰인 것Graphos'이라는 뜻으로 단어의 역사만큼이나 실로 오래전부터 항상 있어왔다. 그러면 창부가 아닌 억만장자가 여성의 쾌락을 채워주는 이야기는 포르노그래피가 아니라 '억만장자 그래피'가 된다.

이쯤에서 우리는 문학이 아닌 현실 세계가 과연 어디로 향할지 물음이 생긴다. 인류의 세계사는 앞으로 어떤 길로 접어들게 될까? 모권사회로 향할까 아니면 백인 남성이 압도하는 시대가 올까? 미국이 트럼프Donald Trump를 대통령으로 뽑은 이후, '분노한 백인 남성'이라는 새로운 구호가 세상에 등장했으니 우리 앞날은 아무도 확실히 알 수가 없다.

그럼에도 실제 미래는 생각처럼 그리 암담해 보이지는 않는다. 미래는 분명 한층 다채로울 것이다. 그 이유는 21세기 문학작품들에서 드러나는 한 가지 공통점에 있다. 이제 문학에서 절대적인 선과 악을 더는 찾아볼 수 없다. 오늘날 문학은 다층적인 인물들을 생생하게 묘사하며, 이는 우리 현실에 바탕을 둔다. 물론 오로지 선이나 악 또는 섹시함을 맡는 예외적인 인물들도 있다. 하지만 이들도 정해진 법칙을 따르지 않는 편이다. 언뜻 진부한 이야기처럼 보이는《해리 포터》나《트와일라잇》에서 우리는 정교하게 빚어진 다수의 인물과 마주했다. 명백한 선도 악도 아닌, 그래서 훨씬 흥미로운 인물이 여럿 있었다. 세베루스 스네이프는 그들 중 하나이며,《트와일라잇》의 볼투리 가문도 여기에 속한다. 문학이 '환상'

의 세계를 향하는 동안, 우리의 현실 세계 또한 다채로운 다문화사회라는 '꿈'을 그려왔다. 생김새와 뿌리에 관계없이 누구나 각자 자리를 확보하고, 경우에 따라 이를 위해 분투하며 타협점을 찾을 수 있는 사회를 향해 가고 있다.

'문학의 눈'으로 다가올 세계사의 흐름을 따라가면서 관찰하는 일은 무척이나 흥미롭다. 모든 문학 형식은 각 시대의 거울이며, 새로이 도래하는 시대는 새로운 형식의 문학을 등장시키기 때문이다. 따라서 문학은 시대적 맥락에서 그 가치를 인정해야 한다.

'만약이라는 두 글자가 오늘 내 맘을 무너뜨렸어…….'

제 눈을 찌르는 오이디푸스, 괴물로 몰려 죽임을 당하는 드라큘라, 제 머리에 총을 겨누는 베르테르, 빈 껍데기 취급을 당하며 버려지는 그레고르 잠자 그리고 영혼 없이 파멸하는 볼드모트의 비극적 최후를 되짚어보고 나서 문득 떠오르는 노랫말이 하나 있었다.

'만약'이라는 가정은 절망이자 희망이다. 현실 세계에서 만약은 때로 고통을 선사하지만, 문학 세계에서 만약은 풍부함을 낳는다. 인간 상상에 토대를 둔 문학은 만약이라는 가정의 산물이기도 하다. '있을 법한' 세계 속에서 '있을 법한' 인물들이 살아 숨 쉬기 때문에, 보이지 않고 만져지지 않더라도 이들은 시대를 거슬러 우리 곁에 머물며 끊임없이 말을 건다.

생을 부여받은 모든 인간은 아프다. 심리적으로, 정신적으로 온전하고 건강한 인간이 이 세상에 과연 몇이나 있을까. 우리 모두는 크고 작은 마음의 상처와 병을 안고 있으며, 누군가는 이를 잘 견뎌내고 또 누군가는 차마 극복하지 못하고 파국으로 치닫는다. 수 세기 전 사람들도 지금 우리처럼 이런저런 고민과 아픔을 지녔을 것이다. 그리고 그들의 아픔은 개인적인 문제일 수도 있고 주변 환경과 시대상에서 비롯된 문제일 수도 있다. 훌륭한 문학작품은 이 모든 개인적·사회적 문제를 촘촘하게 직조된 인물 안에 녹여낸다.

정신의학과 전문의 그리고 비교문학 전문가인 두 저자는 이러한 전제에서 출발하여 (서양) 세계 문학사를 두루 여행한다. 문학 속 인물이 현대의학의 도움을 받아 정신과 상담이나 치료를 받았다면 가혹한 결말은 피할 수 있었을까? 또는 시대가 달랐다면, 다시 말해 활발한 의사소통이 가능하고 '다름'에 대한 편견과 차별이 한층 낮은 사회였다면 우리 주인공들은 보다 건강하고 만족스러운 삶을 누렸을까? 이런 질문을 계속해서 던지며 저자는 작품 속 인물과 사회를 재치 넘치는 시선을 바탕으로 세밀히 들여다본다. 그러면서 문학이라는 허구 세계와 우리가 발 딛고 있는 현실 세계의 진보 또는 퇴보를 비교·분석한다.

여물지 못한 시대와 미성숙한 인간들

오이디푸스는 어머니를 갈망하는 아들의 대표 주자가 아니라, 부모의 이른 포기가 낳은 비극의 결정체이자 참혹한 운명에서 벗어나려 발버둥 치다 좌절한 인물이다. 전설의 왕 아서는 위대한 영웅이라기보다, 어려서 부모에게 사랑받지 못해 결핍된 애정을 우정이라는 관계에서 충족시키려는 나약한 인간에 불과하다.

로미오와 줄리엣은 숭고한 사랑의 상징이 아니라, 인격이 온전히 형성되지 못한 불안정한 십 대의 성급한 만남에 대한 이야기다. 베르테르는 플라토닉 사랑을 추구하는 고결한 신사라기보다, 어머니와의 사이에서 풀지 못한 오이디푸스 콤플렉스를 다른 여성에게 옮겨놓고 신성시하다가 내적갈등에서 헤어 나오지 못한 우울한 아웃사이더다. 가보지도 않은 미 서부를 그럴듯하게 꾸며내어 수십여 년 동안 독일 전역에 인디언 열풍을 일으킨 작가 카를 마이는 협잡꾼이라 할 수 있지만, 또 다른 한편으론 화해와 소통으로 전 인류가 형제가 되기를 바라는 이상주의자기도 하다. 드라큘라는 인간에게 해를 가하는 몬스터가 아니라 정열이 흘러넘치는 언데드일 뿐이며, 다름을 받아들이지 못하는 사회의 희생물이자 타자의 죽음으로 내적 만족을 얻는 한 사이코패스의 희생양이다. 냉철한 이성과 관찰력을 지닌 셜록 홈즈는 과학으로 모든 문제를 해결할 수 있으리라는 당대 신념을 담은 천재인 동시에 사회적 상호작용에 어려움을 겪는 아스퍼거 증후군의 너드다.

카프카의 내면이 짙게 그려진 그레고르 잠자는 인류애와 공감이 바닥난 황폐한 시대에, 제 기능을 하지 못하자 쓸모없는 껍데기 취급을 당한 무수한 이들의 비참한 비인간화를 대리한다. 스칼렛 오하라는 사랑에 목마른 여성이 아니라 진정한 사랑을 모르는 사람으로, 원하는 걸 손 안에 넣어야만 하는 자존감 높은 한 인간이 가질 수 없는 이상을 향해 평생 손을 뻗다가 결국 주변 모두를 피폐하게 만드는 과정을 보여준다. 삐삐는 전쟁으로 폐허가 된 세상을 자유분방한 아이의 마음으로 구해보려는 히피다. 모모는 우리 모두의 마음속 내면의 어린아이로, 통제나 계획이 아닌 순수한 욕망을 끌어올려 미래가 아닌 현재를 즐기도록 도와주는 존재로 볼 수 있다. 셜록의 중세 버전인 바스커빌의 윌리엄은 셜록처럼 명민하나 셜록보다 훨씬 원활하게 사회관계를 맺으며 내적갈등도 알아서 잘 풀어가지만, 이성과 합리가 모든 문제를 타개할 거라는 셜록의 모티브를 뒤집으며 포스트모던적 혼돈과 해체를 던진다.

해리 포터는 아동 학대를 당하며 불우한 어린 시절을 보내지만, 일찍이 초기 발달 과정에서 부모와 긴밀한 애착 관계를 형성하며 남다른 회복 탄력성을 갖추어 그 어떤 어려움 속에서도 결코 무너지지 않는다. 뱀파이어와 사랑에 빠진 벨라는 현실과 이성에 순응하는 대신, 욕구를 감추지 않고 드러내며 뱀파이어와 동등한 위치에 서서 모든 능력을 누리려 한다. 그리고 상처 많은 억만장자 변태에게 매료된 아나는 사랑의 힘으로 변태성욕자를 변화시키는 여성이라기보다, 모든 내적 욕망이 투영된 판타지적 파트너를 통해 현대인의 정신적·육체적 욕구를 대리 충족하는 인물이라 할 수 있다.

진일보하는 사회 그리고 여성해방

고대에서 현대에 이르는 서양 문학 세계상의 흐름과 그 안에 속하며 살아낸 인물들을 고루 살펴보는 흥미진진한 여행을 통해, 무엇보다 우리는 문학 속 여성의 사회적 위치와 자아상이 크게 변화하는 모습을 확인할 수 있다.

오이디푸스 시대의 여성은 남성에게 간택되는 수동적 대상에 그쳤고, 아서 전설 속 여성들은 불행의 씨앗이거나 남성이 그르친 일의 책임을 떠안는 존재였다. 그러다가 근대에 들어서면서 차차 적극적인 면모를 띠는 여성들이 등장한다. 줄리엣은 사랑(이라 믿는 이상)을 위해 모든 걸 던지고, 미나는 드라큘라와 피의 향연을 벌이고, 루시는 욕망에 충실하며 정열적인 뱀파이어로서의 삶을 충분히 누린다. 물론 그럼에도 전적으로 주체적인 여성 인물은 아직 등장하지 않는다. 셜록 홈즈 속 아이린 애들러는 천재적인 탐정을 능가하지만, 머나먼 곳에 있는 동경의 대상으로만 머문다. 그레고르의 누이와 어머니는 절망적인 시대를 간신히 버티며 공감 능력이 결여된 채로 하루하루를 연명한다.

한편 기술의 발달 '덕분에' 세계 곳곳에서 벌어진 끔찍한 전쟁은 여성의 독립과 해방을 이끌기도 했다. 미국 남북전쟁으로 인해 스칼렛은 부모의 땅을 제 손으로 지키고 일구며 가족을 건사한다. 그리고 삐삐는 전쟁 통에 철저한 자기 통제를 고수하는 어른들을 향해 자유로운 히피 정신을 몸소 보이며, 자유분방함과 순수함으로 폐허를 재건하려 한다. 모모 또한 삐삐의 연장선에서 보다 넓고 깊게, 어른의 망가진 세계를 회복시키는 데 큰 몫을 담당한다.

포스트모던적 문학 세계에서 여성해방은 한 걸음 뒤로 물러선다. 기존의 지위를 상실한 남성은 포스트모던 문학 속에서 고전으로 회귀하고 만다. 자신들이 여전히 지배권을 누릴 수 있는 중세 수도원 같은 시공간으로 뒷걸음질을 친다. 잠시 주춤하기는 해도 문학 속 여성 인물은 지속적으로 해방을 향해 나아간다. 21세기에 들어서며 판타지에서 숨 쉴 틈을 찾은 문학 세계에서, 여성은 각기 다양한 모습으로 독립적이고 주체적인 자아상을 찾아간다. 뛰어난 능력을 지닌 헤르미온느는 남성들과 조화롭게 연대하며 문제 해결의 중심축이 되고, 자기 비하에 빠졌던 평범한 소녀 벨라는 성적 각성과 출산을 경험하며 평등을 넘어 여성 우위를 점한다. 자기 결정적 육체관계를 거머쥔 아나는, 바이런적 영웅으로 그려지나 실제로는 여성의 모든 욕망이 투사된 '그림자'에 불과한 그레이라는 판타지적 파트너를 쥐락펴락하며 기존 남성 지위를 한층 강등시킨다.

문학의 세계가 신이 정해놓은 비극적 운명에서 무궁무

진한 판타지 세계로 발걸음을 옮기는 사이, 우리 인간의 현실 세계 또한 후퇴가 아닌 진일보를 향해 차츰 나아가고 있다. 21세기의 화두는 관용이 되었고 성별, 인종, 종교 그리고 피부색 등으로 담을 쌓던 인류는 관용이라는 마법의 단어로 담장을 하나둘 허물며 다름을 끌어안는 시도를 지속하고 있다. 그리하여 현재 우리 사회는 다채로운 다문화를 지향하며 선과 악, 흑과 백, 우리와 저들이라는 이분법 대신 인정과 포용 그리고 존중을 필두로 더불어 사는 길을 모색한다. 과거에서부터 현재에 이르는 문학과 현실 세계상의 변화 흐름을 통해 일말의 희망을 엿본다. 미래는 그리 암담하지 않을 거라고 작은 목소리로나마 장담할 수 있다. 서로 마주 보고 앉아 끊임없이 소통하며 다름을 받아들이고 갈등을 조율해간다면, 우리 앞날도 현실을 거울처럼 반영하는 문학 세계도, 마냥 참담하게 역행하지는 않을 것이다.

나는 좌절하는 것들이 좋다

다시금 만약이라는 두 글자를 떠올려보자. '만약'이 정말 실재한다면 '어쩜 우린 웃으며 다시 만날 수도' 있다. 하지만 오래도록 우리가 사랑한, 문학 속 아련한 인물들의 아픔이 없었다면, 영글지 못한 시대들은 여전히 미성숙한 상태에서 벗어나지 못했을지도 모른다. 과거의 아픔과 실수 그리고 실패가 있었기에 조금이나마 나아진 오늘날 우리가 존재하는 것이니까. 그러므로 이 시대를 사는 우리는 뒤돌아보며 안타까워하기보다 지금 발을 디딛은 땅을 굳건히 다지며, 마음을 열고 서로서로 이야기를 주고받으면서 매 순간을 만끽하면 된다. 미래의 누군가가 흔들리지 않도록, 고개를 내젓지 않도록 든든한 토대를 마련해주면서 말이다.

정신과 의사의 소설 읽기

1판 1쇄 인쇄일   2021년 6월 10일
1판 1쇄 발행일   2021년 6월 18일

지은이   클라우디아 호흐브룬, 안드레아 보틀링거
옮긴이   장윤경
펴낸이   임지현
펴낸곳   (주)문학사상
주소   경기도 파주시 회동길 363-8, 201호(10881)
등록   1973년 3월 21일 제1-137호

전화   031)946-8503
팩스   031)955-9912
홈페이지 www.munsa.co.kr
이메일   munsa@munsa.co.kr

ISBN 978-89-7012-585-5 (03800)

*잘못된 책은 구입처에서 교환해드립니다.
*가격은 뒤표지에 있습니다.